LE SANG DE L'HERMINE

Michèle Barrière

LE SANG DE L'HERMINE

ÉDITIONS FRANCE LOISIRS

www.michelebarriere.com

Édition du Club France Loisirs,
avec l'autorisation des Éditions Jean-Claude Lattès.

Éditions France Loisirs,
123, boulevard de Grenelle, Paris.
www.franceloisirs.com

ISBN : 978-2-298-05792-8

Pour Alice,
la rue Cauchois
et la rue des Courtieux.

Préambule

1516. Un jeune homme de vingt-deux ans règne sur la France. Grand, beau, intelligent, cultivé, tout lui sourit. Pourtant, rien ne destinait François d'Angoulême, duc de Valois, à devenir roi. Il a fallu que Charles VIII et Louis XII meurent sans héritier mâle pour qu'il accède au trône. Adulé par sa mère, Louise de Savoie, sa sœur, Marguerite d'Alençon et sa discrète épouse, Claude de France, ce garçon impétueux et charmeur croit en son destin. Nourri de récits chevaleresques mais ouvert aux écrits des humanistes, féru de beauté mais jaloux de son pouvoir, il ne rêve que de gloire pour lui et son royaume.

Quelques mois après son couronnement, le 14 septembre 1515, François remporte la bataille de Marignan. Une aubaine pour asseoir son autorité ! Marignan ! Une expédition hasardeuse qui coûte la vie à plus de seize mille hommes et n'est qu'un des nombreux épisodes des onze guerres d'Italie menées entre 1494 et 1559 pour de sombres raisons dynastiques. Mais, grâce à la propagande de l'époque, il devient « le plus vaillant des princes » et entre dans la légende. François restera persuadé qu'il est un stratège hors pair. En oubliant que, sans la cavalerie vénitienne, l'affaire aurait tourné au désastre. Qu'importe ? On le dit l'égal de Charlemagne, de César... Ses futures aventures militaires le prouveront-elles ? Nous verrons.

D'autant que d'autres souverains, aussi jeunes et aussi avides de gloire que lui, se disputent l'Europe. En Angleterre, Henri VIII, âgé de vingt-cinq ans à peine, se dit toujours héritier du royaume de France. À seize ans, Charles de Habsbourg, roi d'Espagne, futur Charles Quint, ne rêve que de faire valoir ses droits sur la Bourgogne. Soliman qui deviendra le Magnifique a le même âge que François et une seule envie : étendre l'empire ottoman à l'ouest du Bosphore. À l'aube d'un nouveau monde qui a vu la découverte de l'Amérique, ces jeunes hommes vont se faire la guerre, se trahir et s'allier au gré des conflits.

Si la France a fait son unité sous le règne de Louis XI, l'Italie est morcelée en plus de douze États indépendants, qui se battent pour la suprématie politique. Parmi eux, Milan, Venise, Florence, les États pontificaux, Naples, Gênes, Mantoue... Mais l'Italie reste le creuset des arts et de la pensée. Tous les regards se tournent vers Rome, où s'affrontent Raphaël et Michel-Ange. Quant à Léonard de Vinci, ses triomphes florentins et milanais sont loin derrière lui. Il n'a plus sa place dans la compétition que se livrent d'autres géants...

1

Des filets de sang maculaient la fourrure de l'hermine. Léonard s'approcha. Avec douceur, il enleva les clous crucifiant le petit animal. Et les jeta au loin d'un geste rageur. Elle était morte, mais il la pressa contre lui. D'un doigt léger, il effleura les oreilles délicates, le pelage aussi fin que de la soie. Il caressa le corps encore tiède. Il revoyait l'hermine lovée dans le giron de Cécilia, immaculée, le museau frémissant, l'œil aux aguets, prête pour un nouveau jeu.

Cette mort annonçait la sienne, il le savait. La partie était finie. Ses yeux prirent la couleur froide de l'ardoise. Pourquoi ces lâches ne s'en prenaient-ils pas à lui ? Qu'ils viennent donc l'affronter face à face. Pourquoi faire souffrir un animal innocent ? Qu'ils viennent donc mugir leur haine en pleine lumière. La cruauté l'insupportait. Il l'avait tant vue à l'œuvre, détruisant les créatures de Dieu. Assassiner l'innocence le rendait fou. Ne pouvait-on le laisser en paix ? Lui qui était si las et n'avait plus rien à donner au monde. Partir ? Fuir ? Ne l'avait-il pas toujours fait ? Soit, il partirait. Rome n'était plus qu'un tombeau pour lui. On dit que l'hermine préfère toujours la mort à la souillure. Et lui ?

La haute silhouette poussa la porte et disparut dans la pénombre du palais.

2

La truite se réfugia dans un trou d'eau à l'ombre des noisetiers bordant la rive. Quentin pesta. Elle allait lui échapper. Retrouvant les gestes de son enfance, il passa la main sous les grandes herbes. Fendant l'eau, la truite s'enfuit, mais le barrage de tiges de saule entrelacées l'arrêta. D'un bond, il fut sur elle, saisissant à deux mains le corps glissant. Il la sortit de l'eau. Elle était de belle taille. Son ventre nacré, ses mouchetures noires resplendissaient au soleil. Elle se débattait avec vigueur. Quentin glissa sur une pierre, faillit lâcher sa prise. Revenu sur la rive, il la maintint à terre et, avec un caillou, lui assena un coup sec sur la tête. La truite morte rejoignit les trois autres, accrochées par les ouïes sur son bâton.

Ravi de son adresse, Quentin s'allongea dans l'herbe. Le manque de sommeil se faisait sentir. Un affreux cauchemar l'avait tenu éveillé une partie de la nuit. Il n'arrivait pas à se défaire de la frayeur qui l'avait saisi quand un griffon ailé s'était envolé de la plus haute tour du château et était venu se poser auprès de lui. Dans la pénombre, les yeux sang et or de l'animal brillaient d'un éclat menaçant. Quentin avait cherché à s'éloigner, mais ses jambes ne le portaient plus. Le griffon avait déployé ses ailes, qui s'étaient refermées sur le corps du jeune homme. À tâtons, il avait voulu s'emparer de son épée et trancher l'étreinte mortelle. Inertes, ses bras ne lui obéissaient pas. Des nuées de poussière grise avaient obscurci le ciel, une langue de feu avait zébré l'horizon. Par milliers, des aiguilles lui avaient transpercé le corps. Sa peau partait en lambeaux. La douleur était intolérable. Son esprit vacillait. Un vent violent s'était levé, des voix haineuses s'étaient fait entendre. Le griffon s'était envolé, resserrant ses ailes de pierre sur sa proie. Dans un dernier sursaut pour échapper à la mort, Quentin s'était réveillé.

Aux premières lueurs de l'aube, incapable de se rendormir, il avait quitté le manoir et s'était rendu au bord de l'Iton. Par expérience, il savait que seule l'activité physique pouvait lui permettre d'oublier ces visions nocturnes. Il y avait pourtant bien longtemps qu'elles n'étaient pas venues le torturer. Ce mois d'août 1516 avait fort bien commencé. Après plus d'une année au service du roi François Ier, il était rentré chez lui. En Normandie, au Mesnil-Jourdain. Il avait retrouvé avec bonheur la vallée de l'Iton, le manoir familial, et ses proches. Comme toujours, son père avait à peine fait attention à lui, mais Quentin ne lui en voulait pas. Antoine du Mesnil était bien trop occupé à surveiller sa future récolte de pommes. Il avait toujours été un original, attiré par les nouveautés du monde des sciences. Sa dernière lubie, implanter des arbres fruitiers sur son domaine, lui prenait tout son temps. Quand il n'avait pas le nez plongé dans des ouvrages d'agronomie, il parcourait ses jardins, un couteau à greffer ou un panier d'osier à la main. Les premiers résultats étaient prometteurs. Seule Mathilde, la sœur de Quentin, trouvait à y redire. Que faire de tous ces fruits ? Après en avoir distribué à tous leurs gens, il lui restait des paniers entiers sur les bras. Mathilde était une râleuse. Quentin ne doutait pas un seul instant que, d'ici peu, elle inonderait le marché de Louviers des récoltes paternelles. Lui n'avait la fibre ni agricole ni commerçante, et aucune envie de s'enterrer à la campagne. Même s'il appréciait chaque seconde du temps passé auprès de sa famille, Quentin se réjouissait du destin qui l'avait conduit à servir le plus grand roi du monde. À vingt-deux ans, pouvait-il rêver mieux ? Sa charge de maître d'hôtel à la cour lui convenait parfaitement.

Il discernait au loin le clocher du village d'Hondouville, ses pauvres masures où les festins se résumaient à des boudins et des saucisses et où nul bal masqué ne serait jamais donné. À son arrivée au manoir, il avait troqué ses chausses et son pourpoint contre des braies grossières et une chemise de chanvre tissée par la femme d'un de leurs tenanciers. Un accoutrement de paysan qui ferait se gausser ses camarades d'Amboise.

Sentant le sommeil le gagner, il tourna le dos au soleil. De la main, il écarta une mouche insistante. Dans le lointain, les cloches sonnèrent la neuvième heure du jour.

3

Sur une console, des pots d'onguents laissaient échapper des senteurs amères qui se mêlaient aux remugles d'une chambre de malade. D'épaisses tentures voilaient les fenêtres, rendant la chaleur de cette journée d'été encore plus étouffante. Depuis son accident, Domenico Pistecchio, comte de Sanseverino, marquis della Lucca, avait toujours froid et ne voulait plus voir la lumière du jour. Dix ans d'enfermement avec pour seule compagne sa volonté de vengeance. Le teint pâle, les yeux profondément enfoncés dans leurs orbites, les bras décharnés, on aurait dit un homme de cinquante ans alors qu'il venait tout juste de fêter son trente-cinquième anniversaire. De son insolente beauté, il ne restait rien. De ses cheveux noirs et bouclés ne subsistaient que de pauvres mèches éparses. L'éclat de ses yeux, qui faisait dire autrefois qu'une madone se damnerait pour lui, avait disparu. Ses lèvres, jadis si pleines, n'étaient plus qu'une ligne dure, comme si les baisers qu'il n'avait pu donner en avaient mangé la chair. Un pauvre diable qui souffrait le martyre.

Comme chaque soir, une fois le jour tombé, deux domestiques s'apprêtaient à écarter les courtines du lit et à l'extirper de son amas de couvertures et de coussins pour l'installer sur un brancard en bois d'ébène. Les gémissements de douleur de l'infirme cessèrent dès que Marietta, sa vieille nourrice, l'eut couvert d'un épais tissu de brocart aux couleurs de la famille Sanseverino, carmin et or. Il la remercia d'un plissement de paupières.

L'étrange rituel nocturne auquel se livrait Domenico pouvait commencer. Dans la galerie jouxtant sa chambre, il demanda à s'arrêter devant le portrait de ses glorieux ancêtres. Marietta levait bien haut le candélabre à six branches. À la lueur tremblante des bougies, Domenico s'adressait à eux comme s'ils étaient à ses côtés. Ces discours terrorisaient les domestiques. La plupart ne restaient que peu de temps au service du comte, persuadés qu'il entretenait des relations avec les esprits des morts. D'autant qu'il conversait aussi avec les statues du jardin, les priant de s'animer et de le rejoindre pour célébrer son malheur. Seuls quelques fidèles continuaient à le servir. Marietta par compassion, les autres, bienheureux des gages substantiels qui leur étaient accordés.

Comme chaque soir, après avoir péniblement descendu le grand escalier de pierre blanche, ils firent halte dans la pièce d'apparat, où, malgré la touffeur estivale, un feu avait été allumé dans la cheminée flanquée de caryatides que Domenico avait fait voiler de noir. Il ne supportait plus la vue de ces jeunes filles, à la silhouette altière, esquissant un pas de danse. Tout comme les murs peints à fresque par Mantegna trente ans plus tôt, et qu'il adorait quand il était enfant. Il avait demandé que tous les personnages se tenant debout, montant à cheval, chassant, se baignant, s'embrassant, riant... soient recouverts de noir également. Ce soir encore, la contemplation de l'infâme barbouillage où ne subsistaient que quelques visages sévères et des animaux couchés lui tira un sourire de satisfaction. Au grand soulagement des deux porteurs dégoulinants de sueur, Domenico donna l'ordre de se rendre au jardin. La lune étant à son dernier quartier, ils savaient qu'ils devaient transporter leur maître sur la terrasse dallée, dominant le lac intérieur de Mantoue. Une légère brise s'était levée, apportant fraîcheur et humidité. Le chemin à travers les buis était bordé de photophores, et d'antiques statues dressaient leur ombre mouvante. Ce soir, Domenico ne rendrait hommage qu'à Artémis, la chasseresse vierge, régnant sur le monde sauvage. La déesse de pierre se tenait entre deux arcades d'albâtre, le bras tendu vers la lune. Marietta esquissa un rapide signe de croix. Elle redoutait ces nuits propices aux maléfices où Domenico était plus agité que jamais, ressassant ses épreuves passées.

Sur son ordre, elle avait fait dresser une table recouverte de dentelle de Venise. Comme toujours, deux couverts étaient mis, mais aucun convive ne s'était jamais présenté. Lassée de ses imprécations, suivies d'interminables silences, la famille de Domenico ne venait plus le voir. Seule une cousine, Catarina, surmontait sa frayeur devant ce mort-vivant et lui rendait encore visite quand elle venait à la cour de Mantoue. Elle avait espéré épouser ce splendide garçon, aussi doué pour les arts que pour la guerre. Bien vite, elle avait déchanté. Domenico ne ressentait aucune attirance pour les femmes. Mais, après avoir séjourné comme lui à la cour de Sforza à Milan, et avoir, comme lui, souffert les affres du rejet, elle avait partagé son désir de vengeance.

Ce soir encore, Domenico souperait en compagnie d'un convive invisible. Les porteurs se retirèrent. Seule Marietta resta. Elle détestait ces repas extravagants, mais c'étaient les seuls moments où son maître acceptait de se nourrir d'autre chose que de bouillons de volaille et de biscuits. Elle prenait donc le plus grand soin à suivre ses directives, même si bien souvent les mets choisis ne lui plaisaient guère. Elle avait bien essayé de lui proposer des ragoûts revigorants, des fricassées alléchantes, mais il n'en faisait qu'à sa tête, étudiant dans des livres en latin ce qui pourrait convenir à son état de santé chancelant et à son humeur morose. Aujourd'hui, il lui avait réclamé des plats d'anguille. Ce serpent, si abondant dans les eaux du lac de Mantoue, lui répugnait même si elle reconnaissait que c'était une bonne nourriture bien grasse et nourrissante. Le nez dans un livre, Domenico lui avait précisé que, selon un certain Pline, ces animaux se reproduisaient sans accouplement et sans œufs. Il leur suffisait de se frotter contre de grosses pierres et les raclures prenaient vie. Il avait ajouté qu'en Orient, dans un fleuve appelé Gange, elles pouvaient atteindre trois cents pieds de long et vivre quatre-vingts ans. Marietta avait frémi et s'était empressée d'écorcher et de tronçonner les anguilles de taille raisonnable que Pietro, un pêcheur du lac, lui avait apportées. En prenant bien soin d'enlever l'arête centrale remplie de venin, car comme chacun sait, en été, les anguilles frayent avec les serpents. Elles les avaient fait bouillir deux fois dans de l'eau et du vin. Puis elle en avait embroché une partie en intercalant des feuilles de laurier, et les avait fait rôtir, en ajoutant en fin de cuisson de la chapelure, du sel et de la cannelle. Elle avait préparé le reste avec une sauce au verjus, à la sauge et au persil.

Les plats avaient été apportés sur la table par deux jeunes servantes bien avant l'arrivée de Domenico. Pour rien au monde, elles n'auraient voulu croiser le regard de leur maître réputé aussi dangereux que celui du basilic, cette créature dont la vue pouvait vous tuer sur l'instant. Marietta avait beau leur expliquer que ce n'étaient que sornettes, les petites ne voulaient rien savoir. Résultat, les plats étaient à peine tièdes. Cela ne sembla pas gêner Domenico à qui Marietta donnait la becquée. Ravie de le voir manger d'un bon appétit, elle ne prêtait pas attention aux paroles destinées à son invité fantôme.

— Faire souffrir n'est rien si on ne peut être témoin de la douleur de sa victime, dit-il avant de réclamer qu'on lui apporte le reste de son souper.

Les grenouilles ! Les cuisses de grenouilles, dont Domenico ne pouvait se passer ! Si profitables aux podagres et à ceux atteints de contractions des nerfs ! Où étaient-elles ? Les jeunes servantes, n'osant pas s'approcher de la table, firent signe à Marietta, qui dut s'enfoncer dans les fourrés pour récupérer le plat joliment arrangé en buisson doré. Pietro courait les berges du lac et en rapportait des sacs entiers de grenouilles. Les petites se rebellaient quand il s'agissait de trancher les corps gluants et d'écorcher les cuisses. Marietta leur criait dessus. Si cela faisait du bien au maître, elles pouvaient bien supporter de patauger dans les viscères de ces animaux, si repoussants soient-ils. Après avoir reposé une nuit dans de l'eau fraîche, les cuisses étaient roulées dans de la fleur de farine, puis mises à frire.

Jamais Domenico n'avait été aussi alerte. Malgré la quasi-impotence de ses mains, il s'essayait à saisir les délicates fritures et à les plonger dans la sauce, composée de persil, serpolet, thym, menthe, ail, gingembre, cannelle. Marietta fut aux anges quand elle l'entendit rire. Et, pour une fois, ce fut vers elle qu'il se tourna pour dire :

— Tout s'est passé à ma convenance. Le destin et l'orgueil de Léonard se sont chargés de le perdre. Le vieux fou est au bord du gouffre, et je n'aurai qu'à donner un dernier coup de pouce pour l'y précipiter.

Marietta se moquait bien de savoir qui était ce Léonard. S'il redonnait le goût de vivre à Domenico, il pouvait être béni.

4

Un appel réveilla Quentin. On criait son nom. Il se releva à moitié, se frotta les yeux et vit une silhouette dévaler la pente herbeuse. Mathilde. Elle connaissait aussi bien que lui les meilleurs endroits où capturer les truites, et elle piqua sans hésitation vers la rive où Quentin, s'aplatissant dans l'herbe, espérait qu'elle ne le vît pas. Elle allait encore le supplier de vérifier les comptes des métairies. Alors que rien n'échappait à son œil aiguisé, ni une vente d'agnelle, ni la réparation d'un puits. À moins qu'elle ne veuille son avis sur les travaux à effectuer dans la tourelle du manoir ? Dont elle ne tiendrait pas compte, menant la maisonnée à la baguette et ne supportant guère la contradiction.

— Lève-toi, dit-elle, en lui enfonçant sa galoche dans les côtes. Un messager de François t'attend.

Quentin bondit sur ses pieds.

— Il est arrivé malheur au roi ? s'exclama-t-il, soudain alarmé.

— Ce serait une bonne nouvelle, répliqua Mathilde d'un ton aigre.

— Ne recommence pas, je t'en conjure.

Il partit à grandes enjambées, Mathilde à ses basques, relevant sa jupe de serge grise pour rester à son niveau.

— Tu ne vas pas repartir? demanda-t-elle d'un ton alarmé. Tu viens tout juste d'arriver. François t'a gardé auprès de lui bien plus longtemps que ton service ne l'exigeait.

— C'était la guerre, répondit laconiquement Quentin.

— Tu n'es même pas encore allé à Louviers, reprit-elle. On pourrait y faire un tour ensemble. Et aller à Rouen voir nos cousins Saint-André. Alyne et Isabelle ne cessent de demander de tes nouvelles...

Quentin ne répondit pas.

— On m'a dit qu'il y avait des cèpes et des girolles tout juste sortis dans les bois de la Croix-Richard. Tu sais que notre père les adore...

Quentin pressa le pas.

— Si tu veux, nous pourrions organiser un grand repas avec nos voisins de Becdal, d'Acquigny, de Houetteville. Nous ne voyons pas assez de monde au manoir. Tu ferais à ta guise...

D'enjôleur, le ton de Mathilde se fit plus dur.

— Les ruches du Boulay sont en piteux état, la mare devant le manoir doit être curée, Marceau nous vole du bois... Nous avons besoin de toi ici.

Quentin s'arrêta net, se campa devant elle.

— Cesse tes jérémiades ou je pars sur-le-champ.

Mathilde plongea son regard dans le sien, se tut quelques instants et reprit d'un ton adouci :

— Ne m'en veux pas. Je m'inquiète pour toi. Je n'aime pas te savoir dans l'entourage de cet homme violent et sans cervelle.

Excédé, Quentin haussa les épaules et se remit en marche. Le manoir se dressait devant eux. Il coupa à travers le champ de lin, sautant par-dessus les andains, malgré la douleur que sa mauvaise jambe lui faisait endurer. Au moins gagnerait-il un peu d'avance sur Mathilde.

Accolé à l'église, le logis seigneurial, vieux de plus de deux siècles, avait fière allure. Mais toujours attiré par les dernières modes, leur père lui avait adjoint, dans la cour, un nouveau bâtiment d'un étage, aux larges ouvertures, beaucoup plus confortable et facile à vivre. Un solide cheval bai était attaché à un anneau. Le tapis de selle, orné d'une salamandre, indiquait qu'il appartenait aux écuries du roi. Indifférent à l'agitation qui régnait dans la cour, il mâchonnait l'avoine que le valet d'écurie lui versait dans un seau. À côté, deux journaliers déchargeaient une charrette de bois sans se presser, occupés à regarder l'ample fessier d'une femme penchée au-dessus du puits. Catherine, une jeune servante nouvellement arrivée, lavait des chemises dans un grand baquet de bois. Mathilde était très pointilleuse sur la propreté. Une habitude qui lui venait de leur enfance passée à la cour d'Amboise. Quentin aperçut son père dans le verger jouxtant la maison, le nez en l'air, observant avec avidité les pommes qui commençaient à prendre des couleurs.

Il alla directement à la cuisine, où il savait trouver le messager, certainement attablé devant une collation. Le petit homme fluet, portant la livrée de François Ier, était installé à la grande table de bois noirci qu'utilisait depuis quatre générations la famille du Mesnil. La Bougnette lui avait servi une écuelle de bouillon, un morceau de pain bis et un gobelet de vin. Mangeant sans hâte, les yeux dans le vide, il avait la même expression que son cheval. Quentin s'assit en face de lui. La Bougnette s'empressa de poser un pichet de l'abominable vin aigre issu des pauvres vignes d'Hondouville. Quentin n'arriverait jamais à s'y faire, lui qui était habitué aux délicieux vins fruités de la vallée de la Loire.

— Vous avez un message pour moi. Je suis Quentin du Mesnil.

Toujours mâchant, l'homme extirpa de son pourpoint une lettre fermée par le sceau du roi.

Mathilde fit irruption, en sueur et à bout de souffle. Dans sa course, elle avait perdu son bonnet, ses cheveux blonds s'étaient dénoués. D'un geste vif, elle intercepta la lettre. Croyant à un jeu, Quentin fit mine de la poursuivre. Elle bouscula la Bougnette, qui la menaça avec sa cuillère en bois. La jeune fille fit le tour de la grande table. Elle s'approcha de la cheminée. Quentin se rua vers l'âtre, tenta d'arrêter le geste de sa sœur. La lettre virevolta et tomba dans les braises. Le papier noircit, se racornit. Une flamme jaillit. Quentin plongea la main, ressentit la morsure du feu, saisit la lettre et, la plaquant contre sa poitrine, tenta de sauver le message royal.

— Es-tu folle ? tonna la Bougnette. Vas-tu cesser ces gamineries ? Tu as l'air d'une sauvage. Qu'est-ce qui te prend ?

— Il me prend que j'en ai assez de voir mon frère faire les quatre volontés du roi !

— Mais c'est le roi ! gémit la Bougnette en faisant le signe de croix. Tu lui dois obéissance.

— Jamais ! hurla Mathilde.

Et elle sortit, entraînant sur son passage des pots d'étain posés sur une maie qui se fracassèrent à terre.

La Bougnette les ramassa en grommelant. Dieu merci, ils n'étaient que cabossés. Imperturbable, l'envoyé du roi continuait à manger et lui tendit son écuelle, disant que son ragoût d'agneau valait mille fois ceux qu'on servait à la cour d'Amboise.

Sourd à ce qui se passait autour de lui, Quentin essayait de reconstituer la lettre. Les côtés et le centre avaient été mangés par les flammes. À peine pouvait-il, çà et là, distinguer un mot : « au plus tôt », « urgence », « primordial », « Cloux », « honneur »... Les sourcils froncés, la mâchoire serrée, il tenta d'interroger le messager. Tout à son ragoût, ce dernier marmonna qu'il ne savait rien de cette affaire. Il se contentait de porter les missives, voilà tout. Quentin insista. Non, répondit l'homme, tout allait bien à la cour. Le roi se portait comme un charme, passait de longues heures à la chasse et à lutiner les dames. Non, sa mère et sa sœur étaient en parfaite santé. Les fêtes se succédaient. Non, vraiment, que le seigneur du Mesnil ne lui en veuille pas, il ne voyait pas...

À l'évocation des fêtes, Quentin ressentit une certaine amertume. C'était son domaine de prédilection, celui où il souhaitait exceller. Pourvu que ses remplaçants ne fassent pas preuve d'une imagination supérieure à la sienne, ce qui pousserait François à se passer de ses services ! Il allait pouvoir le constater *de visu*, car, bien entendu, il repartait pour Amboise. Il annonça au messager qu'ils prendraient la route le lendemain à l'aube. L'homme opina, traquant les dernières miettes de viande dans son écuelle.

Il ne restait plus à Quentin qu'à prévenir sa sœur. L'espace d'un instant, il fut tenté de partir en catimini, mais ce serait manquer de courage. Si Mathilde prenait la mouche dès qu'il s'agissait de François, il savait bien pourquoi. Quand leur père prit ses fonctions de bibliothécaire à la cour de Charles d'Orléans, à Cognac, Mathilde était déjà née. Quentin vit le jour en juin 1494, trois mois avant François, fils de Charles d'Orléans et de Louise de Savoie. Hélas, Éléonore du Mesnil mourut deux ans plus tard. Par un malheureux hasard, Charles d'Orléans la suivit dans la tombe le même jour. Inconsolable d'avoir perdu son épouse et son protecteur, Antoine du Mesnil se réfugia dans la lecture et l'étude, laissant Mathilde et Quentin livrés à eux-mêmes. Louise de Savoie, qui élevait, en plus de ses deux enfants, les trois bâtardes de son mari, prit les orphelins sous son aile. Au printemps 1498, pressé de se rendre au jeu de paume, le roi Charles VIII se cogna malencontreusement la tête contre le linteau de pierre d'une porte. Il mourut en quelques heures. Son cousin germain, Louis d'Orléans, lui succéda sous le nom de Louis XII. Louis n'ayant pas d'enfants, François devenait l'héritier présomptif du royaume ! Il fut invité par le roi à rejoindre la cour en Touraine. Antoine du Mesnil, fin lettré mais terriblement désargenté, accepta la proposition de Louise d'emmener les petits avec elle. C'est ainsi que Mathilde et Quentin devinrent les compagnons de jeu et d'études de Marguerite et François. Ils suivirent les mêmes enseignements : latin, italien, espagnol, histoire, géographie, religion. Avec Anne de Montmorency, Philippe Chabot de Brion, Florange, ils faisaient tourner en bourrique les serviteurs, dépassés par cette troupe de joyeux garnements. À peine les croyait-on dans les jardins qu'ils déboulaient dans la salle des gardes. Bien entendu, François était toujours à leur tête, prenant très à cœur son rôle de futur chef de l'armée. Même si le remariage de Louis XII avec Anne de Bretagne, la veuve du précédent roi, faisait planer une menace sur son accession au trône. Louise de Savoie guettait la moindre rondeur de la reine. Elle vécut huit fois le martyre. Chaque fois, elle put se réjouir. Les nouveau-nés ne survécurent pas, sauf deux filles, Claude et Renée, qui ne représentaient aucun danger pour son cher petit. Peu soucieux de ces drames dynastiques, Quentin et Mathilde passèrent d'heureuses années au château d'Amboise et au manoir du Cloux, entrecoupées par des séjours chez leur père. Ils grandissaient. Mathilde devint une jolie jeune fille, attirant les regards des garçons. François ne tarda pas à lui manifester un intérêt dont Quentin prit ombrage. À plusieurs reprises, il eut à défendre sa sœur contre les assauts du futur roi. Ce qui provoqua un drame. Un matin d'août 1506, trois mois après ses fiançailles avec Claude de France, âgée de six ans alors qu'il en avait douze, François défia Quentin à la course. D'une taille et d'une force bien supérieures, il était sûr de gagner et de remporter le trophée : embrasser Mathilde. L'affrontement eut lieu sur les remparts d'Amboise. Massés près d'une échauguette qui instituait le point d'arrivée, leurs camarades les encourageaient de leurs hurlements. Quentin s'élança courageusement. François le dépassa sans peine. La coursive était étroite, les pavés inégaux. François prit le temps de se retourner et de faire un geste moqueur à son camarade. Ce qui eut le don de rendre Quentin fou de rage. Il le rattrapa. Au moment où il passait devant lui, il y eut bousculade. Quentin chuta de plusieurs toises[1]. Trois jours durant, il resta entre la vie et la mort. François, Marguerite et Mathilde ne quittèrent pas son chevet. Quand il revint à lui, entouré des fumigations d'herbes sauvages que le mage-médecin de Louise de Savoie avait prescrites, il ne vit que Marguerite penchée vers lui et lui murmurant de tendres encouragements. De ce jour, il conçut pour elle un amour absolu. Un amour sans espoir mais qu'il portait avec légèreté. Par chance, la seule séquelle visible fut une boiterie prononcée

1. 1 toise = 1,80 mètre.

lui interdisant les exercices violents. Il n'en fut que moyennement chagriné, préférant les salles d'étude où il apprenait les vers en latin que lui dictait Marguerite. Après s'être amplement excusé et lui avoir juré une amitié éternelle, François était retourné à ses jeux de chasse et de guerre. À la surprise de tous, Mathilde annonça son départ. Elle partait rejoindre son père en Normandie. Elle ne donna pas d'explications et ne remit jamais les pieds à la cour. Quentin savait qu'elle lui en avait voulu de rester à Amboise, mais elle avait fini par lui pardonner. Seule sa haine pour François n'avait jamais désarmé. Quentin soupçonnait d'autres raisons à sa fuite que son accident, mais il n'osa jamais lui en parler. Tout comme il taisait un autre effet de sa chute… Avoir côtoyé l'au-delà avait infligé à son âme une blessure indélébile. Lui était restée la curieuse sensation d'avoir vécu d'autres vies. Ses visions pouvaient-elles provenir d'un passé lointain ? À moins qu'elles ne soient annonciatrices du futur… Chaque jour, il priait pour que jamais elles ne reviennent. Hélas, ses cauchemars étaient toujours là pour lui rappeler cette malédiction.

Il trouva Mathilde tout en haut de la tourelle. Quand elle allait mal, elle restait des heures à regarder l'horizon comme si le ciel et les forêts pouvaient apporter des réponses à ses tourments.

— Tu t'en vas, affirma-t-elle sans se retourner. Je comprends.

— Ne crains rien. Il ne m'arrivera rien de mal.

Elle resta silencieuse, les yeux fixés sur le bois des Sentes.

— Pourquoi te demande-t-il de rentrer ?

— Je n'en sais rien. La lettre est illisible.

— Tu pourrais retarder ton départ…

— N'y compte pas. Il m'attend.

— Comme s'il n'avait pas assez de pantins autour de lui.

— Mathilde !

Elle se retourna et lui prit la main.

— Je suis inquiète pour notre père.

— Il se porte à merveille.

— Il vieillit...

— Il n'a jamais été aussi vif. Dis plutôt que toi, tu ne veux pas que je parte. Je reviendrai, Mathilde, mais le temps venu. Pourquoi restes-tu ici ? Reviens à la cour. Tu y seras accueillie avec joie.

Elle retira sa main pour la passer devant ses yeux.

— Tu ne comprends rien à rien, déclara-t-elle d'un ton las avant de s'engouffrer dans l'escalier.

Contrairement à l'habitude qui voulait que toute la maisonnée, maîtres et serviteurs, mangent à la même table dans la cuisine, Mathilde demanda que le souper fût servi dans la pièce du rez-de-chaussée donnant sur le verger. La Bougnette maugréa que c'était bien des manières, mais fit dresser une table pour trois. Revenant de quelque vagabondage, Antoine du Mesnil en fut surpris, mais apprenant que la raison en était le départ de son fils, il ne fit aucun commentaire. Avec un sourire complice, il donna à la Bougnette les premières girolles qu'il avait trouvées dans la forêt. Il demanda à Catherine de monter un broc d'eau dans sa chambre afin de faire un brin de toilette. Toujours bougonnant, la Bougnette reprit les préparatifs du souper. Elle l'aimait bien, son Quentin, même si on ne le voyait plus souvent au manoir. Il était revenu tout auréolé de la gloire du roi qui avait battu ces chiens de Suisses, là-bas, en Italie. Elle avait frémi quand il lui avait raconté le fracas des armes, les cris des blessés, l'odeur de la poudre et du sang... Qu'il reparte si vite lui faisait peine, mais il avait un grand destin devant lui. Elle allait le gâter pour son dernier repas parmi eux. Six petits pigeons attendaient d'être plumés. Elle commença par la tête et songea à la conduite de Mathilde. Ses colères lui faisaient peur. À son âge, elle aurait dû être mariée depuis longtemps. Des marmots lui auraient mis du plomb dans la cervelle. Les doigts de la Bougnette faisaient voler les petites plumes grises et blanches qui retombaient à terre comme des flocons de neige. Le chat, qui s'était caché sous la maie, s'approcha et trouva le jeu à son goût. Elle le chassa d'un coup de pied :

— Allez, va attraper des souris. Tu n'as rien à faire ici, voleur !

Une fois les pigeons plumés et vidés, elle les entoura d'une bonne barde de lard et les embrocha. Le seigneur du Mesnil devrait mettre le holà. Gérer un domaine comme le Mesnil-Jourdain n'était pas une affaire de femme. Il se reposait trop sur Mathilde, qui n'en faisait qu'à sa tête. Le maître était bien brave, pas méchant pour deux sous, mais tellement tête en l'air. Comme s'il ne voyait plus la vie qu'à travers les feuillages de ses satanés pommiers. Elle nettoya rapidement les girolles. Elle les fricasserait avec du bon beurre et des herbes, comme les aimait Quentin. Un potage avec les légumes du jardin et de la poitrine de porc salée, des gaufres en fin de repas, voilà qui serait parfait. Elle avait parlé à haute voix. Catherine, qui coupait des carottes et des panais, demanda :

— Et les truites ? Tu ne comptes pas les cuisiner ? Mon Dieu, les truites de Quentin !

— Si, bien sûr. Tu les videras. On les passera à la poêle et on les servira avec un filet de vinaigre et une sauce verte avec de la menthe et du persil.

Quentin enleva soigneusement l'arête de sa truite, nappa les filets de sauce verte et savoura en silence. Son père et sa sœur restaient muets, eux aussi.

— Dommage que les femmes ne soient pas admises dans les cuisines du roi, finit-il par dire en s'essuyant les doigts à la nappe. J'emmènerais bien la Bougnette. Elle ferait fureur.

— François a bien assez de serviteurs ! rétorqua Mathilde avec animosité. J'espère qu'ils lui font manger des crapauds et des vipères.

— Tsssst, Mathilde ! la tança son père. En tant que maître d'hôtel, ton frère doit offrir au roi ce qu'il y a de meilleur, dans l'assiette, dans les décors, les jeux... Pour la plus grande gloire du souverain.

Mathilde ne riposta pas. Elle détacha la chair des côtes de son pigeon, mais n'y toucha pas.

— Quentin a le goût des fêtes, reprit Antoine du Mesnil. Il sait que la beauté et la vertu font bon ménage. François aime la gloire plus que tout. Ces deux-là sont faits pour s'entendre. Un grand destin les attend.

Surpris des propos de son père, Quentin le regarda avec attention. Avare de compliments, plus par distraction que par manque d'affection, il venait pour la première fois d'encourager son fils dans la voie qu'il avait choisie. Oui, il ferait de grandes choses. La cour de François Ier deviendrait, grâce à lui, l'endroit le plus prodigieux du monde.

— Qu'ils s'entendent à merveille est bien ce qui m'inquiète, laissa tomber Mathilde.

5

Durant le voyage, Quentin tarabusta le messager pour qu'il lui en dise plus sur les fêtes qui s'étaient déroulées à Amboise. Toujours peu communicatif, l'homme ne sut lui parler que des parties de chasse auxquelles s'adonnait le roi. À peine mentionna-t-il un bal masqué et un tournoi suivi d'un grand banquet. Après avoir déclaré que les petites gens comme lui n'étaient pas conviées à ces ébattements, il se mura dans un profond silence.

Quentin avait hâte d'arriver. Certes, rien de fâcheux n'était arrivé au roi et à sa famille, mais le faire mander en urgence signifiait que le roi comptait lui confier une mission d'importance. Il était question du Cloux dans la lettre. Le manoir du Cloux[1], où ils avaient passé leur enfance. À une courte distance du château d'Amboise, dont on voyait les murailles depuis la terrasse. Un endroit délicieux, entouré d'un grand parc où courait une petite rivière, mais qui n'était plus habité. François avait-il des idées sur son affectation ? Le destinait-il à quelqu'un de son entourage ? Auquel cas il demanderait à Quentin de procéder à certains aménagements. Il se prit à espérer que ce ne

1. Actuellement le Clos-Lucé.

fût pas pour y loger une nouvelle maîtresse. Le souterrain qui reliait le Cloux au château facilitait les va-et-vient. François s'enflammait vite. Un corsage bien garni, une croupe rebondie, un regard complice et il n'avait de cesse de mettre la belle dans son lit. Le roi avait toujours eu grand appétit. Dépucelé très jeune, il collectionnait les bonnes fortunes. À sa décharge, on se devait de dire que la reine Claude n'était guère avenante. Petite, contrefaite, les yeux atteints de loucherie, timide, elle ne brillait d'aucun feu. Mais c'était un ange de bonté et de dévotion. Quentin lui vouait une profonde affection, comme tous ceux qui l'approchaient. L'étoile scintillante, la perle de la cour, c'était bien entendu Marguerite, aussi belle et enjouée que spirituelle et savante.

S'interdisant toute pensée au sujet de Marguerite, Quentin revint à ses interrogations. Peut-être François voulait-il organiser une grande fête au Cloux pour commémorer le premier anniversaire de la victoire de Marignan ? Quentin en doutait. Le manoir du Cloux convenait pour des fêtes délicates, célébrant l'amour, la poésie, certainement pas pour y entendre des roulements de tambours et y organiser des tournois. Seul Amboise, ou à la rigueur Blois pouvaient convenir. Et François ne ferait pas appel à Quentin. Il savait qu'il n'aimait pas la guerre.

Quentin maudissait Mathilde d'avoir détruit le courrier du roi. Il aurait pu mettre à profit le temps du voyage pour élaborer des propositions, imaginer des solutions qui séduiraient François… Et voilà qu'il ne savait même pas de quoi il retournait. Une bien mauvaise manière de s'assurer ses bonnes grâces.

Ils ne traînèrent pas en route et, trois jours plus tard, après être passés par Évreux, Dreux, Chartres et Vendôme, ils arrivèrent à Amboise en fin d'après-midi.

Entre la tour des Minimes et la tour Hurtault se dressait le château, imposant dans ses dimensions mais aérien avec sa galerie aux sept arcades, ses hautes croisées, ses clochetons, sa terrasse plantée d'arbres. La blancheur de la pierre lui donnait douceur et harmonie. Quentin ressentait toujours une vive émotion à la vue de ce château de conte de fées, où pourtant il avait côtoyé la mort.

Comme toujours, le pont qui menait de l'île d'Or à la ville était encombré de charrettes, de mulets portant de lourdes charges, de gens d'armes, de paysans et de nobles cavaliers. Quentin et le messager se frayèrent un chemin avec difficulté. La Loire était à son niveau le plus bas, laissant apparaître des bancs de sable où jouaient de petits enfants. Quelques chalands étaient amarrés aux quais. Dans la rue menant au château, la cohue était telle qu'ils durent mettre pied à terre. Tenant leurs chevaux par la bride, ils gravirent la rampe menant à la cour et se rendirent aux écuries où leurs montures, fourbues, allaient trouver un peu de repos. Quentin remercia le messager mutique et partit en courant vers le château. Après cette chevauchée sa jambe le faisait souffrir, mais il n'avait pas une minute à perdre. Les valets d'écurie lui dirent que le roi était à la chasse mais qu'il ne tarderait pas à rentrer. S'il voulait se débarrasser de ses vêtements poussiéreux, se passer un peu d'eau sur le visage, Quentin devait rejoindre son galetas et pour cela gravir l'interminable escalier menant aux combles.

Les aboiements des chiens furent les premiers à l'avertir de l'arrivée des chasseurs. Quentin se pencha à la lucarne. Déjà, les sabots des chevaux résonnaient sous la voûte. La troupe chamarrée apparut. François était reconnaissable à sa haute taille et à son cheval caparaçonné d'or. Il sauta à terre, donna les rênes de son précieux alezan au valet d'écurie, qui était accouru. Le roi tapa dans le dos de son Grand-Veneur en lui montrant avec satisfaction la charrette qui venait d'arriver, où s'amoncelaient cerfs, chevreuils, sangliers, lièvres, faisans, colverts, petits oiseaux... François enleva son béret de velours émeraude et détacha avec soin les feuilles qui s'étaient accrochées à son aigrette. Suivi de ses amis Florange, Anne de Montmorency[1], Philippe Chabot de Brion, il s'engouffra dans le château. Quentin avait dévalé l'escalier et se tenait devant la porte de la chambre du roi. Il l'entendit monter les marches quatre à quatre.

— Quentin, te voilà ! s'exclama-t-il en l'étreignant avec force. Je t'attendais. Tu as fait vite. C'est bien.

Il se laissa tomber sur une chaise pliante, tendit ses jambes à son valet Philibert, qui lui retira ses bottes. Un âcre fumet se répandit dans la pièce. D'une main, François chassa l'air empuanti, se releva et commença à se déshabiller, semant derrière lui sa robe de chasse de feutre vert, ses chausses, sa chemise.

— Tu pars demain, annonça-t-il.

— Pour où ? demanda Quentin.

Interloqué, François se tourna vers lui.

— Tu n'as pas lu mon courrier ?

— Si, bien sûr, mais il était incomplet...

— Incomplet ? Que veux-tu dire ? Il n'y avait qu'une page. Que s'est-il passé ?

Affreusement gêné, Quentin bredouilla :

— Un malheureux incident. Il a brûlé.

— Le messager te l'a remis brûlé ? Je le fais renvoyer sur-le-champ.

— N'en fais rien. Ce n'est pas lui.

1. Anne pouvait être un prénom masculin.

François regarda son ami avec attention. Un léger sourire se dessina sur ses lèvres.

— Ce ne serait pas Mathilde ? Ça lui ressemblerait, de jeter au feu un courrier du roi.

Penaud, Quentin acquiesça. François partit d'un grand rire.

— Je vois que ta sœur ne s'est pas départie de son humeur belliqueuse. Tu lui diras que nous ne sommes plus des enfants, et que les courriers du roi doivent être traités avec respect, conclut-il d'un ton plus rude.

Nu comme un ver, il s'étrilla avec une serviette, se servit un grand verre de clairet, s'enveloppa dans une robe de chambre et fit signe à Quentin de s'asseoir en face de lui.

— Tu pars en Italie, reprit-il.

Voilà qui n'était pas pour déplaire à Quentin. Peut-être allait-il lui demander de rapporter des tissus précieux, comme ces superbes soies de Lucques ou de Prato qu'ils avaient pu admirer à Milan, l'année précédente ? Ou bien des pièces d'orfèvrerie, des tableaux pour une prochaine fête ?

Quentin attendit patiemment que François ait fini de mastiquer un pilon de poulet qu'il avait pris dans le plat d'argent présenté par Philibert.

— À Rome, continua-t-il, la bouche pleine. Chercher Léonard de Vinci.

Quentin retint une grimace. François jeta l'os de poulet à l'un de ses chiens qui s'en empara pour aller le ronger sous les rideaux du lit.

— Tu sais que je l'ai invité à plusieurs reprises, depuis notre rencontre à Bologne, en décembre de l'année dernière. Il a fini par accepter. Il devrait être là depuis belle lurette.

— On sait que le bonhomme est lunatique, fit observer Quentin.

— C'est bien ce qui m'inquiète. Aurait-il reçu une meilleure offre de Maximilien de Habsbourg ?

Agacé par cette idée, le roi se leva et alla piocher dans le plat de poulet. Son œil droit se mit à cligner comme toujours quand il était agacé.

— Il pense que d'avoir été élu à la tête du Saint Empire romain germanique lui donne tous les droits. Sa devise n'est-elle pas : « *Austriae est imperare orbi universo*[1] » ? Il est bien capable d'avoir promis monts et merveilles à Léonard, comme il l'a fait avec Albrecht Dürer.

François tapota nerveusement l'accoudoir de son fauteuil. Quentin savait que l'évocation des Habsbourg et des dangers qu'ils représentaient pour la France mettait toujours le roi de très méchante humeur. D'autant que l'habile politique matrimoniale de Maximilien avait donné à sa famille la Hongrie, la Bohème, l'Espagne, qui se rajoutaient à ses possessions en Allemagne, en Autriche, aux Pays-Bas et à la Bourgogne, dont il avait hérité de sa mère, la fille de Charles le Téméraire. Un encerclement dont le royaume de France se serait bien passé !

— Il n'est pas question que Léonard de Vinci m'échappe, reprit le roi. C'est le plus grand artiste et le meilleur philosophe de tous les temps. Il sera un ornement primordial pour le royaume de France.

Quentin fit la moue. Il comprenait mal l'engouement de François pour ce vieillard. Il l'avait rencontré à Bologne : un fou ! Ignorant le pape qui était venu l'accueillir, François s'était précipité sur Léonard, l'avait longuement étreint et ne l'avait plus lâché, au grand mécontentement des cardinaux qui accompa-

1. « Il revient à l'Autriche de gouverner le monde. »

gnaient Léon X. Il n'avait eu de cesse que Léonard lui explique le mécanisme du lion que lui avaient montré les marchands italiens à Lyon, avant leur départ pour Marignan. Cet automate avait fait quelques pas en direction du roi de France, sa poitrine s'était ouverte et une gerbe de lys en avait jailli. François en était resté bouche bée et avait applaudi comme un enfant. Quand il avait annoncé son envie de s'attacher ce magicien, Quentin avait mené une rapide enquête. Léonard de Vinci n'avait pas une réputation sans tache. Il sentait le souffre, disait-on.

— Je sais que tu ne l'apprécies pas, continua François, mais tu reviendras sur tes préventions, j'en suis sûr. Et je le veux.

Quentin soupira et leva les yeux au ciel. Il avait le plus grand respect pour son souverain, mais avait encore du mal à s'habituer aux manifestations d'autorité de François.

— Que dois-je faire ?

— Notre ambassadeur nous a fait savoir qu'il était encore à Rome il y a quinze jours. Il le dit d'humeur très sombre. Le pape l'ignore. Il ne reçoit plus de commandes. Des accusations ont été portées contre lui. J'en ignore la teneur.

Quentin n'osa faire remarquer que le vieil homme pouvait être une source de désagréments, et qu'il vaudrait mieux le laisser où il était.

— Peut-être est-il déjà parti...

— Auquel cas, tu vas à sa rencontre et tu l'escortes avec les bonnes manières qui sont les tiennes.

— Mais nous risquons de nous croiser...

— Il est connu comme le loup blanc, déclara François. Et avec ses bagages, il ne risque pas de passer inaperçu. Les relais de poste te renseigneront. Fais marcher ta cervelle, que diable !

Quentin était déçu. Jouer les nourrices pour un vieillard lunatique ne lui souriait guère. François aurait pu trouver quelqu'un d'autre pour une telle mission. N'importe quel capitaine des gardes aurait fait l'affaire. Il regretta d'avoir suivi avec tant d'empressement le messager du roi. Mathilde allait triompher : François le prenait pour un vulgaire larbin. Il était trop tard pour refuser. Malgré l'amitié du roi, il était de trop petit lignage pour ne pas se plier à ses volontés.

François, qui connaissait bien ses réactions, lui sourit.

— La chasse dans la forêt de Chambord a été exceptionnelle. Mais la baraque qui s'y trouve n'est pas digne de moi. J'ai dans l'idée d'y construire un château. Que dirais-tu de t'en occuper ? À ton retour...

Quentin lui retourna son sourire. Le roi savait parfaitement comment désarmer les rancœurs à son égard.

Voilà qui éclairait l'avenir d'une bien meilleure manière. Connaissant l'appétit de gloire de François, Quentin savait qu'il bénéficierait de moyens illimités, le roi lui donnerait carte blanche. Ce serait son grand œuvre.

Le roi se prépara pour un entretien avec Duprat, son chancelier. Frétillant de plaisir, Quentin prit congé. Plus vite il serait parti, plus vite il reviendrait. Il lui fallait s'assurer d'une bonne monture, préparer quelques effets, se faire attribuer une bourse bien remplie.

En se rendant aux écuries, il vit aux abords des cuisines des valets procéder au dépeçage et à la découpe du gibier. Des quartiers de viande ruisselants de sang, des lièvres écorchés jonchaient le sol. Martial, un des maîtres-queux, désignait d'un doigt impérieux les pièces qu'il accommoderait pour le souper. Ils se saluèrent d'un signe de tête. Quentin le connaissait peu. Pourtant, les cuisines faisaient partie de ses attributions. En tant que maître d'hôtel, il devait choisir quotidiennement les mets qui seraient servis au roi, pourvoir aux dépenses de bouche, traiter avec les fournisseurs. Les maîtres-queux ne faisaient que mettre en pratique ses décisions. Conscient de sa méconnaissance de l'art culinaire et peu désireux d'en savoir plus, Quentin en laissait le soin à ses subordonnés. Mauricet et Sébaste s'en tiraient fort bien, à son avis et à l'avis du roi, gros mangeur, mais peu sensible à la qualité des repas. Quentin se réservait tout ce qui avait trait aux fêtes, bals et mascarades, choisissant les décors, les musiciens, les danseurs.

Le souper lui donnerait l'occasion de voir comment son remplaçant, le vicomte de Gribes, s'en sortait. Malheureusement, aucune fête n'était prévue. Le repas serait tout ce qu'il y avait de plus ordinaire, ne réunissant que le roi, sa famille et ses amis.

Quentin discutait avec un palefrenier sur le choix d'un cheval pouvant supporter un aussi long voyage, quand il vit arriver des cavaliers revêtus de la livrée de Marguerite d'Alençon. Son cœur bondit de joie. Cette journée était bénie, lui apportant la promesse de Chambord et la chance de partager une soirée avec la dame de ses rêves. Ayant jeté son dévolu sur une solide monture, couleur baie, la croupe large, l'air paisible, il rejoignit sa chambre. Il prit grand soin à se préparer : chausses collantes à la bougrine, son plus beau pourpoint de cannetille[1] argentée, toque noire brodée d'une tresse écarlate. Par la fenêtre ouverte, il entendait les criailleries des hirondelles qui nichaient

1. Broderie de métal.

sous le toit, sentait monter l'odeur lourde du fleuve. Il était heureux.

Dans l'espoir d'y rencontrer Marguerite, il descendit dans la cour, où bon nombre d'hôtes du château prenaient le frais en attendant le souper. Le roi lui-même, en habit de soie brodée d'or et chapeau de velours noir orné d'une plume, allait de groupe en groupe, riant et bavardant. Le soleil couchant dardait ses derniers rayons sur l'assemblée, faisant éclater les rouges, les ocres, les orangés des parures. Le roi, qui dépassait d'une bonne tête tous ses sujets, semblait nimbé d'une aura dorée. Quand surgirent deux grandes femmes à l'allure altière, l'une dans la quarantaine, l'autre, âgée d'une vingtaine d'années, il se précipita vers elles, s'inclina avec respect devant la première, et prit la seconde familièrement dans ses bras. Louise de Savoie, sa mère bien-aimée, et Marguerite, sa sœur chérie. Quentin sentit son cœur s'affoler. Marguerite si belle, si sage, mais si malheureuse dans ses amours. Il jalousa intensément François, qui passait un bras autour de ses épaules. Pourquoi l'avait-il donnée à ce rustre, à ce benêt de duc d'Alençon, bien incapable de savourer sa chance d'être l'époux d'une telle perle ? Pour le bonheur de sa belle, Quentin aurait préféré qu'elle fût mariée selon son cœur. Même s'il savait que jamais il n'aurait pu y prétendre malgré les tendres liens qui les unissaient. Perdu dans sa contemplation et ses regrets, il ne vit pas la jeune fille qui s'approchait de lui, tout sourire, vêtue d'une délicieuse robe en brocart queue de paon.

— Quentin du Mesnil, êtes-vous parmi nous ou poursuivez-vous en rêve quelque licorne ?

Quentin sursauta. Anne de Ronceil ! Oh non ! Elle n'allait pas le quitter d'une semelle, pépiant, bavardant, alors qu'il n'avait d'yeux que pour Marguerite.

Cette jeune personne, cousine du duc d'Alençon, faisait partie de la maison de sa bien-aimée. Il avait eu le tort de s'intéresser à elle, espérant recueillir quelques secrets sur la vie de Marguerite. C'est ainsi qu'il avait appris ses déboires conjugaux, son ennui profond et son soulagement quand François l'avait rappelée auprès de lui pour partager sa gloire. Malheureusement, Anne, âgée de dix-sept ans, s'était imaginée qu'il la courtisait et, depuis, le poursuivait de ses assiduités. Il la trouvait charmante, quoiqu'un peu fruste. Elle n'avait pas, comme lui et Marguerite, appris le latin, le grec, les mathématiques, la philosophie... N'ayant pas le courage de lui signifier son peu d'intérêt, il subissait avec résignation sa présence envahissante.

— N'étiez-vous pas auprès de votre père en Normandie ? Pourquoi ce retour précipité ? La cour vous manquait tant ?

Quentin mit un doigt sur ses lèvres et murmura :

— Secret d'État. Je repars demain.

Anne proféra un léger « Oh ! » de désappointement.

— Veuillez m'excuser, on m'attend.

Quentin tourna prestement les talons.

— Je suis bien contente d'être de retour à la cour, continua-t-elle, trottinant à son côté. Je m'ennuie un peu à Alençon. Marguerite est merveilleuse, mais trop austère à mon goût.

Elle émit un petit rire qui agaça prodigieusement Quentin. Critiquer sa bien-aimée n'allait pas arranger les affaires d'Anne de Ronceil. Il pressa le pas, mais elle allongea sa foulée pour rester à son niveau.

— Au moins, ici, on danse. Il y a des fêtes tous les soirs. Marguerite passe des heures à lire des livres en latin. Savez-vous qu'elle écrit des poèmes ?

Oui ! Il le savait ! Et il aurait donné tout l'or du monde pour qu'ils lui soient destinés. Anne lui lança un regard furtif. Une ombre passa sur son visage.

— Croyez-vous que Gonzague de Briis va épouser Marie du Maël ? On les dit fort amoureux, mais, si vous voulez mon avis, leurs parents ne donneront jamais leur accord.

Non ! Il ne voulait pas son avis ! Il ne souhaitait qu'une chose : qu'elle s'éloignât. Il la sentit se raidir. Elle fit un pas de côté.

— Il est de bien trop petite noblesse pour elle, continua-t-elle d'un air pincé. Imaginez : son père exploite lui-même ses terres dans un endroit perdu d'Auvergne. J'ai du mal à comprendre que le roi tolère auprès de lui des gens de si basse extraction.

Quentin faillit éclater de rire devant tant de bêtise. Croyait-elle que l'allusion à son propre statut le pousserait à ramper devant elle ? Ses quartiers de noblesse étaient plus anciens que ceux de cette jouvencelle. Elle confondait richesse et valeurs chevaleresques. Il s'inclina profondément devant la jeune fille en lui disant :

— Anne, je vous souhaite un excellent séjour à Amboise. Profitez de tous les amusements qu'offre la cour. Je dois aller prendre mes ordres, conclut-il en montrant trois hommes qui discutaient un peu plus loin.

Il s'éloigna à grands pas. Anne esquissa un geste, mais renonça à le suivre. Il se joignit au groupe, les saluant avec respect. La conversation roulait sur la chasse de l'après-midi.

— Le roi s'est comporté avec son courage habituel, disait l'un d'eux. Ayant atteint le repaire du sanglier, il lança un chien contre lui, ce qui mit incontinent la bête aux abois. Nos quarante chiens taillèrent l'animal en pièces. Le roi, ayant sauté à terre, l'acheva de sa lance et, comme le veut la coutume, lui coupa le pied droit.

Quoique médiocrement intéressé par les exploits cynégétiques de son maître, mais voyant Anne qui l'observait, Quentin jugea bon de se mêler à la conversation.

— Et avez-vous poursuivi d'autres animaux? demanda-t-il en se penchant vers eux avec un air de conspirateur.

Ses interlocuteurs, qui ne le connaissaient ni d'Ève ni d'Adam, le regardèrent avec surprise, mais ne se formalisèrent pas.

— Le roi sauta à cheval et nous mena à un train d'enfer jusqu'aux étangs pour se livrer à un beau massacre de hérons.

Retentirent alors les trompettes annonçant le souper. Tout le monde se hâta vers la salle de la Cordelière, où les tables avaient été dressées. Anne se débrouilla pour y faire son entrée en même temps que Quentin.

— Revenez-nous vite, dit-elle dans un souffle avant de rejoindre sa place auprès de Marguerite à la table centrale.

La reine Claude, enceinte de sept mois, était déjà assise. Le teint brouillé, les yeux fiévreux, elle faisait piètre figure à côté de la sœur du roi. Elle avait déjà donné une fille à son époux. François avait été déçu et clamait partout que, cette fois-ci, ce serait un garçon. Les astrologues de Louise de Savoie en étaient sûrs. Marguerite parlait affectueusement à sa belle-sœur. Quand elle releva la tête, elle croisa le regard de Quentin, et lui fit un petit signe accompagné d'un large sourire qu'il s'empressa de lui rendre.

Pour le premier service, ils eurent des rôties aux foies de volailles que Quentin trouva insipides. Quant à la comminée de poule, elle baignait dans une sauce bien trop claire. Il ne toucha pas au pâté d'agneau, son voisin de droite s'étant plaint que trop de sel en gâtait le goût.

Une fois n'était pas coutume, Quentin observait avec attention la table mise. Les nappes manquaient de fraîcheur. Dans les taches de vin et les traces grasses laissées par les doigts des convives, on pouvait y lire les festins précédents. Quand les écuyers-tranchants entrèrent en scène pour découper les viandes rôties, Quentin s'aperçut que les plats d'étain étaient bosselés. Ceux en argent destinés au service du roi manquaient singulièrement d'éclat. La nef, placée devant François, où étaient conservés le sel et ses couverts personnels, était si pauvre en ornements qu'il ressentit un profond sentiment de honte. Jetant un œil autour de lui, il vit les dressoirs en bois sombre qui devaient dater de Charles VIII, les bancs et les sièges qui n'avaient plus d'âge. Il était temps d'apporter un peu de nouveauté à ce fatras.

On leur servit du bourbelier de sanglier, pas mauvais, certes, mais qui n'avait rien d'exceptionnel. Le civet de lièvre était acceptable, quoiqu'un peu trop épicé. Les petits oiseaux, grives et cailles, étaient presque calcinés. Quant aux hérons, il restait des plumes collées à la chair… Un désastre ! Comment avait-il pu laisser s'installer un tel laisser-aller ? Quoiqu'il ne fût pas responsable de ce souper, Quentin avait envie de rentrer sous terre. À peine osait-il regarder les convives de la table centrale. La reine Claude chipotait, ce qui n'avait rien d'étonnant vu son état. Marguerite avait laissé pratiquement toute la viande sur son tranchoir. Seul François mangeait avec entrain, mais après une journée de chasse, il aurait été capable de manger le cuir de ses chaussures.

Quentin repensa à tout ce qu'il avait vu l'année précédente en Italie. À Milan, puis à Bologne où ils s'étaient rendus à l'invitation du pape, les banquets somptueux s'étaient succédé. Jamais il n'avait connu une telle variété de mets délicats, servis dans des plats aux couleurs éclatantes. On utilisait même des assiettes individuelles, et non ces grossiers tranchoirs faits d'une planche de bois sur laquelle on posait un morceau de pain qui absorbait le jus des viandes. Les verres étaient d'une telle finesse qu'on osait à peine les prendre en main.

Pour l'honneur du roi et de la France, il fallait s'employer à égaler, voire surpasser le savoir-faire des Italiens. Quentin se jura de jeter aux oubliettes les mauvaises pratiques, les objets obsolètes, les mets peu raffinés qui, hélas, était le quotidien de la table du roi. Son prochain voyage pourrait être un premier pas dans son grand projet de rénovation. N'avait-il pas rencontré, à Bologne, un jeune cuisinier talentueux qui lui avait parlé avec fougue des nouvelles manières de cuisiner ? Il n'y avait guère prêté attention et cherchait à se rappeler le nom du jeune homme. Scappi, ou quelque chose comme ça. Et peu importait. Lui ou un autre, à condition qu'il ait des idées neuves, serait le bienvenu.

Pourquoi ne pas faire d'une pierre deux coups ? Ramener Léonard et quelques artistes des métiers de bouche… Ne disait-on pas le plus grand bien d'un certain Messibugo, maître d'hôtel à la cour de Ferrare ? À Mantoue, les fêtes d'Isabelle d'Este étaient somptueuses… Il le savait par le fils de la duchesse, Frédéric de Gonzague, en résidence surveillée en France.

Il lui faudrait d'abord mettre la main sur Léonard, ce qui ne serait pas difficile, l'accompagner un bout sur le chemin de la France, et ensuite s'octroyer quelques détours en Italie. Il en profiterait aussi pour passer commande des dernières trouvailles italiennes en matière de décor de table.

Tout à son plan, Quentin ne prêta aucune attention aux tourtes, crèmes et confitures qui clôturaient le souper.

6

De la fenêtre du premier étage du Belvédère, Léonard regardait avec désarroi les quatre mules attendant d'être chargées. Jamais elles ne pourraient transporter tout ce qu'il avait préparé avec Francesco Melzi, son secrétaire. Ses précieux carnets, contenant ses pensées, ses dessins, avaient été soigneusement rangés dans un coffre de bois. Il y tenait comme à la prunelle de ses yeux, et redoutait que les pluies d'automne ne viennent les gâter. Pour le rassurer, Francesco les avait emballés dans des feuilles de cuir épais. Au soir de sa vie, il était temps de les mettre en ordre et de les faire publier. Lourde tâche, car il fallait regrouper ce qui avait trait à l'eau, à l'air, au feu, aux animaux, au corps des hommes, aux machines de guerre, à l'industrie, à la peinture, à l'étude du temps, bref, à tout ce qui, sa vie durant, l'avait passionné. La moindre plante, l'arche d'un pont, un tourbillon dans l'eau, un nuage, un visage, un sourire, un mot, et son imagination se mettait à courir. Il concevait d'étranges machines, en étudiait les rouages avec minutie, les dessinait, les annotait. Peut-être aurait-il dû consacrer moins de temps à son désir de savoir comment la nature et l'homme fonctionnaient. Mais jamais il n'aurait pu rester enfermé dans son atelier à peindre tableau sur tableau. Il voulait tout savoir, tout expliquer pour rendre la vie meilleure, pour échapper aux pièges tendus par le destin. Insatiable curiosité qu'on lui avait bien souvent reprochée, mais qui avait fait de son existence une aventure toujours renouvelée.

Depuis huit ans qu'il était à son service, Melzi s'échinait à donner une structure intelligible à ces milliers de pages. La pensée foisonnante de son maître, ses digressions lui donnaient du fil à retordre. Un enchevêtrement de croquis, notes, listes de courses, de dépenses, sans ponctuation ni accentuation... Sans compter son écriture de droite à gauche, qui rendait le décryptage des pattes de mouche plus qu'ardu. Un labyrinthe à l'image de la vie de Léonard. Désormais, il aurait tout le loisir de s'y consacrer. C'était pour Léonard la seule pensée réconfortante en ce jour où il quittait Rome. Pour toujours. Il le savait.

Il avait dû se défaire de bien des objets qui l'entouraient. Ayant passé sa vie à fuir d'un lieu à l'autre, il en avait l'habitude et cela ne lui pesait guère. Il ne servait à rien de s'obstiner quand le sort était contraire. Une vie d'errance à la recherche de mécènes qui le laisseraient libre de suivre ses intuitions et de travailler avec le soin et la lenteur nécessaires. Regrettait-il de ne pas avoir su faire de Florence, sa ville, un lieu où on l'honorerait et où il pourrait attendre la mort en paix ? Non. Il se disait parfois qu'il avait passé trop de temps à étudier les sciences et qu'il avait négligé la peinture. Il avait produit si peu de tableaux... Une quinzaine à peine ! À présent, il était trop tard. Déjà son bras droit ne répondait plus. Sa main gauche, celle avec laquelle il peignait, était toujours alerte, mais un jour viendrait où le mal l'atteindrait aussi. Ne lui resteraient alors que le regard et le rêve.

Léonard sourit. L'évocation de son passé ne le rendait pas amer. La vie était ainsi faite. On l'avait souvent pris pour un chimérique. Lui savait que la connaissance après laquelle il avait toujours couru était la seule consolation de l'âme. Dans son exil, il emporterait avec lui sa Mona Lisa, à laquelle il travaillait depuis quatorze années, un saint Jean-Baptiste symbole de l'esprit qui ne saurait mourir et sainte Anne la consolatrice.

Ses yeux se portèrent sur la ville nimbée de cette légère brume de début d'automne qui adoucissait les ocres et les roses. Le plus difficile serait peut-être de s'arracher à ces paysages, où les cyprès ponctuaient de vert sombre la douceur argentée des oliviers. Là où il allait, les arbres perdaient leurs feuilles en hiver. Saurait-il les apprivoiser, s'en faire des amis, comme son enfance de sauvageon, en Toscane, le lui avait appris ? Rome ne lui manquerait pas, le Belvédère non plus, malgré les transformations que Julien de Médicis avait consenties pour lui : l'élargissement des fenêtres, l'aménagement de chambres et d'une cuisine, du mobilier, des tentures et des tapis neufs. Le Belvédère avait beau être dans l'enceinte du Vatican et ses jardins peuplés des essences les plus rares, Léonard s'y sentait en exil.

La chambre aux miroirs avait été fermée, et les huit grands miroirs cassés. Il ne ferait pas à ses ennemis la joie de s'en emparer, eux qui cherchaient à tout prix le secret des miroirs ardents qui pouvaient mettre le feu aux bateaux ou aux fortifications de l'adversaire. Léonard en connaissait bien le principe et il lui aurait été facile de le mettre en application. Mais ce n'était pas ce qui l'intéressait, même si les machines de combat l'avaient occupé une grande part de sa vie. Lui, le pacifique ! Le mystère que constituaient les reflets l'avait toujours fasciné. Pouvait-on, dans cette magie, découvrir l'âme de l'homme, ses pensées profondes, la quintessence de son être ? Il n'irait pas au bout de cette expérience, il ne verrait pas l'image d'un homme reproduite une infinité de fois. Cela lui avait coûté assez cher. Pour mettre au point ces miroirs et d'autres instruments d'optique, il avait eu la malchance de prendre à son service deux artisans allemands très habiles, mais qui s'étaient révélés de fieffés gredins. L'un deux, surnommé Jean des Miroirs, avait très vite compris le parti qu'il pouvait tirer de Léonard. Il lui avait volé des dessins où étaient représentées bon nombre de ses inventions et s'était empressé d'aller les revendre. Il avait même eu l'impudence d'ouvrir une boutique de miroirs au Belvédère, au lieu de travailler pour son maître. Furieux, Léonard s'en était plaint à son protecteur, Julien de Médicis. L'Allemand avait répliqué en accusant Léonard des actes les plus abjects. Il avait raconté partout que le peintre profitait de ses séances de dissection à l'hôpital San Spirito pour abuser sexuellement des cadavres de jeunes hommes. Ces racontars avaient fait l'effet d'un tremblement de terre. Le pape s'en était ému et avait interdit à Léonard d'y remettre les pieds. Ces calomnies l'avaient affecté grandement et fragilisé encore sa position à Rome.

Il y était arrivé trois ans auparavant, sur l'invitation de Julien de Médicis, le frère du pape Léon X, gonfalonier de l'Église, qui avait en charge les grands travaux pouvant apporter au souverain pontife gloire et renom. Mais le pape n'avait pas le goût exquis de son père, Laurent le Magnifique, ni le respect des artistes comme son grand-père Cosme. Gros et gras, il ne pensait qu'à jouer aux cartes et à s'adonner à la musique, entouré de bouffons grotesques. À sa cour, la flagornerie remplaçait le talent, et ça, Léonard n'avait jamais pu s'y contraindre. Un éclair d'amusement passa dans les yeux du vieil homme à la pensée que ses goûts jugés bizarres en avaient décontenancé plus d'un. Il n'avait pas été le bienvenu à Rome, c'était le moins qu'on puisse dire. À la mort de Bramante, il avait cru qu'il était le plus à même de prendre sa suite pour la construction de la basilique Saint-Pierre, mais le pape lui avait préféré Raphaël, au caractère si facile, si travailleur, à l'échine si souple. N'avait-il pas déclaré : « Tout à sa joie d'inventer des nouvelles machines pour alléger la peine des hommes, de fabriquer des onguents pour faire pousser les ongles ou rendre sa virilité aux pauvres amants, Léonard oublierait sûrement que le but de son travail est d'élever le plus vite possible le dôme de Saint-Pierre » ? Cantonné au Belvédère, Léonard vivotait avec les trente-trois ducats attribués par Julien, alors que Raphaël en recevait trente-deux mille pour la décoration de chacune des chambres du pape. Il les avait vues ces fameuses *stanze*, et avait dû reconnaître que ce petit jeune avait un talent fou. Quant au plafond de la chapelle Sixtine, peint par son vieil ennemi Michel-Ange, il avait eu le souffle coupé par tant de force, de grâce, de perfection. Lui se morfondait, n'ayant reçu aucune commande, à part un projet d'assainissement des Marais Pontins qui ne vit jamais le jour, tout comme la fortification de Civitavecchia. On lui avait juste confié la construction d'écuries et la réalisation d'une machine à frapper les monnaies. Dérisoire ! Un travail d'artisan ! Certes, il avait eu du temps pour se livrer à l'étude des antiquités à Tivoli et à la Villa Hadriana et de la botanique dans le jardin du Belvédère. Mais ce n'étaient que des amusements. Il y a tout juste cinq mois, la mort de Julien de Médicis, emporté par une maladie de consomption, l'avait privé de toute protection. Il n'avait rien à espérer de Léon X. Raphaël régnait sans partage sur Rome, Michel-Ange sur Florence, le Titien sur Venise. Son temps était fini.

Même Salaï, son amour, son amant, qu'il avait recueilli à dix ans, petit monstre voleur, menteur, mais beau comme un dieu, l'avait pressenti et s'en était allé, sans un mot et sans espoir de retour. Comme un animal sentant la mort approcher. La mort qui avait emporté ses plus chers amis : Zoroastre, musicien-devin-alchimiste, Botticelli, son plus que frère, Marcantonio della Torre, avec qui il avait poursuivi ses travaux d'anatomie, et tant d'autres.

Léonard prit dans ses bras son petit singe Palio. Il allait devoir s'en séparer et c'était là un véritable crève-cœur. Il le donnerait à son ami Atalante Migliorotti, avec qui il avait fait tant de folies. Lui s'était assagi et était devenu un respectable intendant des fabriques pontificales. Il lui confierait aussi son corbeau apprivoisé, qui le suivait partout. L'hermine crucifiée lui revint en mémoire. Cet acte barbare ne pouvait être que le fait de Jean des Miroirs. Pour narguer Léonard, dont il connaissait l'amour des animaux, il avait coutume de chasser des oiseaux dans les collines de Rome et de les lui rapporter avec un sourire goguenard. Au moins, son départ sauverait quelques créatures innocentes.

7

Le voyage de Quentin avait fort mal commencé. À Bourges, après avoir soupé d'un pâté de lapin, il avait été pris d'un flux de ventre qui l'avait tenu au lit deux jours entiers. À Moulins, c'est son cheval qui avait rendu l'âme, terrassé, lui aussi, par une diarrhée sanglante. Pour couronner le tout, dans une sombre forêt peu après Tarare, il s'était fait dépouiller de sa bourse par une bande de gueux armés de fourches et de gourdins. Le nom du roi de France, que clamait Quentin, n'avait fait qu'attiser leurs appétits et il s'en était fallu de peu qu'il ne finisse pendu à un arbre, les bandits braillant que les impôts du roi assassinaient les petites gens. Outre son cheval, ils lui prirent tous ses effets personnels jusqu'à son pourpoint, ses bottes et son béret de velours carmin auquel il tenait tant. C'est en charrette qu'il arriva à Lyon, complaisamment transporté par un paysan allant livrer une cargaison de jambons secs. Il se rendit immédiatement dans le quartier Saint-Nizier où résidait Bonvisi, l'un des banquiers italien de François. Ayant eu la bonne idée de cacher ses lettres de recommandation dans ses chausses, il n'eut aucun mal à se faire remettre l'argent nécessaire pour se rééquiper de pied en cap et poursuivre son voyage. En l'entendant raconter ses mésaventures, un fabricant de soie de Lucques, venu remettre des lettres de change, lui proposa de faire la route ensemble. Il repartait en Italie le lendemain avec d'autres compagnons. Moyennant une somme tout à fait raisonnable, un cheval serait à sa disposition. Quentin accepta avec reconnaissance. Le marchand l'entraîna rue Mercière chez un tailleur qui promit de réaliser pour le lendemain une garde-robe de voyage comprenant chausses, chemises, pourpoints, et même un manteau en drap épais et profonde capuche pour la traversée des Alpes. Rasséréné, Quentin confia au marchand lucquois qu'il serait bientôt en charge d'un fabuleux chantier de décoration pour le compte du roi de France. Le bonhomme s'empressa de le conduire à son entrepôt sur les quais du Rhône. Lucques était, avec Prato, un des centres les plus prestigieux de tissage de la soie, et Lyon la seule ville en France à offrir ce qu'il y avait de mieux en la matière grâce aux centaines de marchands italiens qui s'y étaient installés. Quentin découvrit avec émerveillement brocarts, damassés, lampas, brocatelles... Son nouvel ami lui fit cadeau d'une pièce de mousseline couleur pêche. Elle serait parfaite pour Mathilde, qui avait le goût des beaux tissus. Le marchand lui promit de le faire expédier dans les meilleurs délais. Ils se quittèrent ravis l'un de l'autre, et se donnèrent rendez-vous pour le lendemain.

Musardant dans la rue Mercière, Quentin s'arrêta chez un libraire. À Lyon comme à Paris, l'imprimerie, une nouvelle technique apparue il y a une quarantaine d'années, se développait à grande vitesse. Le jeune homme tenait de son père l'amour des livres, qu'il avait ensuite cultivé avec Marguerite, elle aussi grande lectrice. La boutique fleurait la délicieuse odeur des reliures neuves et de l'encre fraîche. Les bruits sourds des presses et les cliquetis des caractères en plomb se faisaient entendre dans la pièce attenante. Quentin prit un ouvrage recouvert de veau à décor d'argent et tourna les pages pour le plaisir de les entendre craquer sous ses doigts.

— C'est un excellent choix ! Une nouvelle édition des sonnets de Pétrarque.

L'homme qui s'adressait à lui, vêtu d'une robe noire et d'un drôle de bonnet carré orné de perles de jais, semblait hors d'âge.

— J'admirais juste le magnifique travail de reliure et d'impression.

— Ah ! Un connaisseur ? Peut-être avez-vous envie de voir d'autres ouvrages. Nous venons juste de finir l'impression d'un texte étonnant : *Orlando furioso*, d'un Italien appelé l'Arioste. Une très belle œuvre, hélas non traduite.

— J'ai appris l'italien, mais je m'intéresse plus aux livres touchant à l'agriculture, déclara Quentin, pensant à son père toujours à l'affût des dernières parutions.

Le libraire eut l'air un peu déçu, mais trottina jusqu'à une pile d'où il tira un livre de grand format.

— J'ai bien là un exemplaire du *De Agricultura*, de Pierre de Crescent...

— Nous l'avons déjà. C'est un texte très ancien. Il date d'au moins deux siècles !

Le vieil homme fit la grimace.

— Les poireaux poussent toujours de la même manière ! Je crains de ne rien avoir de plus nouveau. Mais je peux vous trouver d'excellents livres de mathématiques, de médecine, comme le *Regimen sanitatis* de Maino de Mainari...

— Rien de tout cela, je vous remercie, répondit Quentin en se dirigeant vers la porte.

— La chasse, la cuisine...

Quentin se retourna.

— La cuisine, dites-vous ?

— Mais oui, susurra le libraire, reprenant espoir. La deuxième édition du *De Honesta Voluptate* de Platine, en traduction française. Par Didier Christol, prieur de Saint-Maurice, près de Montpellier.

— De quoi s'agit-il ?

— D'un ouvrage italien de la première importance, écrit par un bibliothécaire du pape, qui vous dit tout sur les aliments, leurs bienfaits ou leurs dangers pour la santé, la manière d'accommoder pigeons, salades et autres mets. Il a beaucoup de succès. Les habitants de Lyon sont de fins mangeurs et se battraient pour une poularde bien grasse ou des bugnes tout juste sorties de la friture.

Le libraire farfouilla sur une table et brandit triomphalement un gros ouvrage. Quentin le feuilleta rapidement, s'arrêtant à la table des matières, qui lui sembla très complète. Il découvrit avec plaisir que l'auteur parlait de l'histoire des produits, de leur usage, et ne se contentait pas de donner des recettes. Il abordait les tâches du cuisinier, les manières de mettre la table, les spectacles après souper, et même les relations charnelles avec les femmes. Lire en voyage n'était pas la chose la plus facile, mais Quentin n'hésita pas. Il lui fallait ce livre. Il y apprendrait la manière italienne de régaler avec grâce et esprit. En empochant l'argent de la vente, le libraire lui confirma qu'il avait fait un bon choix.

— Essayez le poulet aux raisins, les haricots aux figues, le potage blanc, vous m'en direz des nouvelles ! déclara-t-il en se pourléchant les babines.

Il semblait avoir rajeuni de vingt ans à l'évocation de ces mets, et pour finir indiqua à Quentin une taverne toute proche, où l'on servait de l'excellente carpe de la Dombe et des saucisses aux herbes à se rouler par terre. Et s'il avait le temps d'aller faire un tour au marché, il verrait à quel point les Lyonnais étaient gâtés par la nature environnante. Quentin n'en doutait pas, mais le temps pressait. Si Léonard avait quitté Rome, le retrouver sur les routes d'Italie ne serait pas une tâche facile.

*

La suite du voyage se déroula sous les meilleurs auspices. Frais comme des gardons, Quentin et son cheval n'eurent à subir ni attaque de gredins ni nourriture avariée. Le marchand lucquois et ses trois collègues se révélèrent de joyeux compagnons, prompts à la plaisanterie et peu regardants à la dépense. Maîtres du commerce et de la banque à Lyon, ils menaient grand train et se désolaient de ne pas trouver dans les auberges de campagne les vins du Beaujolais et de Bourgogne dont ils faisaient leur ordinaire. Lorsque Quentin leur dévoila qu'il était un proche du roi, ils ne cessèrent de le questionner sur François, qu'ils avaient eu l'honneur d'accueillir l'année précédente, avant son départ pour Marignan. Quentin se souvenait fort bien du cortège des marchands, les Allemands en vêtements gris, les Lucquois en damas noir brodé de drap d'or, les Florentins en velours cramoisi. Entre les maisons, un ciel de toiles or, argent et gueules[1] était tendu, les façades étaient recouvertes de tentures et de tapis, et le sol de sable. Des orne-

1. Jaune, blanc et rouge.

ments de buis et de laurier avec au centre un F doré, couraient le long des rues. Pendant quatre jours, processions et fêtes s'étaient succédé. Jamais ville n'avait offert entrée si fastueuse à un souverain. Les Lyonnais pouvaient en être fiers. Mais comme le fit remarquer un des marchands, cela leur avait coûté les yeux de la tête, notamment ce lion en or fin tenant d'une patte un cœur émaillé de rouge et de l'autre le blason de la ville, remis en présent au roi. Ils espéraient tous que François Ier s'en souviendrait et allégerait les impôts et les taxes. Quentin se garda bien de leur dire que les besoins en argent étaient tels qu'il doutait fort que leurs espoirs se réalisent...

Comme prévu, il avait peu le loisir de lire. Les étapes étaient longues et une fois arrivé à l'auberge, il n'avait qu'une envie : manger et aller se coucher. À l'approche de Turin, un orage monstrueux fit déborder le Pô, coupant les routes pendant une journée entière. Refusant de jouer aux dés avec ses compagnons, Quentin en profita pour mettre le nez dans son livre. Il fut conquis dès les premières lignes. L'auteur se proposait d'apprendre à vivre dans les délices et les voluptés, en accord avec les enseignements d'Épicure, Sénèque, Platon, Aristote... Voilà un langage qu'entendait parfaitement Quentin. Mêler philosophie et art de vivre avait tout pour lui plaire. En premier lieu, Platine prônait l'exercice du corps, afin d'éliminer les humeurs corrompues et d'attiser l'appétit. Les promenades à pied, à cheval, le tir à l'arc, la chasse étaient les bienvenus, mais aussi les travaux du jardin, la greffe des arbres fruitiers, la plantation de bonnes herbes odorantes. Son père allait être ravi d'apprendre que l'arboriculture concourait à la conservation de la santé ! Après les repas, l'auteur conseillait jeux et conversations exemptes de moqueries, injures, vilenies et paroles déshonnêtes. Voilà un paragraphe que Quentin s'empresserait d'oublier. À la cour du roi de France, les plaisanteries les plus grasses, les insinuations perfides, les railleries et quolibets faisaient partie des amusements au même titre que la musique et les jongleries. La recommandation suivante, de dormir en hiver sous une couette de plume et un drap de coton en été, lui sembla assez banale. En revanche, il lut attentivement la recette pour se débarrasser des punaises, qui trop souvent rendaient les nuits insupportables. Il en fit même part à ses compagnons :

— Voilà ce qu'il faudrait proposer à l'aubergiste : prendre un concombre serpent de Toscane, le mettre dans l'eau, ou mieux encore dans du fiel de bœuf et du vin aigre, et en badigeonner le châlit.

— Je croyais que tu lisais de la philosophie, lui dit le Lucquois en riant. Je ne savais pas qu'Aristote s'intéressait aux punaises.

Quentin haussa les épaules.

— Ne fais pas ta mauvaise tête, continua le Lucquois. Dis-nous-en plus.

— Platine, l'auteur, est férocement contre la sieste qui, d'après lui, rend les corps paresseux et faibles, donne une mauvaise couleur au visage.

— Ton Platine est un âne, s'exclama un des marchands. La sieste est le meilleur moment de la journée, surtout si on la fait avec une jolie garce.

— Il n'est pas de cet avis, reprit Quentin. Trop de commerce charnel avec les femmes fait vieillir avant l'heure.

Les quatre marchands le huèrent. L'un d'eux clama que faire la bête à deux dos était, au contraire, gage d'une éternelle jeunesse.

— Il n'en croit rien, continua Quentin. La vue diminue, on perd l'appétit, le teint pâlit, les cheveux deviennent blancs et l'haleine puante !

— C'est la meilleure ! Regarde-moi : noir de poil, rubicond de peau, bon pied, bon œil et je t'assure que je fais criquon-criquette autant que je peux.

Quentin était bien convaincu que le discours de tempérance de Platine n'avait aucune chance d'être entendu par François, qui lui rirait au nez s'il avait le malheur de dire que le commerce avec les femmes nuisait à la santé.

— Donne-moi ce ramassis de bêtises, s'écria le Lucqois en lui prenant le livre et en commençant à lire. En revanche, il a raison de mettre en garde contre les rayons de la lune tombant directement sur la tête d'un dormeur. J'ai un cousin qui a pris un coup de lune, et depuis il ne sait plus que hurler à la mort comme les loups.

Un autre se saisit de l'ouvrage.

— Voyons voir ce qu'il raconte. Il faut se lever tôt. C'est d'accord. Aller pisser et chier. C'est ce que je fais. Se coiffer, cracher les glaires, se laver les yeux, la tête, les pieds et les mains avant de manger. Rien de nouveau sous le soleil. Se laver les cheveux pas plus d'une fois la semaine. Ça tombe sous le sens. Pas la peine d'écrire un livre...

Partageant leur hilarité, Quentin reprit son bien et les marchands leurs dés. La suite concernait les aliments à privilégier selon les saisons. De février à mai, il préconisait des viandes légères, comme poussins, chevreaux et moutons, toutes sortes d'herbes, bourrache, bettes, des brouets de jaunes d'œufs au verjus, des brochets, des perches... De mai à août, Platine recommandait laitue, pourpier, melons, citrons, courges, prunes, cerises... D'août à novembre, par contre, il fallait se garder des fruits et privilégier la chair de chapons, pigeons, pourceaux.

Quentin était un peu déçu. Ces premières pages le laissaient sur sa faim, mais malgré tout le ton de l'auteur, alliant raison et plaisir, lui plaisait bien. Il y reviendrait dès qu'il en aurait le temps. Une fois Léonard retrouvé, il aurait tout loisir de se consacrer à l'étude de l'art culinaire. Ce n'était plus qu'une question de jours.

8

Samedi était jour de marché à Louviers. Mathilde n'avait nul besoin d'y aller. En ce début de septembre, la ferme du manoir produisait assez de beurre, de volailles, d'œufs, de légumes pour subvenir aux besoins de la maisonnée. Leurs tenanciers s'étaient acquittés du champart[1], et les greniers regorgeaient de blé, d'orge et d'avoine. La Bougnette n'avait rien réclamé pour la cuisine. Son père n'avait signalé aucun outil devant être remplacé. Pourtant, Mathilde avait fait atteler la charrette. Après avoir déjeuné d'une bouillie de fèves et d'un verre de cidre, elle avait pris la route de Louviers sans prévenir personne. La Bougnette lui aurait encore dit que mener la charrette toute seule était manière de paysanne. Elle avait besoin de s'éloigner du manoir. Le départ de Quentin l'avait profondément attristée. Elle s'était fait une joie de passer du temps avec son frère. Sa vie à la campagne lui convenait parfaitement. Du moins, elle le répétait pour s'en convaincre. Au grand jamais elle n'aurait avoué que les rires, les discussions, les

1. Impôt en nature payé au moment des récoltes. Pour les céréales, environ 1 botte sur 8.

jeux, les divertissements qu'elle avait connus dans sa prime jeunesse lui manquaient. Elle savait qu'elle courait le risque de s'étioler, de devenir aussi grise et triste qu'un moineau aux portes de l'hiver. La Galiotte, sa solide jument baie, allait d'un bon pas. En traversant le bois de la Routelle, elle vit que les châtaignes seraient bientôt prêtes à être récoltées. Elles étaient en avance. Qu'avait-elle vu de l'été ? Les récoltes, les moissons... S'était-elle amusée ? Après les longues journées de travail, elle s'écroulait dans un sommeil sans rêves pour se relever à l'aube. Il y avait bien eu les repas de la fête des moissons... Elle avait aidé la Bougnette à cuire tant de pain, à remplir tant de pichets de cidre qu'elle n'avait pas le souvenir d'avoir eu le temps de partager la joie de leurs paysans.

À la Haye-le-Comte, la femme d'un de leurs tenanciers la salua d'un joyeux « Bonjour » et lui souhaita bonne route. Était-ce là tout ce qu'elle avait à espérer de la vie ? Elle se demanda si elle n'était pas en passe de devenir aigrie et mélancolique. Si seulement elle ne s'inquiétait pas tant pour Quentin. Si seulement elle n'avait pas ce doute qui la rongeait. En allant à Louviers, elle savait que ce n'était pas pour aller regarder les étals de colifichets, tissus et rubans du marché. Une fois de plus, elle allait se confronter avec l'image qui la troublait chaque fois. Comme un chien qui lèche inlassablement sa plaie, elle s'interrogerait sur le mystère qui entourait son frère. Elle laissa la charrette sur le foirail, prit la direction de l'église Notre-Dame. La foule qui se rendait au marché rendait sa progression difficile. Elle faillit faire demi-tour, mais l'envie l'aiguillonnait. Elle pénétra dans la nef. De nombreux fidèles faisaient leurs dévotions. Elle s'agenouilla dans un des bas-côtés, les yeux fixés sur le vitrail représentant saint Adrien. La ressemblance avec son frère était frappante. Les cheveux blonds coupés au carré dégageant le front, les grands yeux clairs, le teint pâle, le nez droit, et surtout ces lèvres pleines, esquissant un léger sourire. Depuis l'installation en grande pompe du vitrail, un an auparavant, Mathilde ne manquait jamais de venir le voir quand elle était à Louviers pour le marché du samedi. Le plus intrigant était la médaille en or, accrochée au calot de drap rouge que portait saint Adrien : Quentin avait la même, qui lui avait été donnée à la naissance. Ce n'était pas une de ces médailles de dévotion qu'on pouvait trouver chez tous les orfèvres. Elle était très particulière, et Mathilde n'en avait jamais vu de semblable, sauf sur ce vitrail. Pendant des mois, elle avait insisté pour que son père vienne se rendre compte de ce prodige. Mais il refusait d'aller en ville, détestant la foule, les vociférations des marchands, les discussions mercantiles, les piaillements des enfants, les déambulations des badauds… Et pour ses dévotions, inutile d'aller à Louviers, l'église du Mesnil-Jourdain lui convenait très bien. Certes, elle n'avait pas de vitraux neufs, mais elle n'était qu'à quelques pas du manoir. Quand elle revenait à la charge sur la ressemblance entre saint Adrien et Quentin, il restait évasif, se contentant de dire que l'inspiration des artistes était chose très mystérieuse. Et peut-être n'avait-elle pas bien vu… Le vitrail devait être placé assez haut pour qu'on ne distingue pas nettement le motif de la médaille… Quand elle en avait parlé à Quentin, lors de son dernier séjour, il s'était moqué d'elle, lui disant que son imagination lui jouait des tours et que, malheureusement, il était trop piètre chrétien pour prétendre à la sainteté. Mais il avait accepté bien volontiers qu'elle lui montre le vitrail. Évidemment, son départ précipité pour Amboise l'en avait empêché.

Mathilde s'en voulait de ne pas lui avoir dévoilé ce qu'elle avait appris sur saint Adrien. Comme il refusait d'abjurer la foi chrétienne, on l'avait obligé à mettre ses jambes sur une enclume afin que le bourreau les brise à coups de barre de fer. À cette évocation, l'image de Quentin, gisant, disloqué, au bas des murailles d'Amboise était revenue à Mathilde en plein cœur. Elle l'avait cru mort. Quoique rien ne puisse lui donner raison, Mathilde ne croyait pas à un accident. François semblait sincèrement accablé et s'en voulait de sa brutalité. Le jeune garçon était si fort, si impétueux, si souverain déjà dans ses actes, avait-on dit, qu'il n'avait pas mesuré les conséquences de son geste. Des jeux d'enfants, voilà tout ! Et tous bénissaient le ciel que Quentin n'ait pas entraîné son compagnon dans sa chute. Le royaume de France avait tant besoin d'un roi fort et courageux. La rage au cœur, Mathilde avait entendu ces litanies complaisantes, mais rien ne lui ôterait de l'esprit que François avait volontairement poussé son petit frère. Pour une raison qui n'avait rien à voir avec le baiser qu'il comptait lui voler. Elle ne savait pas laquelle, mais pressentait des enjeux bien plus graves. Jamais plus elle n'avait adressé la parole au futur roi.

Elle était persuadée que Quentin était encore en danger. Elle avait reçu un message de lui, annonçant son départ pour l'Italie. Qu'elle ne s'inquiète pas, il serait bientôt de retour. Elle avait d'abord craint quelque nouvelle expédition militaire, mais son voisin et soupirant, le seigneur d'Houetteville, lui avait appris qu'un traité donnant Milan à la France avait été signé. Une paix durable s'annonçait et le roi en profitait pour chasser à courre dans ses forêts. Elle avait été profondément rasséréné de savoir Quentin loin de François.

En sortant de Notre-Dame, cette belle confiance s'était envolée. Elle n'aurait pas dû venir. Une angoisse profonde la tenaillait. La tête ailleurs, elle se livra à quelques achats : une penderesse, poêle à long manche qui remplirait d'aise la Bougnette, quelques onces de cannelle et de gingembre chez Bordier, l'épicier. Elle avait du mal à se frayer un passage parmi les cages à poules, les étals de légumes, de viande encombrant la rue. Elle transpirait, sa vue se brouillait. Elle dut prendre appui contre un mur pour retrouver un peu de force.

Le tumulte des forains, accentué par les cris des marchands ambulants qui proposaient aux chalands oublies, petits pâtés de viande, gaufres, rissoles, ne réussit pas à dévier le cours de ses pensées. Saint Adrien, Quentin, la ressemblance, la médaille… Tout cela ne pouvait être fortuit. Il était temps d'en savoir plus. Elle interrogerait de nouveau son père, même si elle doutait qu'il lui en dise davantage. Quand elle irait à Rouen négocier au meilleur prix la récolte de lin, elle essaierait de rencontrer Pierre Brochard, le maître-verrier auteur du vitrail. S'il le fallait, elle irait à Cognac. Quentin y était né. L'orfèvre qui avait gravé la médaille y était peut-être encore.

Elle traversa le pont de la Vierge, se pencha pour regarder l'onde paresseuse. Le temps passait sans qu'elle en eût conscience. Quelle vie se préparait-elle ? Rester auprès de son père jusqu'à ce qu'il meure ? Vieillie, incapable d'enfanter ? Le seigneur d'Houetteville se lasserait, irait voir ailleurs. Les jouvencelles bien nées ne manquaient pas dans la région.

9

Au coin de l'âtre, Marietta pleurait toutes les larmes de son corps. Domenico allait très mal. Rien n'avait laissé prévoir l'aggravation de son état. Bien au contraire. Ces derniers jours, il avait même accepté qu'elle entrouvre les fenêtres pour dissiper l'odeur des fumigations d'herbes amères. Marietta en avait été si heureuse qu'elle s'était mise à rêver du jour où il accepterait de sentir sur sa peau la caresse du soleil. Il retrouverait force et vigueur et abandonnerait ces baumes à l'urine de jument, au fiel de pigeon dont elle devait l'oindre chaque jour. Hélas, l'embellie avait pris fin avec l'arrivée de sa cousine Catarina. Elle venait de Rome. Domenico l'avait accueillie avec de grandes manifestations de joie. Marietta leur avait apporté des biscuits aux amandes, des petits pâtés, du blanc-manger, des tourtes à la crème et du vin de Malvoisie. Elle était restée l'oreille collée à la porte, espérant surprendre des éclats de rire, une discussion joyeuse, Catarina ayant toujours un effet bénéfique sur son cousin. Quand Marietta entendit un long gémissement suivi d'un torrent d'imprécations, elle recula vivement, maudissant Catarina d'avoir rompu le fragile équilibre de son maître. Qu'avait bien pu dire cette sotte ? Quelques minutes plus tard, la jeune femme sortit de la chambre, passa devant Marietta sans lui dire un mot. Cette dernière ne savait plus que faire. Elle ne pouvait aller voir Domenico. Il ne supportait pas qu'on soit témoin de ses moments de souffrance. Demander des explications à Catarina? Trop tard! Elle entendit la voiture rouler sur le gravier de la cour intérieure du palais. Angoissée, se rongeant les sangs, elle retourna dans sa cuisine et attendit que son maître l'appelle. En vain. Elle passa la nuit debout, dans la galerie, devant la chambre de Domenico, se tordant les mains à chaque hurlement que poussait le pauvre diable. Parmi les domestiques, le bruit courut qu'il s'était transformé en loup-garou et ils se barricadèrent dans la cuisine, des couteaux à portée de main. Au petit matin, le silence se fit. Marietta attendit deux heures et, n'en pouvant plus d'inquiétude, pénétra dans la chambre. En le voyant les yeux ouverts, la mâchoire pendante, elle le crut mort. Épouvantée, elle le secoua sans qu'il réagisse. Le moment qu'elle redoutait tant était arrivé. Elle tomba à genoux, balbutiant la prière des défunts. Une voix rauque s'éleva alors du lit et Domenico lui intima l'ordre de disparaître sur-le-champ. Avant de sortir, elle l'entendit marmonner :

— Léonard m'échappe. Il faut le retenir. Il viendra, je le sais...

Encore ce Léonard, se dit Marietta en refermant doucement la porte. Quelle emprise avait-il donc sur Domenico? Était-ce lui l'invité fantôme des soupers de son maître? Mais qu'il vienne, qu'il vienne vite pour calmer les tourments de ce pauvre garçon.

Pendant deux jours, le palais vécut dans l'ombre et le silence. Les domestiques étaient aux aguets, attendant un ordre du maître. Peut-être était-il mort, disaient-ils. Qui allait payer leurs gages ? Marietta eut le plus grand mal à les empêcher de quitter le palais. Puis la cloche de la chambre de Domenico retentit. Marietta se précipita à son chevet. Plus pâle et décharné que jamais, il commanda le plus abominable souper qu'elle eut jamais à préparer.

*

La table avait été dressée dans la chapelle où, Dieu merci, plus aucune messe n'était célébrée, Domenico recevant la communion dans son lit, le jour de Pâques. Les valets et les petites servantes crièrent au sacrilège et refusèrent d'y pénétrer. Pour les amadouer, Marietta leur donna à chacun un florin prélevé sur ses pauvres économies et leur fit jurer de ne parler à quiconque des folies de leur maître. Elle-même rasait les murs, se signait chaque fois qu'elle rencontrait le regard sévère du christ de bronze noir au-dessus de l'autel. Ce que lui avait demandé Domenico était le pire des sacrilèges. Elle n'oserait jamais s'en confesser au père Mattioli. Elle serait maudite.

Il ne s'agissait pas à proprement parler d'un souper. Domenico l'avait appelé « collation ». Il avait remis à Marietta deux étranges feuilles grand format. Sur la première figurait le dessin d'un squelette humain, sur la deuxième celui d'un crâne. Marietta n'avait jamais rien vu de tel. Horrifiée, elle laissa tomber les planches.

— C'est pas Dieu possible qu'on soit fait ainsi ! balbutia-t-elle.

D'un ton rageur, Domenico lui ordonna de ne pas être si sotte. Il attendait d'elle qu'elle reproduise fidèlement les différents os composant le corps humain. Il se chargerait de les assembler. Jamais elle ne pourrait, s'écria-t-elle. Et avec quel matériau ? Allait-elle devoir courir à la boucherie et demander des os de porc, de lapin, de chevreuil ? Domenico balaya d'un geste ses récriminations et lui annonça qu'elle utiliserait du sucre filé et du sucre candi. Qu'elle se débrouille pour trouver le plus beau, le plus blanc, le plus pur !

Marietta vécut un véritable calvaire. Elle commença par les os les plus longs, ceux des jambes et des bras. Elle fit fondre le sucre dans l'eau jusqu'à ébullition, puis elle l'ôta du feu le temps de dire un *Ave Maria* et le jeta sur une table de marbre enduite d'huile. En se brûlant, elle le mit en boule et, sans perdre une seconde, saisit un croc de fer et l'étira en longs filaments d'une blancheur éclatante. Elle refit cette opération plusieurs fois pour obtenir les côtes, les vertèbres... Elle pleurait de honte. Et de douleur. La farine d'amidon dont elle s'enduisait les mains ne suffisait pas à éviter les morsures du sucre bouillant.

Pour le sucre candi, elle fit un sirop, le versa dans un pot de terre qu'elle mit sur le feu et tourna jusqu'à ce qu'elle sente branler le sucre. Elle cassa alors le pot et recueillit le sucre qui était tout candi. Domenico lui avait expressément demandé de s'en servir pour le crâne. Les petites l'aidaient, avec enthousiasme pour une fois. Elles ne cessaient de demander si ce travail allait servir à confire des oranges, du gingembre, des noix, des poires... Marietta leur cachait les dessins qu'elle allait consulter avec appréhension et dégoût. Les petites finirent par s'en emparer et, quand elles comprirent ce qu'elles étaient en train de faire, elles s'enfuirent à toutes jambes. Marietta les retrouva blotties sous le grand escalier, égrenant des chapelets.

Domenico avait fait recouvrir la table d'un lourd drap noir. Avec l'aide de Marietta, le cœur au bord des lèvres, il s'amusa à reconstituer le squelette, pestant quand les os n'étaient pas reconnaissables. Le résultat était aussi lamentable que répugnant. Le sourire aux lèvres, Domenico grignota une partie du crâne et des mains. Il semblait avoir retrouvé un peu de vaillance.

10

Léonard avait la ferme intention de ne pas s'attarder à Florence. Des souvenirs lumineux de son apprentissage chez maître Verrocchio à ceux, moins glorieux, de ses départs forcés, il ne souhaitait rien garder. À quoi bon parcourir les rues où il avait mené maint chahut avec Sandro Botticelli et Filipino Lippi ? L'annonce de son arrivée s'était répandue dans la ville à la vitesse de l'éclair, et tous les quartiers bruissaient des rumeurs les plus folles. Venait-il se mesurer à Michel-Ange, qui travaillait à la façade de l'église San Lorenzo ? Allait-on assister à une nouvelle bataille de titans, comme en 1504, dans la salle des Cinq-Cents du Palazzo Vecchio, où Léonard peignait la bataille d'Anghiari et Michel-Ange celle de Cascina ? Des paris étaient pris. Florence l'avait follement fêté, puis furieusement dénigré. Berceau de tant de talents, fourmillante des œuvres les plus prodigieuses, la ville aimait ses artistes, mais comme un adolescent gâté, se montrait oublieuse et s'amourachait de toute nouvelle gloire naissante. Léonard était connu, trop, peut-être. Ses premières œuvres avaient fait sensation. Trop, peut-être. Son saint Jérôme, trop livide, trop écorché, trop criant de vérité, avait été salué par des cris d'admiration, mais aussi d'horreur. Son adoration des mages avait fait un tel esclandre que les moines de San Donato avaient refusé qu'il continue le travail et, bien entendu, ne l'avaient pas payé. Tapageur, tonitruant, excentrique, Léonard avait scandalisé, provoqué des mouvements de foule venue voir ses étonnantes créations, mais aussi bouleversé ce peuple capable de reconnaître la beauté.

Allait-il, de nouveau, tel un magicien faisant jaillir une colombe d'un foulard, leur donner un tableau devant lequel le monde entier s'inclinerait ? Allait-il enfin reconnaître ses erreurs, ses manquements ? C'était déjà une bonne chose pour lui que Soderini, le gonfalonier qui l'avait poursuivi des années durant pour travail inachevé, fût mort. Léonard connaissait l'art de la moquerie des Florentins, leur promptitude à saisir les défauts des autres et à en faire des chansons cruelles. Il était l'un des leurs. Mais il ne leur donnerait pas la satisfaction de se justifier, de donner des explications. Il ne ferait que passer, telle une ombre des temps révolus.

Le voyage avait été silencieux. Lui d'habitude si disert, commentant le moindre paysage, le vol d'un oiseau, le chuchotis d'une fontaine, s'était tu. Inquiet mais respectueux de l'état mélancolique de son maître, Melzi n'avait pipé mot. Batista, le fidèle valet de Léonard, avait bien essayé de faire la conversation avec les deux hommes d'armes qui les accompagnaient mais leur italien était trop mauvais. Ils logèrent chez les Martelli, qui avaient autrefois accueilli Léonard et son ami le sculpteur Rustici. Les mules furent déchargées, les bagages gardés par les hommes d'armes ; Batista rendit visite à sa famille, Francesco Melzi fut prié d'aller à l'hôpital Santa Maria Nuova retirer tout l'argent que Léonard y déposait depuis des années.

Là où il allait, ses moindres frais seraient couverts, mais la liberté lui était plus chère que tout.

Devant la mine réticente de Melzi, il crut bon d'ajouter :

— Francesco, tu m'obéiras en tout point. Tu sais ce qu'il te reste à faire.

— Mais ne pensez-vous pas que c'est prendre de grands risques ? objecta le jeune homme.

— J'ignore ce que nous réserve l'avenir, mais je ne crois pas pouvoir faire autrement, répliqua Léonard avec un léger sourire.

— J'agirai selon vos ordres.

Melzi s'inclina. Léonard lui caressa affectueusement les cheveux.

— N'oublie pas de saluer pour moi le recteur Leonardo Buonafe qui m'a permis de disséquer mes premiers cadavres. Quant à moi, je vais me recueillir sur la tombe de mon vieil ami Botticelli. Ce sera mon adieu à Florence. Ne perds pas de temps, Francesco, nous nous retrouverons très vite.

*

Quentin se sépara des marchands Lucquois à Alessandria. Ils continuaient sur Gênes pour rejoindre Lucques par la route de la côte. Il aurait pu les suivre, mais craignant que Léonard ne soit déjà parti et ne veuille passer par Milan, il préféra se diriger vers Piacenza, puis Parme, Modène, Bologne. Il prenait le plus grand soin à interroger les maîtres de poste. Personne n'avait vu de vieillard à longue barbe blanche transportant de multiples bagages. Quentin commençait à trouver le temps long. Sa mauvaise jambe le faisait souffrir. Il en avait assez des auberges pouilleuses où l'on mangeait aussi mal qu'en France.

Les viandes n'étaient jamais lardées, les portions plus que chiches, les vins bien trop doux à son goût. Seuls les melons, très abondants en ce début de septembre, lui avaient plu. Il s'était gavé de leur chair fondante et sucrée jusqu'à n'en plus pouvoir. Vivement qu'il mette la main sur Léonard, pour ensuite pouvoir prendre son temps et explorer les cités opulentes qui allaient lui offrir toutes ces nouveautés dont il était à l'affût. Mais sa mission d'abord ! La vaisselle, l'orfèvrerie, les tissus devraient attendre.

En traversant Prato, sa volonté fut mise à rude épreuve. La ville regorgeait d'échoppes où s'amassaient les plus beaux tissus de laine. Les teintes en étaient incroyablement profondes et variées. Il se contenta d'acheter une pièce d'un tissage doux et épais, couleur de groseille. Le marchand lui dit que la laine provenait d'une chèvre appelée mohair, qu'on trouvait dans les montagnes, chez les Turcs. Mathilde serait ravie.

Il n'était plus qu'à quelques lieues de Florence et se prit à espérer qu'avec un peu de chance Léonard y serait. Il y avait connu la plus grande gloire, et peut-être souhaitait-il lui faire ses adieux. Quentin s'arrêta à l'auberge de l'Ange, tout près des murailles rouges de la cité, y laissa son cheval et se mit en quête du peintre. La tâche ne serait pas aisée. Florence était une ville immense et très peuplée. Il regardait avec admiration les hautes maisons de pierre grise, les rues rectilignes et si larges que deux charrettes pouvaient aisément s'y croiser. Il n'avait jamais vu une telle richesse, un savoir-faire si délicat dans l'architecture, y compris à Milan et Bologne. Une foule de gens superbement habillés se pressaient dans les rues. Même les pauvres avaient l'air riches. Lui qui aimait tant les belles tenues deviendrait fou s'il avait à choisir entre les bérets de velours côtelé ornés de marguerites, de tresses d'or, de pierreries, de perles. Une fois de plus, il fut tenté de s'arrêter dans une de ces boutiques où tout ce qu'il voyait le tentait. Un marchand, sentant son hésitation, le héla et l'invita à venir voir de plus près ses boucles, rubans, cordonnets, ceintures... Quentin fit un signe de dénégation. Le marchand lui mit dans les mains un petit miroir serti de nacre :

— Pour votre fiancée, monseigneur ! Elle pourra ainsi admirer son fin visage. J'ai aussi des aiguilles à cheveux, des boîtes à poudre...

— Merci, mon brave. Je ne suis pas fiancé.

— Marié, alors ! Qu'à cela ne tienne. Voici une belle escarcelle de soie brodée, un petit triptyque représentant la Vierge Marie...

— Rien de tout cela ! Mais peut-être pourriez-vous me dire... Je cherche un certain Léonard de Vinci, peintre de son état. Serait-il à Florence ?

Le marchand éclata d'un rire tonitruant.

— Vous êtes bien le seul à ignorer que Léonard est arrivé il y a deux jours ! La ville ne parle que de ça. Il va encore y avoir du spectacle !

Quentin poussa un cri de triomphe.

— Et pourriez-vous m'indiquer où il habite ?

— Eh là ! je ne suis pas de ce monde-là, moi. Je ne fricote pas avec la seigneurie. Allez demander dans un atelier. Ce n'est pas ce qui manque par ici. À Florence, il y a plus de peintres et de sculpteurs que de bouchers. Regardez, là-bas, près de l'église, ces gamins qui écrasent des pigments, ce sont des apprentis de Baldi le Vieux.

Pour le remercier, Quentin lui acheta l'escarcelle. La chance était avec lui. Dans quelques jours, il serait libre et pourrait enfin musarder à sa guise.

Les apprentis riaient très fort tout en pilant vigoureusement des ocres, des rouges, des verts. Quoique parlant excellemment l'italien, Quentin eut un peu de mal à les comprendre. Ils employaient un dialecte rocailleux, mais il finit par saisir que Léonard habitait le palais Martelli, à proximité de l'église Santa Maria Novella. Quentin les remercia et se hâta dans la direction qu'ils indiquaient. Il trouva le palais sans difficulté. Un domestique le conduisit obligeamment jusqu'aux appartements de Léonard de Vinci. C'était trop beau ! D'une facilité déconcertante ! Même s'il ne l'aimait guère, Quentin était prêt à lui faire mille amabilités. Il déchanta vite quand un jeune homme, au physique avenant mais au visage fermé, lui annonça que son maître n'était pas là.

— Qu'à cela ne tienne ! déclara Quentin avec bonne humeur. Je vais l'attendre. Comme nous allons faire route ensemble, je ne suis pas à quelques heures près.

Le jeune homme le regarda avec inquiétude.

— Je n'ai pas bien saisi qui vous étiez, dit-il.

— Quentin du Mesnil, maître d'hôtel du roi François Ier, envoyé pour faciliter le voyage du sieur de Vinci jusqu'à Amboise. Et vous ?

— Francesco Melzi, secrétaire du sieur de Vinci, qui appréciera sans nul doute l'attention du roi de France, mais nous avons déjà deux hommes d'armes avec nous et mon maître aime voyager en petit comité.

— Je sais me faire discret et je ne vous embarrasserai pas, soyez-en sûr, répliqua Quentin un peu vexé du manque de chaleur de Melzi. Il avait entendu dire que le peintre préférait le commerce charnel des hommes. Melzi était-il son giton ? Craignait-il que Quentin, plutôt bien fait de sa personne si ce n'est sa boiterie, lui ravisse la vedette ? Le pauvre garçon n'avait rien à craindre.

— Peut-être pourrais-je rejoindre maître Vinci là où il se trouve ? poursuivit Quentin.

— Je ne crois pas que cela soit souhaitable. Il se recueille sur la tombe d'un de ses plus chers amis.

Le ton coupant de Melzi agaça Quentin. Préférant ne pas argumenter, il inclina la tête.

— Bien. Dans ces conditions, je vais prendre mon mal en patience en allant visiter la ville.

Ce freluquet de Melzi, qui ne devait pas avoir plus de vingt-cinq ans, n'allait pas rendre le voyage facile. Pour peu que Vinci soit dans les mêmes dispositions d'esprit, ce serait un cauchemar. Quelque chose dans l'attitude du jeune secrétaire troublait Quentin. Qu'il ne l'aime pas, soit ! Qu'il ne veuille pas de lui dans l'intimité de son maître, fort bien ! Mais il semblait cacher quelque chose. Où était Léonard ? Que faisait-il ? Melzi avait eu l'air sincère en parlant de l'ami disparu. Quentin aurait dû insister. Il se faisait sans doute des idées, mais son intuition lui disait de mettre la main sur Léonard au plus vite.

Au pas de course, il retourna à l'atelier près de l'église, ignora les gamins toujours en train de piler, et pénétra dans le pire des capharnaüms : cloches à moitié fondues, bras d'armures, panneaux de bois découpés, animaux empaillés, têtes de statues antiques, blocs de marbre, herbes séchées, ébauches de plans, maquettes... Il se dirigea vers l'homme le plus âgé, qui se révéla être le maître des lieux et répondit volontiers à ses questions.

— Les meilleurs amis de Léonard de Vinci ? Certainement pas moi ! C'est un embrouilleur d'idées ! Un peintre de génie, mais une tête de pioche.

— Et vous êtes bien vivant ! Je cherche un mort...

Le peintre leva les bras au ciel.

— Mais ils sont tous morts ! Léonard n'est plus un jeunot. Nous avons le même âge : soixante-quatre ans. Il était très lié avec son maître : Verrocchio. Mais ça doit bien faire trente ans qu'il est mort. Cherchez plutôt du côté de la bande qu'il menait quand il était jeune.

— Et qui voyez-vous ?

— Il y a bien Filipino Lippi…

— Vous savez où il est enterré ? demanda Quentin, qui ne tenait pas à ce qu'on lui raconte par le menu la vie des artistes qui avaient fait la gloire de Florence.

— Pas vraiment. Peut-être à Prato, dont il était originaire. Mais je pense surtout à Sandro Botticelli. Ils faisaient la paire, Vinci et lui, si vous voyez ce que je veux dire. Et je ne vous raconte pas leurs frasques. Toute la ville en parlait. Botticelli était la gentillesse même alors que Vinci portait en lui quelque chose de sombre. Peut-être était-ce dû à sa bâtardise. Il voulait se venger de son père, un honorable notaire de la cité, en faisant les quatre cents coups.

— Et ce Botticelli, l'interrompit Quentin, où le trouve-t-on ?

— Paix à son âme. Avec des centaines de nos collègues, je l'ai accompagné à sa dernière demeure au cimetière de l'église des Ognissanti. C'est un peu loin. Le plus simple est d'aller jusqu'à l'Arno. Vous verrez le Ponte Vecchio, et là vous prenez à gauche le long de la rivière. Quand vous aurez besoin de vous boucher le nez, vous ne serez plus loin…

Sur ce curieux conseil, Quentin prit congé du peintre. Il ne prêta guère attention aux magnifiques monuments qu'il croisait. Les hautes maisons construites au bord de l'Arno firent place à des jardins et à des bâtiments moins élevés. Quand il atteignit les rives herbeuses de la rivière, il comprit l'avertissement du peintre. Tout le quartier puait l'urine de cheval. Dans d'immenses baquets, des femmes faisaient tremper des paquets de laine brute dans l'abominable fluide, que d'autres allaient ensuite rincer dans l'Arno. Quentin se hâta, mais la lourde odeur de suint mélangée à l'aigreur de l'urine était omniprésente. Il se renseigna auprès d'une jeune fille qui séparait la laine, une fois séchée, en filaments longs et courts. L'église n'était qu'à deux pas. Et le cimetière juste derrière. Quelques minutes après, il y pénétrait. Dans un premier temps, il ne vit personne, puis il distingua une haute silhouette penchée sur une tombe. Cette chevelure blanche balayant les épaules... Ce ne pouvait être que Léonard. Quand il l'avait rencontré à Bologne, il avait été frappé par la taille gigantesque du peintre, presque aussi grand que François, qui mesurait plus de six pieds[1]. Il s'approcha sans faire de bruit. Le vieillard devait être doté d'une ouïe de félin car il se retourna aussitôt et apostropha Quentin.

— Laissez-moi tranquille.

Le ton hargneux de Léonard lui fit augurer de nouvelles difficultés. Il n'eut pas le temps de répondre. Quatre hommes, surgis de nulle part, s'emparèrent d'eux, les bâillonnèrent et les entraînèrent sans ménagement.

1. 1 pied = 32,660 centimètres. François Ier mesurait près d'1,90 mètre.

11

— Non, la croisade peut attendre, clama le chancelier Duprat, nous avons des affaires plus urgentes à régler.

Impatient, Charles de Bourbon se leva et alla se poster devant une fenêtre.

— Les Turcs sont à nos portes. Ils continuent leurs razzias en Méditerranée. Venise est menacée et ne peut les vaincre sans aide.

— Le connétable a raison, approuva François étendant ses longues jambes sous la table, j'ai hâte d'en découdre et de les renvoyer à leurs royaumes barbares.

Duprat regarda le roi avec agacement.

— L'heure n'est pas aux prouesses chevaleresques.

Ce fut au tour de François de se lever.

— Nous sommes en paix. Profitons-en. Rien ne nous menace.

— En êtes-vous si sûr ? répliqua Duprat.

— Que vous faut-il donc ? s'insurgea François. Nous sommes maîtres de Milan. En signant le traité de Genève, nous nous sommes assurés de la fidélité de dix cantons suisses.

— Contre une somme d'argent astronomique, l'interrompit Duprat. Et les autres cantons sont toujours fidèles à l'empereur Maximilien. Avez-vous oublié sa tentative, en mars dernier, de rependre Milan ?

— Qui a lamentablement échoué, poursuivit François avec un petit sourire de satisfaction. Et ne sommes-nous pas en train de travailler à un accord définitif avec les Suisses, qui certes, va encore nous coûter très cher, mais nous assurera leurs services ? Je vous trouve bien pusillanime, Duprat.

— Et vous, Sire, bien optimiste. Maximilien ne s'avouera jamais vaincu. Et que faites-vous du jeune Charles, son petit-fils ? Depuis la mort, en janvier, de son grand-père paternel Ferdinand d'Aragon, il est roi d'Aragon et de Castille. Sans oublier qu'il possède les Pays-Bas et la Franche-Comté...

— Mon cher Duprat, vous perdez la mémoire ! Dois-je vous rappeler que nous avons signé avec lui, il y a un mois, le traité de Noyon ? Nous sommes les meilleurs amis du monde. Ne lui ai-je pas promis la main de Louise, ma première-née, à qui je donne mes droits sur le royaume de Naples ? En attendant le mariage, qui ne se fera pas de sitôt, Louise n'ayant que tout juste un an, il me versera cent mille écus par an. Une affaire juteuse ! Et c'est un gamin, il n'a que seize ans...

— Et vous vingt-deux, majesté... On dit Charles très mûr pour son âge, très accompli, et faisant preuve, déjà, d'un sens politique hors du commun.

N'appréciant guère les propos aigres-doux du chancelier, François appela son valet pour qu'il lui prépare son équipement de chasse. Les affaires de la France attendraient. Un de ses veneurs lui avait signalé la présence d'un cerf dix cors dans la forêt d'Amboise, au lieu-dit des Tailles. Il n'allait pas le laisser filer. Nullement décontenancé, le chancelier resta assis et poursuivit :

— J'ai appris que vous aviez envoyé le jeune Quentin du Mesnil en Italie à la rencontre de Léonard de Vinci.

Avec l'aide de son valet, François enfilait de longues bottes de cuir fauve. Charles de Bourbon avait quitté la pièce pour aller se préparer lui aussi pour la chasse, qu'il n'aurait manquée sous aucun prétexte.

— Vous y voyez quelque chose à redire ? grommela François qui appréciait peu les manières autoritaires du chancelier. Il n'entendait pas se laisser dicter sa conduite par ce vieux barbon antipathique, fût-il le protégé de sa mère.

— Avez-vous réellement besoin de vous attacher les services de cet homme à la réputation sulfureuse ?

— Si, comme vous le pensez, la France est menacée de nouveaux conflits, il nous sera fort utile.

Duprat fit la moue. François attachait autour de sa taille une large ceinture où il accrocherait la dague qui servirait à occire le cerf.

— Vous croyez à toutes ces balivernes selon lesquelles Vinci serait le détenteur de secrets permettant de fabriquer des machines de guerre terrifiantes ? s'étonna le chancelier.

— C'est vous qui avez trouvé, dans les archives du château de Milan, la lettre que Léonard avait envoyée à Ludovic Sforza, il y a plus de trente ans. Comment détruire des forteresses, creuser des souterrains sans bruit, construire des engins à feu, des catapultes, des navires qui résistent aux flammes, des canons si gros qu'à leur vue, les ennemis s'enfuiraient... Non seulement cet homme peint comme nul autre, mais il peut nous assurer une avance technique considérable.

— Je crains qu'il y ait beaucoup de présomption de la part du sieur Vinci. Et nous avons déjà d'excellents ingénieurs militaires, comme Pedro Colonna.

— Avec ses explosifs, il nous a tirés d'affaire sur le chemin de Marignan. Rappelez-vous, après le col de Vars, l'avant-garde, qui progressait entre précipices et paroi montagneuse, fut arrêtée par une muraille de roche. Colonna l'a fait sauter avec maestria, nous libérant le passage.

— C'est exact, continua le roi, un grand sourire aux lèvres. Mais ce ne fut pas la fin des difficultés. Sur les torrents tumultueux nous dûmes bâtir en toute hâte des ponts que les chevaux rechignaient à passer. J'entends encore les hennissements de frayeur des pauvres bêtes, les cris des soldats, les coups de pioche des sapeurs. À deux reprises, il fallut démonter les chariots, tirer les canons avec des cordes, les faire descendre dans le ravin et les remonter de l'autre côté.

François adorait qu'on lui rappelle la gloire de Marignan et il pouvait discourir des heures sur la manière dont il avait dupé les Suisses.

Depuis que Charles VIII, suivi par Louis XII, avaient fait valoir leur prétention sur le Milanais, les armées avaient coutume de passer par Grenoble, Montdauphin, puis le Mont-Cenis et le Mont-Genèvre. Les mercenaires suisses, qui constituaient le gros des bataillons chargés de défendre Ludovic Sforza à Milan, n'étaient pas nés de la dernière pluie et attendaient benoîtement les Français aux portes du Piémont pour les exterminer. Précédé des deux cents gentilshommes de sa maison, en armures éclatantes et heaumes rehaussés de plumes multicolores, le roi, sur un cheval alezan caparaçonné d'or, prit la route de Grenoble. Les archers, les soldats à pied suivaient avec leurs piques, hallebardes et arbalètes. Mais, après Grenoble, seuls trois cents cavaliers, armés de lances, se dirigèrent vers Montgenèvre. François prit une route que seuls les braconniers et les marchands ambulants empruntaient. Elle passait par le col de Vars et débouchait dans la plaine lombarde. Certes, bon nombre de fantassins moururent à la tâche, écrasés par les arbres qu'ils abattaient pour que les chariots et les cavaliers puissent passer. D'autres se noyèrent, emportés par le poids des canons. Tous souffrirent de la faim et de la soif. À pied, à côté de sa monture, le roi encourageait ses soldats. Une épopée digne d'Hannibal ! Le 11 août au soir, l'avant-garde était à la Rocca Asparvera. Aucune armée ne les attendait. La ville fut pillée. Les soldats purent manger et s'abreuver. Un mois plus tard, le 14 septembre, François était victorieux à Marignan.

Le roi avait jeté sur ses épaules une courte cape, qui le protégerait de la griffure des branches lors des galops effrénés auxquels se livraient les chasseurs. Il était prêt à passer la porte.

— Certes, mais combien de temps Colonna me restera-t-il fidèle ? Il a travaillé pour les Génois, puis les Florentins avant de devenir pirate, pour finir à la solde des Espagnols. C'est un miracle qu'il soit encore avec nous.

— Votre Léonard lui aussi a bien souvent changé de maître..., laissa entendre Duprat. Je ne saurais trop vous conseiller la prudence. Quant à Quentin du Mesnil, vous savez ce que j'en pense. Vous n'auriez jamais dû le garder auprès de vous. Il vous causera de graves ennuis.

François haussa les épaules, saisit la courte épée de chasse que lui tendait son valet, enfonça sur sa tête un calot de velours noir sans ornement. Les trompes de chasse retentirent. On amenait la meute de chiens d'Artois. Le raffut qu'ils faisaient couvrit les derniers mots que Duprat adressait au roi.

12

La pierre avait la froideur d'un tombeau. Une acre odeur d'humidité le fit tousser. Où était-il ? Que lui était-il arrivé ? L'obscurité était si profonde qu'il ne distinguait rien autour de lui. Une bouffée d'angoisse l'envahit. Son cœur battait à tout rompre. Il tenta de se relever, bascula sur le côté et heurta un corps.

— Maître de Vinci, est-ce vous ? chuchota-t-il, effrayé.

D'une main tremblante il parcourut le visage aux yeux fermés, sentit sous ses doigts une longue chevelure. Léonard mort ! François ne le lui pardonnerait jamais. Le corps du vieil homme frémit, sa tête bougea et, avec une force inattendue, il repoussa Quentin.

— Ne m'approchez pas, qui que vous soyez, hurla-t-il en bourrant le jeune homme de coups de pied.

— Arrêtez ! Je ne vous veux aucun mal. Je suis là pour veiller sur vous, par ordre du roi de France.

— C'est réussi ! grommela Léonard. Qu'avez-vous fait pour que nous nous retrouvions ici ?

— À vous de me le dire ! s'emporta Quentin en se frottant le mollet, les coups de Léonard ayant réveillé les douleurs de sa mauvaise jambe.

— Vous souvenez-vous de quelque chose ? demanda Léonard.

— Rien de rien. Nos assaillants m'ont frappé et j'ai perdu connaissance.

— Nous ne devons pas être loin du cimetière des Ognissanti. Avec le monde qu'il y a dans ce quartier, ils n'ont pu nous escamoter si facilement.

— À moins qu'ils n'aient eu une voiture.

— En avez-vous vu une quand vous êtes arrivé ?

— Pas que je me souvienne.

Léonard s'était levé. Quentin l'entendait frôler les murs, racler le sol.

— Que faites-vous ? demanda-t-il.

— Je cherche une porte, une anfractuosité qui nous permettrait de sortir de ce trou à rats.

Encore sous le choc, Quentin avait du mal à rassembler ses esprits. Que leur arrivait-il ? Si on avait voulu les détrousser, les voleurs n'auraient pas pris la peine de les enfermer dans cet infâme cachot. Léonard continuait son exploration, sondant et grattant les pierres.

— Voilà, j'ai trouvé la porte !

À peine avait-il prononcé ces paroles qu'un bruit de clé se fit entendre, un rai de lumière pénétra dans la pièce, la porte s'ouvrit. Un personnage étrange fit son entrée, précédé d'un chandelier. Il portait une longue robe violette ornée de croissants de lune d'un jaune éclatant. Un chapeau pointu de mage lui couvrait la tête. Deux hommes à la forte carrure, armés de gourdins, le suivaient. Ils entrèrent en silence. Léonard éclata de rire. Quentin, lui, n'en menait pas large. La mine patibulaire des sbires, le visage fermé du mage ne lui disaient rien qui vaille.

— Quelle est cette mascarade ? rugit finalement Léonard. Laissez-moi sortir.

Imperturbable, le mage se mit à tourner autour du vieil homme en levant son chandelier pour examiner son visage. Les deux mastodontes gardaient la porte. Léonard, qui faisait deux bonnes têtes de plus que le mage, le saisit au col. Les deux affreux se jetèrent sur lui et le firent lâcher prise. Pétrifié, Quentin n'eut pas le temps de réagir. Sur un signe du mage, les sbires encadrèrent les prisonniers et les firent sortir. Ils parcoururent un boyau suintant d'humidité à l'odeur fétide, descendirent quelques marches et se retrouvèrent dans un nouveau cachot, de forme ronde. Des dizaines de cierges l'éclairaient brillamment et la lueur du jour y pénétrait par un oculus situé très haut au-dessus d'eux. La lourde porte se referma. Avec un bâton de craie, le mage se mit à tracer des cercles sur le sol maçonné, trois cercles de plus en plus petits. Il psalmodiait des incantations dans une langue étrange où Quentin crut reconnaître quelques mots d'hébreu. Léonard ne semblait nullement inquiet. Il regardait avec indifférence le mage s'agiter. Quentin était loin de partager son assurance. Il détestait tout ce qui avait trait à la magie et, contrairement à bien des gens de son entourage, fuyait les diseurs de bonne aventure, les faiseurs d'horoscopes, les annonceurs de prophéties. Lui qui avait côtoyé la mort savait que la frontière avec l'au-delà était fragile et, pour rien au monde, il ne voulait se confronter avec ses démons. Il sentit un filet de sueur froide naître à la base de sa nuque et un début de nausée s'empara de lui. Maintenant, le mage disposait des coupelles de métal où se consumait du charbon de bois. Il y fit tomber des grains d'encens, certains dégageant une délicieuse odeur, d'autres des relents nauséabonds. Quentin se mit à respirer par la bouche, à petits coups. Toujours impassible, Léonard avait les yeux levés vers l'oculus.

Ayant terminé ses incantations, le mage se tourna vers lui et, d'un doigt autoritaire, lui fit signe de venir se placer au milieu des cercles. Léonard éclata de rire.

— Cessez vos simagrées ! Tout ceci n'est que comédie !

— Par Malphas, Caïm, Focalor, Abalam, Lilith et Lucifer, que les légions de l'Enfer s'abattent sur cet homme. Qu'elles viennent avec les corps martyrisés qu'il a eu tant de plaisir à ouvrir. Que ceux-ci le tourmentent à tout jamais.

— Ah ! un nécromant ! railla Léonard. Quelle bonne surprise !

— Que leurs entrailles l'ensevelissent, que leur sang le plonge dans un puits de douleur, que leurs chairs en lambeaux lui remplissent la gorge.

Tétanisé, Quentin sentait monter en lui une vague de panique. Un puits sans fond... puis la douleur, l'étouffement, l'ensevelissement, il avait déjà connu ça.

— Vous n'êtes qu'un charlatan dont la bannière ne guide que des foules crédules. Vous voulez nous faire croire que vous déclenchez des tempêtes, que vous possédez une force indestructible et que nul ne saurait s'opposer à votre implacable puissance. Balivernes !

— Je fais appel à Arioch, démon de la vengeance, Namtar, messager de la mort, Barbas, grand président des enfers, Harborym, prince des incendies...

Le rythme de parole du nécromant, les mots répétés agissaient sur Quentin comme un hypnotique. Il se sentit perdre pied. Il revivait sa chute des remparts d'Amboise, une chute qui n'en finissait pas. Quand le nécromant invoqua Ayperos, il vit surgir un lion monstrueux avec une tête et des pattes d'oie, une queue de lièvre. Son esprit s'obscurcit pour être ensuite transpercé de flèches lumineuses. Puis vint Hécate, aux trois têtes de serpent, d'homme et de chat. Son corps fut pris de tremblements, il vit s'enflammer de gigantesques brasiers. Sa peau brûlait, des vents violents le projetaient dans les airs, il retombait à terre où une grêle de pierres luminescentes l'ensevelissait. Quand apparut Andras au corps d'ange, à la tête de chat-huant, à cheval sur un loup noir, il entendit les cris de colère, les mots de haine qui le poursuivaient depuis toujours. C'en fut trop pour lui, il s'affaissa, sans connaissance.

Léonard ne désarmait pas, tenant toujours tête au nécromant.

— Votre magie n'a jamais existé et n'existera jamais. C'est le plus stupide des discours humains.

Les gardes sortirent, laissant entrer un courant d'air. Le ton du mage changea. Quentin tressaillit, ouvrit les yeux. Ses visions avaient disparu. Il ressentait une immense fatigue et ne put se relever.

— Vous resterez parmi les morts, reprit le mage. Vous aurez tout le temps de vous repentir des outrages que vous leur avez fait subir. Ils vous attendent.

Les gardes entrèrent, portant un brancard qu'ils déposèrent au centre de la pièce. Le corps inerte d'un vieillard y reposait, dégageant une épouvantable odeur de charogne. Un autre brancard suivit, avec cette fois le cadavre d'une jeune femme, visiblement enceinte, et, pour finir, un jeune homme d'une grande beauté aux cheveux bouclés.

— Que les âmes de ces défunts vous enseignent la décence, clama le mage.

Il sortit en faisant virevolter sa longue robe. Les gardes le suivirent, fermant la porte à double tour.

— Je les ai vus, ces esprits des morts, se mit à hurler Quentin. Ils étaient là, semant le feu et la terreur. D'horribles monstres à tête de chouette et queue de serpent... Ils sont là, cachés dans ces cadavres. Ils vont s'emparer de nous !

Léonard le regarda avec mépris.

— Vous n'allez pas croire à ces bêtises ! La nécromancie n'accouche que du mensonge. Vous croyez que les hommes peuvent se changer en loups, en chiens ? Ceux qui affirment de telles choses, ce sont eux les animaux.

Terrorisé, Quentin le vit s'approcher des corps et se pencher sur le vieillard. D'une voix calme, Léonard déclara :

— À l'hôpital de Santa Maria Nuova, quelques heures avant sa fin, un vieillard me dit qu'il avait vécu cent ans et ne ressentait aucun mal physique autre que sa faiblesse. Je pratiquai l'autopsie pour vérifier la cause d'une aussi douce mort et je découvris qu'elle était consécutive à la défaillance du sang et de l'artère qui nourrit le cœur, que je trouvai toute parcheminée, ratatinée et flétrie. J'ai aussi écorché le cadavre d'un homme qui avait tant maigri que ses muscles s'étaient consumés et comme réduits à l'état de mince pellicule.

— Taisez-vous ! glapit Quentin.

— Calmez-vous, jeune homme. Je veux juste vous montrer que la mort n'a rien à voir avec la magie. J'ai toujours voulu connaître et comprendre la nature humaine, savoir ce qu'il y avait à l'intérieur de nos corps.

Léonard passa à la jeune femme :

— Je n'ai jamais eu la chance de disséquer une femme enceinte. Cela m'aurait passionné. Dans le ventre de sa mère, le cœur de l'enfant ne bat pas et il ne respire pas, car il est constamment dans l'eau. S'il respirait, il se noierait.

Quentin tentait de se boucher les oreilles.

Arrivant au jeune homme, Léonard joua d'un doigt indifférent avec son membre viril, pâle et ratatiné.

— Regardez comme les organes qui servent à la procréation sont hideux. S'il n'y avait la beauté des visages, de l'âme, la nature perdrait la nature humaine. Parfois la verge possède une intelligence propre, elle se meut alors sans l'autorisation de l'homme, ou même à son insu. Souvent l'homme dort et elle veille, et il arrive que l'homme soit éveillé et qu'elle dorme. Maintes fois l'homme veut se servir d'elle qui s'y refuse, maintes fois elle le voudrait et l'homme le lui interdit.

— Mais allez-vous vous taire? C'est insupportable!

Léonard ne répondit pas. Il avait chaussé une paire de petites lunettes aux verres bleutés et regardait avec attention l'aine du jeune homme.

— Voilà qui n'est pas bon. Ce pauvre garçon présente des bubons qui pourraient être signes de peste.

— Ne le touchez pas! hurla Quentin.

— Un peu de force d'âme, que diable! Et arrêtez de crier. Vous êtes censé me protéger, rappelez-vous, dit-il en lui lançant un regard en coin. Je sais qu'on peut avoir de la répugnance à passer des nuits en compagnie de cadavres lacérés, tailladés, horribles à voir. Les veines, les artères, les tendons, les os, enchevêtrés, noyés dans le sang... Mais c'est la seule manière de connaître la vraie nature de l'homme. En attendant, il nous faut partir. Au plus vite.

— Êtes-vous fou?

— Nos geôliers font tout pour que nous le devenions. Ne leur laissons pas ce plaisir.

— Nous allons mourir, gémit Quentin.

— Cessez vos jérémiades. Vous m'empêchez de réfléchir.

— À quoi, Dieu du ciel ? Les serrures sont neuves et, à moins que nous ne nous transformions en singes, nous n'arriverons jamais à atteindre l'oculus.

Léonard s'immobilisa.

— Ça c'est une idée !

Quentin le regarda comme s'il avait perdu la raison.

— Avant que le mage ne fasse brûler ces affreux encens, n'avez-vous pas senti une lourde odeur de vase ? Et avant qu'il ne se mette à psalmodier, n'était-ce pas un bruit d'eau que nous entendions ?

— Si, peut-être. J'étais trop effrayé pour faire attention.

— L'attention, mon cher garçon ! C'est essentiel. Ne l'oubliez jamais.

— Mais où voulez-vous en venir ? s'impatienta Quentin. La pièce est hermétiquement close.

— C'est là notre chance !

Le vieux délirait.

— Nos ravisseurs ne nous ont pas emmenés très loin du cimetière. Je les soupçonne même de nous avoir entraînés dans une tombe qui doit être reliée à ces salles. Et où se trouve le cimetière ? En bordure de l'Arno. Si nous arrivons à faire rentrer l'eau de la rivière dans notre prison, elle nous permettra d'atteindre l'oculus, et le tour sera joué.

— Mais nous allons nous noyer…

— C'est un risque !

Léonard fouilla dans ses vêtements et en retira un petit stylet. Puis commença à s'attaquer aux blocs de pierres jointoyées.

— Ne restez pas planté là à me regarder. Faites quelque chose ! Aidez-moi !

Toujours sidéré, Quentin ne pipa mot.

— Votre ceinture ! Sa boucle est en métal. Servez-vous-en, que diable !

Quentin obtempéra et se retrouva au côté de Léonard, à gratter le ciment, qui se révélait plus épais que prévu. Au moins, cet exercice lui faisait partiellement oublier la présence des cadavres. Son répit fut de courte durée. Pour se donner du cœur à l'ouvrage, Léonard entreprit de lui raconter son séjour à Pavie où il avait travaillé avec Marcantonio della Torre. Ensemble, ils avaient partagé des heures passionnantes à ouvrir des corps et à décrire leurs organes. Malheureusement, le jeune médecin était mort de la peste, contaminé par un cadavre. Quentin frémit, jeta un œil sur les corps à quelques toises d'eux et pria Léonard de se taire. En vain.

Leur travail de sape avançait lentement. Ils y travaillèrent toute la nuit. La lueur des torches faiblissait. L'idée qu'elles s'éteignissent terrorisait Quentin. Se retrouver dans le noir, entourés de corps en putréfaction, pesteux de surcroît, était si effrayant qu'il redoublait d'ardeur. Malgré son âge, Léonard faisait preuve d'une belle énergie. Il expliqua à Quentin qu'ils devaient dégager un nombre suffisant de pierres afin que le flot soit assez puissant pour les emporter au sommet de la voûte. À condition que nous soyons bien au bord de l'Arno, se dit Quentin *in petto*.

Une première torche rendit l'âme, suivie d'une seconde. L'effroi se lisait sur le visage de Quentin. Léonard restait impassible et, de temps en temps, se permettait de siffloter pour se donner du cœur à l'ouvrage. Deux blocs de pierre commencèrent à bouger, mais ils étaient encore loin de les avoir complètement descellés.

— Quand je pense que j'ai inventé un moyen pour s'évader d'un lieu clos, se lamenta Léonard. Je m'aperçois que mon idée était excellente mais, hélas, irréalisable. Il faudrait disposer de tout un attirail, ce qui, je l'avoue, arrive rarement quand on est enlevé par surprise.

C'en fut trop pour Quentin. Épuisé, les mains en sang, il se laissa aller le long de la paroi. Léonard lui jeta un regard froid.

— Levez-vous et reprenez votre tâche. On voit bien que vous n'avez pas l'habitude de travailler de vos mains.

Le ton méprisant de Léonard le fit se relever et il reprit son ouvrage.

— Et les cadavres? demanda-t-il d'une voix blanche. Ils vont nager avec nous…

— Ils sont trop frais, répliqua tranquillement Léonard. Ils resteront au fond. S'ils avaient été boursouflés, émettant des gaz, ils seraient effectivement remontés avec nous.

Quentin poussa un soupir. Pourvu que ce puits de science dise vrai. Léonard se lança alors dans une explication sur le tourbillon d'eau qui allait se produire.

Soudain, un filet d'eau apparut à la jonction de deux pierres.

— J'avais raison! s'exclama Léonard. Nous allons réussir. Il faut que nous coordonnions nos gestes et que nous agissions très vite.

Ils firent bouger un bloc, l'enlevèrent rapidement et firent de même pour deux autres. Un premier flot fit irruption, une eau boueuse, puante, pleine d'immondices. Quentin eut un haut-le-cœur.

— Vite, il faut en desceller d'autres.

Ils n'eurent pas à le faire. Sous la pression de l'eau, le mur céda et des flots impétueux s'engouffrèrent. Quentin eut juste le temps de voir Léonard, le doigt levé, lui faire signe de rejoindre l'oculus. Ce fut un calvaire. Quentin avala de l'ignoble bouillasse, faillit perdre le souffle et paniqua à l'idée de rater l'oculus. L'orifice n'était pas si grand. Et s'il se retrouvait plaqué contre la paroi ? Et qui, de lui ou de Léonard, allait l'atteindre le premier ? Et s'ils se gênaient mutuellement ? Si l'un des deux n'arrivait pas à sortir ? Il s'intima l'ordre de se calmer. L'affolement était le plus sûr moyen de finir noyé. Il bénit le ciel d'avoir appris à nager dans la Loire, où les tourbillons sont si dangereux. Il retint sa respiration. Une vague soudaine le fit heurter le mur. Il se crut perdu. Il battit des jambes et des bras pour se propulser vers le haut. Ses mouvements désordonnés lui firent percuter le haut de la coupole. Le souffle lui manquait. Il n'était qu'à quelques brasses du salut. L'eau lui remplissait la gorge. Il étouffait. Un voile noir envahit son cerveau. Dans un dernier effort, il tendit la main. Une force puissante s'en empara. Il jaillit à l'air libre. Léonard l'avait sauvé. Toussant, crachant, exténué, il regarda autour de lui. Ils étaient perchés sur un petit dôme couronnant une chapelle funéraire.

— Vite, s'écria Léonard. Les murs vont s'écrouler. Je n'ai aucune envie de continuer l'aventure dans les flots de l'Arno.

Ils se laissèrent glisser et atterrirent entre deux tombes. Trempés, des filaments verdâtres accrochés à leurs vêtements, ils avaient l'air d'épouvantails. Quentin respirait à grandes goulées l'air frais de la nuit. Il n'en revenait pas d'avoir échappé à ce piège mortel. Encore terrorisé, son cœur battait à tout rompre. Incapable de faire un geste, il regardait Léonard qui, tranquillement, enlevait des brindilles de ses chausses. Il ne semblait nullement affecté par ce qu'ils venaient de vivre. Cet homme avait une force d'âme peu commune. Quentin était sur le point de lui dire son admiration quand Léonard déclara d'un ton froid :

— Nos chemins se séparent. Je vous souhaite un bon retour.

— Vous plaisantez ! Je vous accompagne au palais Martelli.

— Je n'y vais pas.

— Mais vos amis vous y attendent.

— Ils n'y sont plus.

— Vous comptiez voyager seul ?

— Cela ne vous regarde pas.

— Oh que si ! Ça me regarde ! explosa Quentin.

À cause de ce vieux fou, il avait failli mourir noyé et peut-être attrapé la peste. Et il le congédiait comme un vulgaire domestique ? Que croyait-il ? Qu'il allait le remercier pour cette nuit en si charmante compagnie ? Et ce dédain manifeste pour un envoyé du roi de France ! Quelle impudence ! Il était peut-être un génie, mais ce n'était pas la politesse qui l'étouffait.

— Je ne vous quitterai pas d'une semelle, ajouta-t-il avec force.

Léonard fronça les sourcils.

— Soit ! laissa-t-il tomber.

Ils se mirent en route, laissant une trace humide sur les pavés. Ils ne rencontrèrent âme qui vive. Ignorant tout de la ville, Quentin ne savait où Léonard l'entraînait.

— Pouvez-vous m'expliquer où nous allons ? demanda-t-il.

— Certainement pas. Vous avez décidé de me suivre. Suivez-moi.

Ils s'arrêtèrent devant une petite maison. Léonard actionna le heurtoir. La porte s'ouvrit sur un jeune homme à qui Léonard ordonna de faire chauffer de l'eau et de l'apporter dans sa chambre. Quentin lui emboîta le pas et le suivit jusqu'au premier étage. Léonard ouvrit une porte qu'il s'empressa de claquer au nez de Quentin. Quand le jeune homme arriva, porteur de deux brocs d'eau, Quentin en profita pour s'introduire dans la chambre. Il découvrit le vieil homme armé de grands ciseaux, qui avait déjà coupé sa longue chevelure et s'attaquait à sa barbe.

— Je ne vous fausserai pas compagnie, n'ayez crainte, dit-il à Quentin. Et de grâce, allez vous laver. Vous puez la mort. Guido, emmène ce Français à la cuisine, donne-lui de l'eau. Je vous rejoins dans un instant.

Avec bonheur, Quentin procéda à ses ablutions. Quand Léonard apparut, il resta bouche bée. Les cheveux et la barbe du vieil homme étaient aussi noirs que des ailes de corbeau.

13

Toute la maisonnée avait été réquisitionnée pour la récolte des pommes, qui s'annonçait particulièrement abondante. Lui qui n'avait jamais fréquenté un champ de bataille, Antoine du Mesnil avait mis sur pied une organisation toute militaire. Chaque matin, à huit heures, à moins qu'il ne plût, il passait en revue ses bataillons de femmes et d'enfants, et les lançait à l'assaut des vergers, munis des recommandations d'usage : ne cueillir que les fruits parfaitement mûrs, les déposer délicatement dans les paniers d'osier et les rapporter à Mathilde qui se chargerait de les ranger dans la fruiterie. Une escouade d'hommes était chargée de locher, c'est-à-dire secouer les pommiers à cidre, et de mettre les fruits en tas avant d'être portés au pressoir. Là, dans une auge en bois, les pommes étaient écrasées par une meule. Le jus récupéré dans la cuve finissait en tonneaux qui ne seraient fermés qu'au moment où le cidre aurait commencé à bouillonner.

En tant que général des cuisines, la Bougnette régnait sur des pyramides de pommes et des montagnes d'épluchures. Du matin au soir elle pelait ces maudites pommes, les coupait en fines lamelles que ses aides disposaient sur des claies en osier garnies de fil d'archal[1] et mettaient à sécher dans un four spécialement conçu par le sieur du Mesnil. Durant l'hiver, les pommes séchées seraient servies trempées dans du vin, en potage, dans du pain...

Elle préparait aussi des pâtes de pommes, cuites avec un peu d'eau jusqu'à ce que la pâte se détache de la bassine, puis pétries avec du sucre et mises dans des boîtes en osier bien au sec, qui seraient autant de douceurs pour les repas de fêtes et serviraient de présents au Nouvel An.

Quant aux tartes, tourtes, pommes sous la cendre qu'elle préparait chaque jour pour les escadrons de cueilleurs, à son grand désespoir, elles ne recueillaient plus que de très faibles éloges.

Préposée à la fruiterie, Mathilde avait pour tâche de disposer les fruits selon leur degré de conservation : des grosses calvilles rouges qui dureraient jusqu'à la Noël aux reinettes franches qu'on mangerait encore en mars. Dans la pénombre et la fraîcheur de l'ancienne salle des gardes, où son père avait installé des rangées d'étagères garnies de paille, Mathilde se répétait les questions qu'elle poserait au maître-verrier. Où avait-il rencontré Quentin ? Était-ce à la cour du roi ? Quand ? Pourquoi l'avoir représenté en saint Adrien ? Pourquoi ne pas en avoir informé Quentin ? Elle n'eut guère l'occasion d'approfondir ses réflexions, car elle était sans cesse dérangée. Par la Bougnette, qui voulait savoir si elle pouvait mettre la court-pendu en confiture, si elle devait garder des épluchures pour garnir des brûle-parfums afin de se protéger des épidémies... Par son père, qui s'émerveillait des rambours, vertes d'un côté, fouettées de rouge de l'autre, excellentes en compote, des fenouillets au fond violet cou-

1. Grillage.

vert d'un manteau gris-roussâtre, avec leur petit goût de fenouil, des pommes d'api, d'un rouge vif du côté du soleil, blanches de l'autre, à la peau si fine qu'il est inutile de les peler pour les manger... Satanées pommes ! Elle avait plus important à faire. Quand elle était revenue à la charge auprès de son père au sujet du vitrail, il avait de nouveau déclaré que son imagination lui jouait des tours et s'était replongé dans son livre d'agronomie. Il n'avait jamais été bavard, sauf quand il s'agissait de livres et de poésie, mais son obstination à se taire lui paraissait de plus en plus lourde de sens. Elle devait agir seule. Pour le bien de Quentin. Elle avait reçu la magnifique étoffe qu'il lui avait envoyée de Lyon. À cette occasion, elle s'était souvenue du jour où il lui avait suggéré de mettre des quartiers de pommes séchées dans ses vêtements comme c'était la dernière mode chez les dames de la cour. Elle avait failli lui arracher les yeux, disant qu'elle préférait encore la fiente de pigeon à l'odeur douceâtre des pommes.

Les fruits se firent plus rares et son père lui donna la permission de s'absenter. Enchanté de l'abondance de la récolte, il annonça qu'il comptait doubler la superficie du verger pour y planter des poiriers, des pruniers, des cerisiers... Il ajouta avoir entendu parler d'une famille noble, aux environs de Lisieux, qui élevait des troupeaux de paons, les nourrissant avec le moût du cidre. Pourquoi ne pas faire de même ? Très recherchés pour les banquets et festins, ces animaux trouveraient facilement preneurs à Rouen.

Mathilde leva les yeux au ciel et lui rétorqua qu'il était bien connu que les paons détruisaient tout dans les jardins et s'attaquaient même aux toits de chaume. Un tel élevage s'avérerait plus ruineux que profitable.

Et elle partit préparer son mince bagage. De très bon matin, elle prit le coche à Louviers en compagnie de marchands de draps qui allaient vendre leur production dans la capitale normande. La conversation roula sur le prix de la laine d'Espagne, qui ne cessait de monter, durcissant encore la concurrence avec les producteurs de draps anglais. Elle n'y prit aucunement part, quoique le sujet l'intéressât, comme tout ce qui touchait au commerce régional. Même si sa vie n'était guère différente de celle des paysans aisés, elle tenait à signifier qu'elle était de noble naissance. Les marchands l'avaient bien compris, qui ne lui proposèrent pas de partager leur casse-croûte. Ils tirèrent d'un panier en osier une terrine qu'ils découpèrent en grosses tranches. La chaude odeur du pâté aromatisé au laurier envahit l'habitacle, mettant Mathilde au supplice tant elle avait faim. La miche de pain, les rondelles de saucisse, les parts de fromage veiné de crème faillirent avoir raison de sa détermination.

Le coche les arrêta en fin de matinée sur le quai, en face de la porte de la Tuile. Elle se précipita vers un petit vendeur de rissoles pour en engloutir quatre d'affilée, sans plus penser à la retenue dont devait faire preuve une dame de qualité.

Tambour battant, elle se rendit rue Mignotte, et régla la vente du lin. Depuis des années, Baltard, un gros négociant, lui achetait sa récolte les yeux fermés, sachant que la plante avait été coupée à maturité et que les andains étaient exempts de mauvaises herbes. Elle alla ensuite place du Vieux-Marché où elle commanda à la veuve Daubichon une dizaine de pains de sucre, les tourtes, compotes, gelées de pommes ayant mis à mal les réserves du domaine. Contrairement à son père, qui détestait la foule, Mathilde adorait parcourir les ruelles enchevêtrées, grouillantes de monde. On disait que Rouen était, après Paris, la ville la plus peuplée du royaume. Italiens, Espagnols, Flamands, Anglais, Portugais s'y côtoyaient, à l'affût de bonnes affaires. Si elle n'avait pas été aussi impatiente de tirer au clair le mystère du vitrail de saint Adrien, elle aurait pris le temps d'explorer les étals proposant oranges du Portugal, raisins d'Espagne, figues de Malte, saumons salés d'Écosse, harengs d'Allemagne... Elle se dirigea vers la cathédrale où, selon le prieur de Louviers, elle obtiendrait l'adresse de Pierre Brochard. Le maître-verrier avait été engagé pour installer une verrière dans le transept est. Avec un peu de chance, elle le trouverait en train de travailler... Elle traversa le chantier du nouveau palais de justice, prenant garde aux charrettes de carriers, pressés de livrer leurs blocs de pierre blanche du pays de Caux.

Son père l'avait chargée de lui trouver un livre sur la fabrication du cidre. Trouvant que celui du domaine avait tendance à développer une trop grande amertume, il voulait s'assurer que les pommes louvière, girard et fraisquin étaient bien adaptées, ou si d'autres variétés apporteraient un peu plus de bonté. Les libraires tenant boutique devant le portail nord de la cathédrale, Mathilde ne perdrait pas de temps à assouvir la faim de connaissance qui tenaillait en permanence Antoine du Mesnil. Malheureusement, elle ne trouva aucun ouvrage sur le sujet. On lui proposa bien un volume en latin de Columelle traitant des vergers, mais elle répondit vertement que cet auteur de plus de mille cinq cents ans n'avait jamais entendu parler de cidre. Le libraire la traita de pimbêche et ils se quittèrent fâchés.

Elle avait prévu de passer la nuit chez ses cousins Saint-André. Dans l'intention d'aller déposer son sac de voyage, elle prit la direction de la place du Marché-aux-Veaux, où ils habitaient une antique maison à pan de bois. Dans le message qu'elle leur avait fait parvenir, elle n'avait pas précisé à quelle heure elle arriverait. Elle hésita. Elle pourrait se désaltérer, prendre un peu de repos. Mais elle devrait donner des nouvelles de son père, de son frère et, en retour, écouter Alyne, Isabelle, Géraud et leur mère. Cela risquait de durer des heures ! D'autant que Pierre de Saint-André, ami de l'armateur Jean Ango, préparait son deuxième voyage pour le Nouveau Monde. Prise dans le récit des aventures des uns et des autres, elle aurait du mal à s'échapper. Elle fit demi-tour, s'acheta une miche de pain qu'elle mangea assise sur un banc de pierre. Un enfant malingre, en haillons, s'approcha timidement d'elle et tendit la main. Elle lui donna le reste du pain. Il s'enfuit aussitôt, emportant son précieux butin. Elle se leva, secoua les miettes de sa jupe. Le temps était venu de se consacrer à sa mission. Elle fut prise d'une soudaine réticence. Était-ce bien raisonnable de se lancer dans cette quête ? Ce qu'elle pressentait comme étrange ne risquait-il pas de bouleverser le cours de leur vie ? Vouloir à tout prix dévoiler des secrets n'était pas sans danger. Ce qui était caché ne devait-il pas le rester ? La noirceur des hommes, leur orgueil, leur jalousie, leur cupidité étaient à l'origine de bien des mystères. Il n'était qu'à voir les figures grimaçantes des gnomes et monstres de pierre qui cernaient le portail de la cathédrale. En temps ordinaire, la truie souffrant d'une rage de dent, celle jouant de la vielle à archet, le bouc sonnant une cloche la faisaient rire. Ce n'étaient que les personnages de la fête des fous, symbole de l'imprudence et de l'inconstance des hommes. Aujourd'hui, elle ne voyait que des damnés torturés par le diable. Cette femme chimère à corps de lion et aux ailes de chauve-souris, cette autre aux membres antérieurs de cheval et à la queue de serpent, ces hommes velus aux membres grêles, cette tête de chien aux longues oreilles se terminant par un corps d'homme... Tous étaient plus détestables les uns que les autres. Elle accéléra le pas. Étaient-ils là pour la mettre en garde ?

Mais elle ne pourrait vivre l'âme légère avec le sentiment d'un danger menaçant son frère. Pire encore, de n'avoir rien fait pour le protéger. Les dés étaient jetés, elle devait aller jusqu'au bout. Elle pénétra dans la cathédrale, aussi impressionnante à l'intérieur qu'à l'extérieur. Les grandes verrières rouges et bleues figurant la passion du Christ nimbaient l'autel de lumières célestes. Malgré le bruit et l'agitation qui régnaient dans l'église, Mathilde sentit le calme revenir en elle. À la croisée du transept, juste sous la tour Lanterne diffusant une douce clarté, elle fit trois génuflexions, puis se dirigea vers la chapelle de la Vierge. Elle longea les gisants des ducs de Normandie, Rollon, Richard Cœur de Lion, Guillaume Longue-Épée, devant lesquels brillaient cierges et lampes à huile. La chapelle dédiée à Marie était noire de monde. Des paysannes portant paniers, enfants et volailles côtoyaient des bourgeoises, des marchands, des marins... Mathilde se joignit à eux pour une fervente prière. Elle ne doutait plus. Elle était au cœur de la source éternelle de Vérité qui saurait guider ses pas.

Puis elle se rendit à la sacristie où un vieux prêtre lui indiqua l'adresse de Pierre Brochard. Elle ne pouvait pas se tromper, son atelier était situé juste à côté du Gros Horloge. Quand elle arriva devant la boutique, les contrevents n'avaient pas été enlevés et la porte était fermée. Le maître-verrier avait dû s'absenter. Tant pis, elle attendrait. Elle entendait le mécanisme du Gros Horloge égrener les minutes. Puis la demie de trois heures sonna. Pourvu qu'il revienne! L'aiguille de l'horloge, avec à son extrémité un agneau pointant l'heure, avançait inexorablement. Ses cousins devaient l'attendre. Peut-être s'inquiétaient-ils? Leur hôtel n'était pas bien loin, près de la place du Marché-aux-Veaux. Elle pourrait y faire un saut... Elle préféra attendre. Les femmes venant puiser l'eau à la fontaine au pied du Gros Horloge la regardaient avec curiosité et chuchotaient entre elles. Que faisait cette étrangère plantée là, les yeux fixés sur la boutique des Brochard?

Sentant qu'elle ne pouvait s'éterniser ainsi, Mathilde se décida à pousser la porte qui s'ouvrit sans difficulté. L'endroit semblait désert. Aucun bruit, aucune lumière. Elle se risqua à appeler. Aucune réponse. Elle pénétra plus avant. Une forte odeur métallique imprégnait l'atmosphère. Dans la pénombre, elle vit une grande table avec des baguettes de plomb, des pots remplis de pigments, des pinces, des ciseaux... Un four rougeoyait dans le fond de la pièce. S'en approchant, elle buta contre un obstacle et faillit perdre l'équilibre. C'est alors qu'elle aperçut un corps gisant sur le sol dans une flaque de sang. Elle poussa un cri, recula, faisant tomber une pile de bûches de hêtre. L'homme avait une longue lame de verre jaune-orangé plantée dans la poitrine. Il était encore vivant! Mathilde s'agenouilla. Le blessé lui saisit la main et murmura quelques paroles inintelligibles. Elle se pencha vers lui. Le regard de l'homme se tourna avec insistance vers la table. Que voulait-il lui faire comprendre? Il n'y avait que des morceaux de verre de toutes les couleurs et des dessins de vitraux. Il accentua la pression sur sa main. Affolée, elle crut qu'il lui demandait de retirer le verre de sa blessure. Elle s'exécuta. Un flot de sang jaillit. Il fut pris de convulsions. Mathilde tenta d'éponger le sang avec un pan de sa mante, mais les yeux de l'homme se révulsèrent et, dans un dernier râle, il rendit l'âme.

Des pas précipités se firent entendre suivis d'un long hurlement.

— Mon Dieu ! Pierre !

Une femme se précipita sur le corps du verrier. Elle le prit dans ses bras, chercha son souffle, le serra contre elle en sanglotant. Son regard croisa celui de Mathilde.

— Qui êtes-vous ? Qu'est-ce que vous faites là ?

— Je l'ai trouvé baignant dans son sang.

— Il est mort, hurla la femme. Pourquoi ne m'avez-vous pas appelée ?

— J'ai essayé de l'aider. Hélas…

Avisant la lame de verre dans la main de Mathilde, et ses vêtements rougis du sang de son mari, la femme se jeta sur elle.

— Vous l'avez tué !

Mathilde tenta de repousser la furie. Alertés par les cris, deux hommes firent leur apparition et regardèrent la scène avec stupeur. La femme continuait à hurler, saisissant les mains de Mathilde et leur montrant les traces de sang.

— C'est elle ! Je l'ai vue ! Elle lui a enfoncé le tesson dans le cœur !

Muette d'horreur, le morceau de verre à la main, Mathilde esquissa un geste de dénégation.

— Allez chercher le prévôt. Vite ! Ne laissez pas s'enfuir la meurtrière, rugit la veuve.

L'un des hommes partit en courant, l'autre ceintura Mathilde. Elle lâcha le morceau de verre qui se brisa sur le sol.

— J'ai essayé de le sauver, balbutia-t-elle.

— Vous mentez. Je n'en crois rien.

Penchée sur le mort, sa femme lui ferma les yeux et le berça doucement. Des badauds s'étaient agglutinés devant la boutique. Certains entrèrent pour voir de quoi il retournait. Des exclamations d'horreur jaillirent. Des femmes invectivèrent Mathilde. Encouragées par les glapissements de la veuve, elles parlèrent de lui faire subir le même sort. Assassiner un honnête artisan, en plein jour, chez lui ! L'une d'elle s'empara d'une pince coupante, une autre d'un tisonnier et alla le placer dans le four. On allait lui montrer qu'à Rouen on savait se défendre contre les mauvaises gens. Mathilde tremblait de tous ses membres. Elle ne réchapperait pas de ce piège. Deux sergents d'armes apparurent. La femme de Pierre Brochard, des sanglots dans la voix, se remit à clamer :

— C'est elle ! Elle a tué mon Pierre.

Les femmes firent chorus. L'un des sergents examina Pierre Brochard d'un œil indifférent et laissa tomber :

— Il est bien mort.

Se tournant vers Mathilde, il déclara :

— Alors, c'est vous la coupable ?

— Puisque je vous le dis, brama la veuve Brochard. Je l'ai vue roder devant la boutique. Pierre interdisait qu'on y entre quand il travaillait à un nouveau vitrail. Et j'ai entendu cette sorcière crier. Je suis descendue en toute hâte, elle avait le morceau de verre dans la main. Je l'ai vue !

— Nous aussi, on l'a vue, clamèrent les femmes.

— C'est faux ! s'écria Mathilde. Je n'avais aucune raison de tuer cet homme !

L'air profondément las, le sergent lui demanda :

— Vous teniez bien le morceau de verre ?

— Oui, mais c'était pour…

— Vous vous en expliquerez auprès de vos juges, l'interrompit-il en la poussant devant lui.

Les femmes les huèrent, disant qu'avec elles, la justice aurait été plus vite rendue. Les sergents les écartèrent sans ménagement. Sous bonne garde, Mathilde quitta l'atelier.

14

Épuisé, mais n'ayant aucune confiance en Léonard, Quentin avait passé la nuit adossé à la porte de sa chambre. Dès qu'il sentait le sommeil le gagner, il s'obligeait à penser à la suite de sa mission. Était-il censé y perdre la vie ? Et s'il laissait Léonard aux prises avec ses ennemis ? Ce serait non seulement justifié, mais aussi prudent. Qu'allait faire le roi de France d'un dépeceur de cadavres ? L'enthousiasme de François pour le vieux peintre lui avait toujours paru exagéré. D'ailleurs avait-il vraiment l'intention de venir en France ? Quentin en doutait. Ne pouvant assurer, à lui seul, une vigilance de tous les instants, il serait facile à Léonard de s'échapper. Sans oublier ceux qui en avaient après lui ! Ils n'allaient certainement pas apprécier qu'il ait pris la poudre d'escampette et se lanceraient à sa poursuite. C'était aller vers de nouveaux périls. Il ne supporterait pas de revivre la terreur qui l'avait saisi dans le cachot du cimetière de San Lorenzo. Ses visions de chute dans des tourbillons d'air, de visages qui s'enflammaient, n'étaient-ce pas là d'inquiétantes prémonitions dont il devait tenir compte ?

Au petit matin, Léonard buta sur lui en sortant de sa chambre.

— Vous avez une mine de déterré, fit-il observer.

— À qui la faute ? répliqua Quentin, se levant avec difficulté.

— Venez prendre une écuelle de soupe. Nous avons à parler.

Redoutant que Léonard ne lui joue un tour à sa manière, Quentin le suivit avec empressement. Le jeune homme qui les avait accueillis la veille leur servit un épais potage de légumes coupés en petits morceaux où surnageaient des boules de pâte. Quentin se jeta dessus avec voracité et le trouva particulièrement à son goût.

— Je n'ai aucune intention d'aller en France, déclara Léonard.

Quentin s'étouffa, toussa et recracha sa cuillerée de soupe.

— Mais vous pouvez m'accompagner jusqu'à Milan, je n'y vois aucun inconvénient, continua le vieux peintre.

— Vous vous moquez de moi ! Le roi de France vous offre un château, des milliers d'écus, des domestiques, une vie de rêve dans le pays le plus puissant du monde…

— Oh, la puissance et les puissants, croyez-le bien, ne m'impressionnent plus.

— Vous a-t-on fait une meilleure offre ? Combien ? Qui ? Maximilien d'Autriche ? Je suis sûr que mon maître pourra combler toutes vos attentes.

— Bien des fois on a trahi ma confiance…

— François est l'être le plus droit, le plus loyal, le plus franc…

— Mensonges ! l'interrompit Léonard. Vous êtes à son service, il est normal que vous chantiez ses louanges, mais il serait un âne s'il pratiquait de telles vertus. Comme le soutient mon ami Machiavel, la dissimulation et la traîtrise sont les plus sûrs moyens de gouverner.

Outré, Quentin esquissa un geste de dénégation.

— Nous allons passer un marché, jeune homme, reprit Léonard. Je vois bien que vous allez rester accroché à mes basques, alors autant faire le voyage en bonne intelligence. Je vous donne jusqu'à Milan pour me convaincre de rejoindre votre roi. Si vous réussissez, j'abandonne mon projet initial, sinon, vous expliquerez que je ne valais que la corde pour me pendre.

Le ton coupant du vieil homme et son regard moqueur enragèrent Quentin. Il n'avait aucun moyen de contraindre Léonard à le suivre. Outre les dangers auxquels il devrait faire face, il lui faudrait se transformer en bateleur de foire, vantant les charmes et les avantages du royaume de France. Ridicule ! Comment Léonard, tout grand peintre qu'il fût, pouvait-il refuser l'honneur que lui faisait François Ier ? De nouveau, Quentin fut tenté de planter là cette vieille tête de mule arrogante. Que le vœu du nécromant se réalise : qu'il aille en enfer !

— Jurez-vous solennellement de ne pas chercher à me fausser compagnie ? demanda-t-il.

— Je vous le jure, fit Léonard en le regardant droit dans les yeux.

Quentin ne le crut pas un instant.

— Il me faut savoir, continua-t-il, qui cherche à vous nuire.

Léonard éclata d'un grand rire.

— On pourrait en remplir une cathédrale tant ils sont nombreux. Je n'ai pas été sage, j'ai vécu comme bon me semblait, je n'ai tenu que très peu d'engagements, j'ai choqué, provoqué... C'est ainsi qu'on se fait des ennemis. Qu'on cherche à me faire payer mes erreurs n'a rien d'étonnant.

— D'ici à vouloir vous tuer…

— Nous ne sommes pas morts !

— Vous prenez cette aventure bien à la légère, s'étonna Quentin.

— N'en croyez rien. Depuis hier, je ne cesse de me demander qui peut être le commanditaire d'une telle mascarade. J'ai d'abord cru qu'il s'agissait de Jean des Miroirs, qui me poursuivait de sa haine. Il y a d'abord eu cette pauvre hermine…

— Quelle hermine ?

— Crucifiée sur ma porte… Il sait que je déteste la cruauté envers les animaux. Et c'est lui qui m'a dénoncé pour avoir soi-disant violé des cadavres. Mais cet imbécile n'aurait jamais été capable de monter une telle mise en scène. Mon départ lui suffisait.

— Donc, exit Jean des Miroirs… Mais dites-moi, l'hermine revêt-elle une signification à vos yeux ?

Le visage de Léonard s'adoucit.

— Il y a bien longtemps, j'ai fait le portrait d'une délicieuse jeune fille de dix-sept ans : Cécila Gallerani. Elle était la maîtresse de Ludovic Sforza, qui régnait sur Milan. Je l'ai peinte avec, dans les bras, une hermine, l'emblème de son amant.

— A-t-elle des raisons de vous en vouloir ?

— Pas le moins du monde. Nous étions d'excellents amis. Quand Béatrice d'Este, l'épouse de Sforza, découvrit son existence, elle dut s'exiler à Mantoue. Peut-être y est-elle toujours. Je l'ignore.

— Qui d'autre, alors ? demanda Quentin.

— Si je dois dresser la liste de mes ennemis, nous y serons encore dans deux jours. Il est temps de partir. Nous réfléchirons en route.

Au moins les sujets de conversation ne vont pas manquer, soupira Quentin *in petto*.

Ils passèrent à l'auberge de l'Ange, prendre son cheval et ses bagages.

— Vous devriez vous aussi vous teindre les cheveux, fit remarquer Léonard. Vous ne passez pas inaperçu avec cette chevelure couleur d'or.

— Vous craignez donc que nous soyons poursuivis ?

— Pas vous ? Pourquoi croyez-vous que j'ai jugé bon de changer de tête ?

Le cheval de Léonard était magnifique, très grand, la robe noire, une étoile blanche sur le chanfrein. À son côté, Quentin avait l'air de monter une pauvre haridelle. Léonard s'impatientait de devoir refréner sa fougueuse monture. Il finit par traiter Quentin de traînard et de tortue. Ce dernier se rebiffa.

— Nous chevauchons depuis des heures. Pourrions-nous nous arrêter dans une auberge ? J'ai l'estomac dans les talons.

— Si vous y tenez.

Quentin se jeta sur le ragoût d'agneau. L'air dégoûté, Léonard le regardait.

— Comment pouvez-vous manger de la chair après avoir côtoyé des cadavres et humé l'odeur de putréfaction ?

Quentin resta la cuillère en l'air, la replongea dans son assiette, enfourna un morceau de viande, mâcha et avala avec difficulté. Un goût de charogne lui emplit la bouche.

— Vous ne mangez pas de viande ? demanda Quentin en grimaçant.

— Je ne supporte pas que mon corps soit une sépulture pour d'autres animaux, une auberge de morts...

Quentin n'avait jamais rien entendu de tel.

— Jamais la moindre viande ? Pas, de temps en temps, une volaille, un petit oiseau, une grive, une caille ?

— Quand je vois des oiseaux en cage, je leur offre la liberté, ce n'est pas pour m'en nourrir.

— Mais c'est impossible ! Sans viande, le corps ne saurait survivre.

— Et les salades, les fruits, les légumes, les champignons, les pâtes, qu'en faites-vous ? Prenez donc de ces délicieux oignons cuits sous la cendre farcis de raisins et de pignons. Cela vaut mille fois ce morceau de cadavre.

Quentin resta interdit. Certes, lors des jours de jeûne, et Dieu sait s'ils étaient nombreux, l'Église interdisait de manger de la viande. Mais on se rattrapait les jours suivants. Quelle incroyable manière de manger ! Si Quentin avait le malheur de proposer une telle pratique à la cour de France, François le renverrait derechef en Normandie soigner sa crise de démence.

— Je vous l'ai dit, je me moque des usages communs. Ce n'est pas avec moi que vous ferez bombance. C'est à peine si je bois du vin. Et jamais à jeun ni entre les repas. Pour se maintenir en bonne santé, il ne faut pas manger sans appétit, dîner légèrement, bien mâcher des aliments simples et bien cuits, ne pas faire la sieste, et se rendre aux lieux d'aisance dès qu'on en éprouve le besoin.

Quel triste sire, se dit Quentin. En plus d'être acariâtre, ingrat, lunatique, extravagant, le voilà qui faisait l'apologie de la frugalité et de la tempérance. On allait lui rire au nez.

— Je ne doute pas que l'on vous trouvera une cuisinière qui saura apprêter les mets selon votre goût, crut-il bon de dire.

— J'imagine que votre roi est un dévoreur de chair animale, qu'il s'empiffre de tout ce qui vole dans le ciel ou paît sur la terre.

De plus en plus agacé, Quentin se retint de se lancer dans la description des chasses d'Amboise, des curées où chiens et chasseurs s'en donnaient à cœur joie et de l'art des cuisiniers d'apprêter gélinottes et cuissots de chevreuil.

— Vous me prenez pour un vieux fou, n'est-ce pas ?

Quentin ne répondit pas. Il ne pouvait manquer de respect à un homme si âgé, même si l'envie l'en démangeait. Il respira profondément et reprit d'un ton léger :

— Le Val-de-Loire produit d'excellents légumes. Des poireaux, des raves, des carottes, des…

— Artichauts ? Asperges ? l'interrompit Léonard.

Quentin prit un air embarrassé.

— Hélas, ce sont des produits assez rares chez nous. Je crois que Claude, l'épouse du roi, en fait pousser dans son jardin à Blois. Elle a hérité de sa mère, Anne de Bretagne, le goût des jardins et elle fait planter toutes les nouveautés qu'on ne manque pas de lui offrir. Blois est très proche d'Amboise. Je veillerai à ce qu'on vous en procure.

— Et les fruits ?

Là, Quentin se sentait en pays de connaissance. Il se remémora les variétés que cultivait son père et énuméra :

— Les pommes court-pendu, reinettes, rougelets, ramburse, bequest, giraudettes, musquates… Mais nous avons aussi des poires, des coings, des cerises, des noix, des noisettes.

— Je ne doute pas que la France soit un vrai jardin d'Éden. Mais croyez bien que ce n'est pas ce qu'on y mange qui me convaincra d'y aller. Trouvez autre chose ! Ne traînons pas. Nous avons une longue route à faire.

Le train d'enfer que menait Léonard rappelait à Quentin les pires chevauchées avec François Ier. Au moins, sur ce plan-là, le roi et son peintre s'entendraient à merveille.

Ils firent étape pour la nuit à Vernio, dans une auberge abondamment fournie en punaises. Comme il se doit, Léonard refusa les plats de viande et se contenta d'une minestra de vermicelle et de grappes de raisin qu'il alla lui-même cueillir à l'arrière de la maison. Quentin l'accompagna dans ces austères agapes, s'inquiétant de son propre dégoût devant le porc rôti farci de romarin sauvage proposé par l'aubergiste. Léonard le rassura : d'après un voyageur au long cours, un certain Andrea Corsali, le peuple hindou dans son entier se gardait de toute viande.

Quoique recru de fatigue, Quentin revint sur la question des ennemis de Léonard.

— Aussi loin que je me souvienne, je crois ne pas avoir été le bienvenu sur cette terre, commença-t-il. Je suis né bâtard. Mon père, un honorable notaire de Florence, engrossa une pauvre paysanne, Catarina, ma mère. Par chance, le père de mon père était un homme bon et m'a recueilli. J'ai vécu mon enfance comme un sauvage, dans le village de Vinci, à quelques lieues de Florence. J'ai tout appris de la nature, car en tant que bâtard il était exclu que je puisse faire des études. Et j'ai une autre particularité, qui ne plaidait pas en ma faveur : je suis gaucher. Vous le savez, les gauchers sont vus comme des êtres diaboliques.

— Ça ne vous a pas empêché de peindre !

— Bien au contraire. Je suis habile des deux mains. Voilà qui me signalait encore comme peu recommandable.

— Avez-vous rencontré votre père ?

Léonard ricana.

— Hélas ! J'étais son fardeau, sa croix. Je ne faisais rien comme il fallait. C'est lui qui m'a placé en apprentissage chez maître Verrocchio quand j'avais seize ans. Il s'est marié deux fois, et a eu une ribambelle d'enfants qui, eux, lui ont fait honneur.

— Vous êtes donc doté d'une nombreuse parentèle.

— Qui me déteste ! À la mort de mon oncle, qui m'aimait beaucoup, mes frères m'ont fait un procès pour récupérer le bien qu'il m'avait légué.

— Vos frères vous en veulent-ils assez pour souhaiter votre mort ?

— Que je disparaisse les arrangerait bien. Je ne suis qu'une source de tracas pour eux, qui se veulent tellement honorables. Mais je ne crois pas qu'ils soient liés à ce qui nous est arrivé.

— Les haines familiales peuvent être féroces.

— Il faut chercher ailleurs. Et peut-être n'était-ce qu'une mauvaise plaisanterie. J'ai été très attentif aujourd'hui. Personne ne nous a suivis.

— Je vous trouve très optimiste. Si cela ne vient pas de Jean des Miroirs, ni de votre famille, à qui pensez-vous ?

— À personne en particulier. Parlez-moi plutôt de votre roi. En le rencontrant, j'ai eu le plaisir de voir que nous faisions la même taille, ce qui est très rare. J'ai noté ses cheveux châtains, ses yeux noisette en forme d'amande, son long nez, ses lèvres charnues faites pour le plaisir, son teint laiteux. Il est très musclé, quoique ses mollets m'aient paru maigrelets. Il parle un excellent italien et il s'exprime avec beaucoup d'éloquence. On m'a dit qu'il écrivait des poèmes. Est-il vraiment cet homme accompli, ce nouveau Constantin qu'on célèbre ?

Voilà au moins un sujet sur lequel Quentin pouvait se montrer intarissable :

— Il est grand, mais pas seulement par la taille. Son esprit est vif et généreux. Et vous savez, la poésie est un don de famille. Son grand-oncle Charles d'Orléans est un poète encore célébré. Sa sœur Marguerite écrit, elle aussi. Il a bénéficié d'une excellente éducation. J'en sais quelque chose, j'ai suivi les mêmes leçons que lui, le maniement des armes mis à part.

— Vous m'avez dit être là pour me protéger et vous ne savez pas manier une épée. Belle garde que m'envoie votre roi !

— Je voulais parler de l'art militaire, des ordres à donner à une armée. Je ne suis pas un excellent bretteur à cause d'une faiblesse à la jambe droite...

— De mieux en mieux ! Un boiteux !

— Mais je sais fort bien me servir d'une dague. Et la force n'est pas toujours la meilleure arme pour se garder de ses ennemis.

Quentin s'en voulait d'avoir dévoilé étourdiment son peu d'habileté au combat. Sans son accident, peut-être serait-il devenu un homme de guerre emmenant ses troupes à la victoire. Il en doutait. Sa blessure avait même été une excellente excuse pour ne pas participer aux tournois qui faisaient la joie de ses camarades. Et pour fréquenter assidûment la salle d'études, où il retrouvait Marguerite. Mais les moqueries de Léonard lui déplaisaient. Cet homme savait être cruel. Quentin devrait s'en souvenir et s'en méfier.

— Louise de Savoie, la mère du roi, nous a appris l'italien et l'espagnol, reprit-il. Quant au latin, je dois avouer que François n'y a pas pris beaucoup de plaisir et qu'il le lit mal.

— Un point commun avec moi ! Je suis un homme sans lettres. Ce qui m'a valu bien des quolibets à Florence, où l'on ne jure que par les textes antiques.

— Contrairement à Marguerite, sa sœur, qui est une excellente latiniste, continua Quentin, imperturbable. Nous avons appris la géographie, les mathématiques, l'histoire. François aime par-dessus tout les récits de chevalerie.

— Dites plutôt qu'il ne rêve que de batailles, de coups d'épée, de guerres glorieuses...

— Il est le roi de France, se contenta de dire Quentin. Il ne saurait se dérober à son devoir.

15

Voilà que Domenico était gai comme un pinson. Marietta n'en revenait pas. Des années qu'elle ne l'avait vu ainsi !

Le miracle se produisit après une nouvelle visite de sa cousine Catarina. Cette fois, l'entrevue avait été ponctuée de grands éclats de rire. Marietta en frissonnait de bonheur. Son cher garçon était sur la voie de la guérison ! Certes, plus jamais il ne marcherait, mais son âme obscurcie par tant de pensées néfastes allait de nouveau s'épanouir. Elle attendait avec impatience qu'il lui donne l'ordre d'ouvrir les fenêtres afin que le soleil entre à flots, dispersant les vapeurs délétères des drogues et des encens. Toute à sa joie de cette renaissance, elle ne rechignait plus à la préparation des soupers rituels. Elle espérait qu'ils prendraient bientôt fin et que des invités en chair et en os s'attableraient devant des mets délicats aux bons arômes. Elle pourrait enfin lui préparer ragoûts, tourtes, ravioles et pâtes fines. Hélas, le temps n'était pas encore venu. Après le départ de Catarina, Domenico lui demanda de faire préparer les souterrains du château pour un nouveau souper. Quelle détestable idée ! Ces boyaux sombres, humides où, par endroits, on ne pouvait se tenir debout, étaient le pire lieu où dresser une table. Mais il semblait tellement content que Marietta acquiesça sans rien dire. Qu'allait-il lui demander de préparer dans ces infectes galeries ? Des couleuvres, des araignées, des cloportes, des vers de terre...

Elle fut grandement soulagée quand il parla d'un souper de petits oiseaux. Quoique certaines préparations ne lui inspirassent aucune confiance. Ainsi les cervelles de poules et de bécasses bouillies puis grillées sur la braise, qui, selon Domenico, favorisaient l'agilité de l'esprit. Elle les noya dans une sauce à base de menthe, persil, gingembre, poivre et cannelle. Au moins oubliait-on de quoi il s'agissait ! Elle n'eut aucun mal avec les cailles. Engraissées aux céréales et à la graine de chanvre, elles étaient dodues à souhait. Domenico tenait à ce qu'elles soient élevées au palais car, dans la nature, les cailles se nourrissent d'hellébore, ce qui provoque le haut mal[1] chez les humains. Elle les fit rôtir et prépara une sauce aux grains de raisin. Des testicules de coq furent mis à mariner dans du lait et du miel pour les faire gonfler, ce qui provoqua rires et gloussement chez les petites servantes. Marietta les houspilla.

Domenico avait demandé de préparer une poule selon la recette d'un certain Horace, que Marietta ne connaissait ni d'Ève ni d'Adam. Il avait alors déclamé :

« Si, vers le soir, un hôte vient te surprendre,
Pour ne pas offenser son palais avec une poule dure,
Sache qu'en la plongeant vivante dans du falerne[2]
Elle en sortira attendrie. »

Le combat entre la poule et la vieille cuisinière avait été homérique, l'animal se débattant autant qu'elle

1. Épilepsie.
2. Vin de la région de Naples, réputé depuis l'Antiquité.

pouvait avant de sombrer dans les vapeurs du vin et de se noyer. Une fois fricassée au citron, la poule lui était apparue toujours aussi dure. Pour ne rien arranger, Domenico voulait ses pigeons saignants, ce que Marietta réprouvait grandement. Elle leur ajouta une sauce aux amandes et aux épices pour contrebalancer l'effet nocif du sang.

Il fallut envoyer tous les domestiques à la chasse aux grives, merles becfigues, rossignols, chardonnerets, rouges-gorges, loriots qui seraient mis en civet. Marietta fit frire les oisillons, ajouta du bouillon de poule, du vin et du pain grillé, gingembre, cannelle et girofle. Quelle pitié de voir ces corps minuscules où il n'y avait rien à manger nager dans le potage ! Une belle oie bien dorée, un cygne revêtu de ses plumes, voilà qui aurait été autrement appétissant. Marietta n'était pas au bout de ses peines. Elle confectionna un pâté de poussins à la mode lombarde : une fois qu'ils furent plumés, elle battit des œufs avec du verjus et de la poudre fine d'épices[1] et les mit en pâté, le dos dessous et le ventre dessus, de larges bardes de lard sur la poitrine. Elle eut le plus grand mal à préparer les corbeaux ainsi que le souhaitait son maître : écorchés et bouillis avec du lard et mis en charpie avec des œufs. Chacun sait que cet oiseau est du plus mauvais augure et sa chair infâme car le corbeau se nourrit de cadavres. Domenico voulait à tout prix des perroquets, souverains contre la consomption. Par bonheur, Marietta n'en trouva aucun dans Mantoue. Elle aurait détesté avoir à tordre le cou à un oiseau qui parle, signe de la présence du Malin.

Domenico tint absolument à ce qu'il y ait des colombes, disant que parmi les animaux c'étaient

1. Gingembre, cannelle, girofle.

les plus amoureux et qu'elles ne commettaient point l'adultère, protégées par Vénus, la déesse des amours. Il ajouta qu'elles étaient les messagères des grandes nouvelles.

Quelle grande nouvelle pouvait être saluée par un repas si grotesque ? Marietta n'y comprenait plus rien. Une grande nouvelle se fêtait en pleine lumière, avec fifres et tambourins, chants et vivats. Sûrement pas dans des catacombes où seuls des esprits malfaisants pouvaient séjourner.

Comme il se doit, Domenico avait soupé seul. Encore plus effrayées que d'habitude, les petites servantes avaient apporté les plats en tremblant. Malgré une dizaine de candélabres, la lumière était chiche. Les mets se teintaient d'une étrange couleur verdâtre, reflet des mousses tapissant les murs. Domenico semblait aux anges. Il demanda à Marietta de lui donner une colombe. D'une main malhabile, il lui ouvrit les ailes, fit semblant de la faire voler et la lâcha avec un petit rire. Il fit de même avec d'autres petits oiseaux. À la fin du repas, il demanda qu'on s'empresse de jeter ces ordures au feu. Marietta cachait ses larmes. Ce qu'elle avait pris pour une embellie n'était que les prémices de nouveaux orages.

16

La chevauchée était si rude que Quentin s'écroulait de sommeil sitôt arrivés à l'auberge. Il s'était accoutumé au régime sans viande de Léonard, et ne s'en portait pas plus mal. Les minestra de haricots avec des pâtes, de l'ail, du laurier lui plaisaient beaucoup, tout comme les tourtes de bettes avec de la ricotta et des raisins secs. De toute évidence, personne n'était à leurs trousses. Peut-être, comme l'avait évoqué Léonard, l'épisode florentin n'était qu'une farce de mauvais goût. Quentin avait du mal à y croire et restait sur ses gardes.

Lors de leurs rares moments de repos, l'un évoquait son passé, l'autre les grandes qualités du roi François. Léonard raconta son apprentissage chez maître Verrocchio, via del Agnolo, l'insouciance de ses jeunes années, les nuits tumultueuses dans des bouges des faubourgs de Florence. Il dévoila qu'il avait fait l'objet d'une *tamburazione*, dénonciation anonyme mais publique, selon laquelle il pratiquait la sodomie. Par bonheur, dans la liste des accusés figurait un rejeton Médicis et l'affaire n'était pas arrivée au procès. Cet aveu ne fit que confirmer ce que Quentin savait déjà, le goût de Léonard pour les jeunes hommes et la grande liberté de mœurs régnant chez les artistes. Il s'inquiéta quand le vieil homme décrivit complaisamment l'insolente beauté qui avait été sienne, ses cheveux d'un blond qu'on appelait vénitien, sa sveltesse et sa vigueur. Allait-il tenter quelque manœuvre de séduction auprès de Quentin ? Devoir se protéger des attaques d'un bougre ajouterait encore à la difficulté de la mission. Au grand soulagement du jeune homme, Léonard semblait bien plus intéressé par ses souvenirs que par les appâts juvéniles de Quentin. Il parla de sa rencontre avec Botticelli, de huit ans son aîné. Mieux qu'un frère, même si Léonard l'avait jalousé d'obtenir le contrat des pendus de la conjuration des Pazzi. Lui qui s'était précipité pour faire des croquis des corps se balançant aux fenêtres du Palais aurait su rendre l'implacable vérité de la mort ! Mais Botticelli, malgré son dégoût pour de telles scènes, avait magistralement réussi son tableau. Et il avait été d'une loyauté exemplaire quand Laurent de Médicis avait décidé d'envoyer ses meilleurs artistes à Rome pour décorer la toute nouvelle chapelle Sixtine. Nommé chef de chantier, Botticelli avait insisté pour que Léonard fasse partie de l'équipe. Le Médicis avait refusé tout net. Une ineptie car, à ses propres yeux, Léonard valait mille fois mieux que les ratés pressentis. Cet échec le décida à quitter Florence. Il avait pourtant en chantier son ambitieuse *Adoration des mages* au couvent San Donato, qui avait suscité un énorme scandale. Une scène de foire ! disait-on. Trop de personnages... Pas de rois mages enrubannés mais trois humbles vieillards... Ni âne, ni bœuf, mais un chameau dans le lointain... Des cavaliers qui s'entretuent dans un champ de ruines... Sacrilège ! Œuvre impie ! Irrespectueuse de l'Évangile !

Quentin avait beaucoup moins à raconter. François Ier n'avait que vingt-deux ans ! Allait-il évoquer leurs jeux d'enfants, l'escoigne, cette grosse boule qu'il fallait frapper avec une batte, les tirs avec des serpentines, petits canons inoffensifs mais bruyants… Le seul titre de gloire du jeune roi était sa victoire à Marignan. Quentin ne souhaitait guère en parler. Il n'avait pas l'âme guerrière et ce qu'il avait vu sur le champ de bataille l'avait épouvanté. François, lui, ne rêvait que d'en découdre. Pour venger les défaites de ses deux prédécesseurs et récupérer Milan. Milan qui avait échu à la maison des Orléans par le mariage de son arrière-grand-père avec Valentine Visconti en 1389. Il prépara la guerre avec ardeur, encouragé par tous les jeunes seigneurs qui, comme lui, ne pensaient qu'à la gloire qu'apportent les combats. Il convoqua le ban et l'arrière-ban, fit lever une armée de huit mille Gascons, Basques et Picards, enrôla à grands frais vingt-trois mille lansquenets allemands. Il s'assura de la neutralité de Charles de Habsbourg et d'Henri VIII d'Angleterre, obtint l'aide militaire de Venise. En face de lui s'était constituée une ligue comprenant le pape, le roi Ferdinand d'Aragon, l'empereur Maximilien et le duc de Milan. Ce dernier bénéficiant de la protection militaire des cantons suisses, François allait devoir affronter l'armée la plus puissante d'Europe. Les piquiers helvètes étaient connus pour être les meilleurs mercenaires, bien supérieurs aux lansquenets allemands, dont la discipline laissait à désirer.

Le roi de France avait frôlé le désastre. Au bout d'une heure de combat, sous un soleil impitoyable, le champ de bataille était jonché des corps des lansquenets, massacrés par les Suisses. Dans la poussière et la fumée des canons, le fracas des armes, les cavaliers français furent à leur tour taillés en pièces. La bataille ne cessa qu'à minuit, pour reprendre au petit matin. On raconta que le roi avait passé la nuit le cul sur la selle, la lance au poing, l'armet à la tête, sans boire ni manger. Quentin savait bien que c'était une légende, même si François s'était conduit avec vaillance. Tout comme Bayard armant chevalier le roi... Cette scène n'avait jamais eu lieu.

Quand le combat reprit, la victoire des Suisses parut certaine. Mais à huit heures, l'armée vénitienne, menée par les redoutables cavaliers albanais, fit irruption sur le champ de bataille et permit aux Français d'en sortir victorieux. Seize mille hommes avaient perdu la vie en quelques heures.

*

Ils cheminaient seuls depuis plusieurs lieues. La région était montagneuse, la route étroite, bordée de châtaigniers. Pour une fois ils allaient au pas, Léonard racontant comment, à trente ans, il était parti pour Milan où régnait Ludovic Sforza, dit le Maure. À cet instant, six cavaliers surgirent au grand galop face à eux. Avant qu'ils aient eu le temps de réagir, ils étaient encerclés et jetés à terre. Léonard apostropha leurs assaillants :

— Que voulez-vous ?

Personne ne répondit. Cette fois, nul mage, nul nécromant, seulement six gaillards au visage fermé. Léonard continuait à s'égosiller. On les bâillonna, on leur lia les mains dans le dos, puis on les aida à se remettre à cheval. Dûment encadrés par les cavaliers, ils prirent un chemin sur la droite. Commença une longue montée à travers bois.

Léonard s'était tu. Quentin marmonnait une prière. Qu'allait-on leur faire subir ? Où les emmenait-on ? Toute tentative de fuite était impossible. La forêt s'éclaircit. Ils arrivèrent sur un plateau herbeux. L'air était vif. À leurs pieds, ils aperçurent une vallée. Léonard se démenait comme un beau diable pour tenter d'enlever son bâillon. En vain. Ils continuèrent quelques minutes jusqu'à une cahute de bergers. Léonard s'agitait de plus en plus. On les fit descendre de cheval. Leur bâillon fut retiré.

— Je connais cet endroit, dit Léonard à Quentin d'un ton inquiet. J'y ai fait des expériences de vol.

— De vol ? Comme un oiseau ? s'enquit Quentin. Comment est-ce possible ?

— Avec l'*ornitottero,* une machine munie d'une armature en bois de tilleul et des ailes de toile de quatre brasses d'envergure.

— Ça a fonctionné ?

— Hélas, non.

Quentin sentit son cœur se glacer. Lui revenaient en mémoire ses visions de tourbillons d'air, de grands vents et de chute ininterrompue.

— Vous croyez que..., parvint-il à articuler.

— C'est impossible, murmura Léonard. Personne ne connaît les plans de l'*ornitottero*.

— Vous en êtes sûr ?

Les deux hommes qui les gardaient les laissaient discourir, les autres s'affairaient dans la cabane. Léonard était en proie à une profonde réflexion.

— Il y a bien Salaï... Mais que retirerait-il de cette stupide vengeance ?

— Votre Salaï, vous avez confiance en lui ?

— Pas le moins du monde. C'est un voleur et un menteur. Il n'a jamais hésité à me dépouiller, mais je ne peux pas croire qu'il soit à l'origine de tout cela.

— Peut-être a-t-il parlé de votre machine...

Léonard resta silencieux. Salaï, à qui il avait tout donné, ne connaissait pas le sens du mot loyauté. En vingt-cinq ans de vie commune, il n'avait cessé de le voler, de le trahir, allant jusqu'à vendre au plus offrant des dessins de nus masculins et de scènes très osées que Léonard, pendant un temps, s'amusait à dessiner.

Cette fois, Léonard n'avait rien de bravache. Il semblait même effrayé. Ils virent les hommes de main sortir tout un bric-à-brac de la cabane : armatures de bois, pans de toile, harnais, manivelles...

— C'est bien ça, murmura Léonard. C'est un *ornitottero*.

Les hommes s'activaient en silence. Avec dextérité, ils assemblaient les pièces de bois avec des liens d'osier.

— Ils ne font pas d'erreur. Ils connaissent parfaitement leur affaire, déclara Léonard d'une voix altérée.

— Et ils vont nous précipiter du haut de ce plateau, gémit Quentin.

— L'appareil n'est fait que pour un seul homme.

— À deux, nous tomberons plus vite...

— C'est à moi qu'on en veut. C'est moi qu'ils veulent voir mourir.

— J'ai bien peur de subir votre sort. Pourquoi m'épargneraient-ils ?

Léonard ne répondit rien.

— Je crois que cette fois, aucun artifice ne nous sauvera, finit-il par dire. Je suis désolé mon cher garçon. La seule chose que nous puissions faire, c'est essayer de diriger l'appareil vers la rivière que nous voyons là-bas. Le choc sera moins rude qu'avec la terre. C'est notre seule chance.

L'*ornitottero* commençait à prendre forme. Quentin vit avec surprise qu'il ressemblait à une immense chauve-souris. L'attente était un supplice. Il pensa à son père, à Mathilde. S'il l'avait écouté, il serait tranquillement au Mesnil-Jourdain, à cueillir des pommes, des champignons, à pêcher la truite. Plus jamais il ne reverrait Marguerite. Elle ne saurait rien de sa mort atroce, ni que ses dernières pensées avaient été pour elle. François serait d'abord furieux de ne pas le voir revenir, puis s'inquiéterait, conclurait à son trépas quelque part en Italie, en serait triste et l'oublierait très vite.

L'un des hommes s'approcha de Léonard. C'en était fini. On allait attacher le vieil homme à ce grand oiseau artificiel. Puis ce serait son tour. Il recommanda son âme à Dieu.

L'homme se contenta de tendre un papier à Léonard. Découvrant qu'il s'agissait d'une lettre, il la donna à Quentin en disant :

— Lis, les caractères sont trop petits pour moi.

Les mains tremblantes, Quentin s'en saisit. Sa vue était brouillée par la peur et il eut le plus grand mal à déchiffrer.

— Qu'est-ce que tu attends, s'impatienta Léonard. Lis !

— « Cher Maître,

« Vous si glorieux, si honoré, si unanimement salué, vous est-il jamais arrivé de penser à ceux que votre orgueil et votre génie ont fait basculer dans le malheur ? Vous en sachant incapable, je vais m'y employer pour vous. L'élève doit dépasser le maître, disiez-vous. Vous avez excellé en cruauté. J'ose espérer faire mieux. Votre dévoué. »

— La signature ? Quelle signature vois-tu ?

— Il n'y a pas de nom. Juste un petit dessin. On dirait une belette sur une croix.

— Mon Dieu ! L'hermine, c'était lui !

— Mais qui donc ?

— Je ne sais pas. Je vais mourir sans savoir qui est mon bourreau.

L'homme qui avait remis la lettre s'avança d'un pas. Léonard lui lança un regard haineux. L'homme fit un signe. Un de ses compagnons s'empara de Quentin et le poussa vers l'*ornitottero*. Deux autres le placèrent au centre de la machine, lui attachèrent des harnais autour de la poitrine.

— C'est moi qui dois mourir, hurlait Léonard. Laissez ce garçon. Il n'y est pour rien.

Toujours silencieux, les hommes continuaient à harnacher Quentin. Tout en sachant que c'était vain, il se débattit, cria qu'il était innocent, que rien ne le liait à Vinci.

Léonard s'était mis à genoux et suppliait qu'on le prenne, qu'on épargne le jeune homme. Les hommes entourèrent Quentin et le menèrent à la falaise.

— Pardonne-moi, criait Léonard.

On le fit avancer lui aussi pour qu'il assiste à la fin de son compagnon.

La rivière, lui avait dit Léonard. Atteindre la rivière. Mais cette satanée machine était impossible à diriger. Il tombait comme une pierre quand il sentit une rafale de vent donner un semblant de vie aux grandes ailes et le porter au lieu de le précipiter à terre. D'autres souffles se succédèrent et il volait presque à l'horizontale. Il volait ! Malgré la terreur qui l'habitait, il ressentit un sentiment étrange, exaltant. Ce répit fut de courte durée. Une nouvelle bourrasque mit à mal le précieux équilibre et il partit en vrille vers le sol. Cette fois, il n'échapperait pas à la mort. Il jeta un dernier regard à cette vallée déserte qui serait son tombeau. Il se vit, chair écrabouillée, lacérée par le métal et le bois du funeste oiseau. L'aile droite heurta un arbre et se désintégra.

17

François jeta un regard gourmand à Simonette, qui s'était rendormie après qu'il l'eut ardemment honorée. Elle avait tout pour plaire, la peau satinée d'une ablette, un cul rebondi, des cuisses épaisses où il faisait bon musarder et des tétins de future nourrice. Une jolie pouliche de seize ans qu'il avait bien du plaisir à monter. Sa mère allait encore lui reprocher ses amours ancillaires. François tira les courtines du lit, passa la tête, vit Philibert son valet, dormant paisiblement sur une banquette. Il se leva, s'étira, se gratta l'échine, enfila des chausses, ne prit pas la peine de mettre un peu d'ordre dans sa chevelure et dévala l'escalier menant à la cour. Des gardes le saluèrent. Il leur souhaita le bonjour. Ils avaient l'habitude de le voir levé avant tout le monde et se promener sans escorte dans les jardins.

Le château se réveillait. Des servantes allaient puiser l'eau. Des garçons d'écurie menaient une charrette remplie de paille. François adorait les petites heures du matin, celles où tous les rêves étaient permis. Il alla jusqu'à la terrasse dominant la Loire. On apercevait à peine le fleuve à travers la brume épaisse qui montait de l'eau. Le ciel avait la couleur des perles et se teinterait bientôt de déchirures mauves et roses. Il était heureux, pleinement heureux. Tout ce qu'il avait souhaité lui était arrivé sans peine. Pourtant, personne n'aurait pu croire qu'il ceindrait un jour la couronne de France. Sauf sa mère, Louise, à qui l'ermite François de Paule avait prédit qu'il serait roi.

Le plus beau royaume du monde, une guerre victorieuse, des forêts giboyeuses et bientôt un fils ! Il était riche, puissant et avait toutes les femmes à ses pieds. Dieu l'avait comblé. Les années à venir seraient encore plus glorieuses. Il s'était accoudé au muret surplombant les douves. Penser à tout ce qui lui appartenait lui donnait le vertige. Certes, il y avait bien Calais, qu'il allait devoir, un jour ou l'autre, reprendre aux Anglais. Mais il avait gagné Milan ! Et pour toujours, cette fois. Jamais il ne lâcherait cette possession de la famille d'Orléans. Il n'en revenait pas encore. À vingt-deux ans, il surpassait tous ses prédécesseurs. On le surnommait le nouveau Constantin, on l'avait appelé Hannibal pour sa traversée aventureuse des Alpes, aux yeux de sa mère il était César… Après Marignan, il avait été reçu avec un faste incroyable à Marseille. Deux mille enfants vêtus de blanc menaient le cortège, toutes les galères du port tiraient des coups de canon, le peuple l'acclamait avec ferveur. Une gigantesque bataille d'oranges avait ensuite eu lieu et il s'y était livré avec enthousiasme.

Sa vie ne serait qu'une suite d'exploits et de fêtes. Il saurait déjouer les pièges. Il avait les meilleurs conseillers. Sa mère et sa sœur l'aidaient de manière admirable. Même cette pauvre Claude, si laide mais si bonne, avait bien compris quel était son rôle : lui donner des enfants. Le plus heureux des hommes ! Il eut envie de crier, de hurler son bonheur comme il le faisait quand il était à cheval et qu'il forçait une bête. Il faillit retourner exulter dans les bras de Simonette. Le jour commençait à percer. On devait l'attendre pour la cérémonie du lever, qui ne réunirait ce matin que quelques intimes. Le chancelier Duprat ne manquerait pas de pointer le bout de son vilain nez pour préparer la réunion du conseil. Il réintégra sagement ses appartements, sifflotant un air à la mode. Simonette avait disparu, escamotée par Philibert. Charles de Bourbon lui sourit.

— Mon cousin, dit-il, nous étions inquiets. Le roi avait disparu !

— Ces promenades matinales me sont nécessaires. Les premières lueurs du jour guident mes pensées.

— Furent-elles bonnes ?

— Il serait judicieux d'adjoindre un étage à l'aile droite du château, cela équilibrerait l'ensemble.

— Robertet, votre secrétaire aux finances, va hurler à la dépense inutile.

— Mais pour la plus grande gloire du royaume !

François n'aimait guère Charles de Bourbon. Trop sérieux, trop sombre. De cinq ans son aîné, il avait derrière lui une carrière militaire toute à son honneur. Ce qui lui avait valu d'être nommé grand connétable, malgré les récriminations de Louise de Savoie. Il s'y entendait en commandement, organisation des troupes et stratégie. À Marignan, il s'était comporté avec vaillance et avait réussi à empêcher les mercenaires des Bandes noires de prendre la fuite en plein combat. Mais qu'il soit détenteur du fief le plus puissant de France, un État dans l'État, lui donnait un pouvoir que le roi voyait d'un mauvais œil.

Fleuranges, que François appelait l'Aventureux, et Bonnivet, ses amis les plus proches, étaient présents ainsi que Duprat et d'autres courtisans. Charles de Bourbon présenta cérémonieusement une chemise au roi qui la revêtit en demandant à ses amis s'ils préféraient, pour l'après-midi, une partie de chasse ou de jeu de paume. Ce dernier ayant recueilli tous les suffrages, François déjeuna d'un épais bouillon de viande, accompagné de pain et de vin clairet. Le chancelier Duprat avait sa mine des mauvais jours, la bouche pincée, les yeux mi-clos. Agacé par les rires et les plaisanteries des jeunes gens qui l'entouraient, il grommela :

— Sire, il paraît que vous vous êtes encore promené à l'aube sur les terrasses du château. Un peu plus de majesté siérait au roi de France.

— Je croirais entendre ma très chère mère ! railla François. Chancelier, faites votre travail. Je saurai assurer ma gloire.

Conscient d'avoir outrepassé son rôle et manqué de respect au souverain, Duprat tapotait nerveusement l'accoudoir de son fauteuil. Ce roi de vingt ans le déroutait. Un colosse qui passait plus de temps à la chasse et à courir les filles qu'à étudier les dépêches des ambassadeurs. Mais une volonté farouche de puissance, un sens aigu des opportunités, une grande facilité de parole qui n'allait pas rendre la tâche facile au chancelier.

— Sire, je dois vous entretenir de faits importants avant le conseil, reprit-il d'une voix mielleuse.

S'essuyant la bouche avec un pan de la nappe, François fit un grand geste en direction de l'assemblée.

— Voyez, mes amis, le chancelier vous chasse. Nous nous retrouverons pour la messe.

La petite troupe s'en fut en riant. François se leva, s'étira.

— Nos espions à Londres m'apprennent qu'un émissaire suisse est venu faire des appels du pied au roi pour créer une ligue antifrançaise, commença le chancelier.

— Mon bon Duprat, sachez que je ne pourrai vous entendre de manière claire qu'après m'être vidé les boyaux.

— Mais Sire…

— Je vais chier, Duprat, je vais chier et à mon retour vous me parlerez de mon cousin Henri d'Angleterre.

Duprat soupira. François quitta la chambre pour son cabinet d'aisance attenant. Il en revint le sourire aux lèvres.

— Henri est d'un naturel jaloux. Il n'a pas supporté ma victoire à Marignan. Il paraît qu'il en a pleuré de rage. Il est persuadé que je vais tout faire pour m'emparer du reste de l'Italie.

— Cela ne l'a pas empêché de vous envoyer ses vœux de bonne paix et de mutuelle amitié.

— La fourberie est une spécialité anglaise.

— Elle peut nous être fatale.

— Du calme, Duprat ! Henri souhaite s'allier avec l'empereur Maximilien contre la France, c'est certain, mais vous verrez que cela n'aboutira pas. Vous savez comme moi que les cent mille couronnes d'or qu'Henri destinait aux troupes suisses ont fini dans la poche de Maximilien, qui va s'en servir pour chasser le chamois ! Croyez-moi, Duprat, la paix n'est nullement menacée.

— Dieu vous entende ! répliqua Duprat.

François s'était levé, signifiant que l'entretien était clos.

— Il y a un autre sujet que je souhaite aborder avec vous, Sire, reprit le chancelier. Une affaire délicate.

— Faites vite, Duprat, l'heure de la messe approche.

Duprat avait quitté son fauteuil et marchait de long en large devant les fenêtres.

— Votre beau-frère, le duc d'Alençon, a ordonné la libération d'une meurtrière à Rouen.

— Et alors ? Il est gouverneur de Normandie. Il doit savoir ce qu'il fait, riposta François d'un ton irrité.

Il avait à moitié revêtu un pourpoint de velours noir clouté de perles et se battait avec la manche droite, récalcitrante.

— La populace gronde. Rouen est une ville turbulente.

— Abrégez, Duprat, abrégez. On nous attend pour l'office.

— À vrai dire, c'est votre sœur qui a agi au nom du duc d'Alençon, sans l'en prévenir, lâcha le chancelier en observant le roi du coin de l'œil. Il se réjouit de le voir froncer les sourcils.

— Cela ne lui ressemble guère. Qu'a-t-elle à voir avec cette affaire ?

— L'accusée est la sœur de Quentin du Mesnil.

François tira si brutalement sur son pourpoint que la doublure de soie se déchira.

— Mathilde ? Accusée de meurtre ? À Rouen ? Mais c'est insensé ! Et qui a-t-elle tué ?

— Un maître-verrier, si mes informations sont exactes.

— Mais pourquoi irait-elle assassiner un maître-verrier ? Il doit y avoir erreur sur la personne. Mathilde est vive, impétueuse, plus entêtée qu'un troupeau de mules, mais elle ne ferait jamais une chose pareille. Vous avez bien fait de me prévenir, Duprat. Faites en sorte que Mathilde du Mesnil soit amenée au plus tôt à Amboise. Nous allons tirer cette affaire au clair et lui assurer notre protection.

Le chancelier acquiesça, quoique le résultat ne fût pas celui qu'il espérait. Tout à son désir de dénigrer Marguerite, de montrer qu'elle prenait à la légère les règles du royaume et s'arrogeait des pouvoirs qui n'étaient pas les siens, il n'avait pas imaginé que le roi prendrait fait et cause pour Mathilde du Mesnil. Décidément, cette famille était bien encombrante. À peine le frère parti que rappliquait la sœur. Certes, des dangers plus graves que les frasques des amis d'enfance du roi menaçaient la France. Mais, pour Duprat, plus leur influence diminuerait, mieux il tiendrait le roi sous sa coupe.

18

Quand Antoine du Mesnil ne vit pas revenir Mathilde, il mit son retard sur le compte de quelque incident de voyage. Une roue qui se rompt, une route coupée par des chutes d'arbres... Puis il s'inquiéta. Mathilde était certes rebelle à toute autorité, mais elle ne l'aurait jamais laissé sans nouvelles. Il sella son cheval et, malgré le dégoût qu'il avait de la ville, il prit le chemin de Rouen en compagnie de Robertet, son valet.

Alyne de Saint-André, sa cousine, lui apprit la terrible nouvelle. Mathilde en prison pour meurtre ! Il tenta d'aller plaider la cause de sa fille auprès du prévôt qui lui rit au nez. Bien sûr, tous les meurtriers étaient innocents, c'était bien connu. Non, il ne pourrait pas voir Mlle du Mesnil, retenue au cachot. L'effronterie de ce bourgeois, trop content d'emprisonner une fille de la noblesse, mit le sieur du Mesnil en rage. Il rédigea une lettre et chargea Robertet de galoper ventre à terre jusqu'à Alençon et de la remettre à Marguerite. Le valet, qui se serait fait hacher menu pour la jeune demoiselle, revint quatre jours plus tard avec la lettre d'élargissement signée de Charles d'Alençon. Antoine du Mesnil se fit un plaisir d'aller l'agiter sous le nez du prévôt en lui intimant l'ordre de libérer sa fille sur-le-champ. La levée d'écrou prit du temps, le prévôt pinaillant sur les effets que Mathilde avait en sa possession à son arrivée. Son sac de voyage s'était égaré et, malgré les protestations d'Antoine du Mesnil, il tenait absolument à le lui rendre, prouvant ainsi que les prisons de Normandie n'étaient pas des repaires de voleurs, du moins en ce qui concernait les gardiens.

Le lendemain matin, le père de Mathilde se présenta à la prison, bien décidé à faire cesser ce petit jeu ridicule et à emmener sa fille, avec ou sans sac. Il trouva le prévôt tout sourire. Pour faire bonne mesure, Antoine du Mesnil le salua poliment.

— Monsieur du Mesnil, vous arrivez trop tard, lui lança le prévôt.

— Qu'est-ce à dire ?

— Votre fille a été transférée.

— Transférée ? Mais elle est libre. Qu'en avez-vous fait ?

L'affreux bonhomme prit un air mielleux et ricana :

— Je n'ai fait qu'obéir aux ordres du roi.

— Que me chantez-vous là ? grogna Antoine du Mesnil, prêt à lui sauter à la gorge.

— Une missive du chancelier Duprat me donnait l'ordre de faire convoyer votre fille à Amboise. Une affaire d'État ? Voilà qui ne va pas arranger le sort de votre fille. Vous auriez été mieux avisé de me laisser m'occuper d'elle.

— Quand est-elle partie ? demanda du Mesnil, ignorant les sarcasmes du prévôt.

— Ce matin à l'aube, escortée par quatre hommes d'armes.

19

La chute de Quentin fut quelque peu ralentie par les branches. Il se retrouva flottant sur la rivière, la machine volante transformée en fragile esquif. Vivant, il était vivant ! Il rendit grâce à Dieu. Encore lui fallait-il se libérer des liens qui l'attachaient à la structure. Le courant l'emportait. Mourir noyé serait un comble. Le choc ayant distendu les courroies, il réussit à dégager un bras. De sa main libre, il s'empressa de dénouer les bandes de cuir autour de ses jambes. En quelques minutes, il fut libre. Il rejoignit la rive en nageant, s'accrocha à un tronc et regarda partir au fil de l'eau les restes du grand oiseau.

Il ne croyait pas à sa chance. Il avait volé et il n'était pas mort.

Mais il n'avait plus qu'une idée en tête : fuir l'Italie. Dans le premier village venu, il achèterait une monture et quitterait au grand galop ce pays de cauchemar. Que Léonard aille au diable ! Mourir pour assouvir la vengeance d'un fou qui en voulait à un autre fou, très peu pour lui. Qu'ils se trucident entre eux. François Ier regretterait que celui qu'il considérait être le plus grand savant de tous les temps ne rejoigne pas sa cour, mais il avait les moyens de s'attacher d'autres artistes, d'autres philosophes. Quentin serait à même de lui expliquer que ce n'était pas une grande perte. Un homme tel que Léonard cachait de trop lourds secrets.

Il resta un long moment sur la berge, à l'ombre des arbres. Il savait que du haut du plateau on ne pouvait le voir, mais il préféra attendre la tombée du jour. Il s'était déshabillé pour faire sécher ses vêtements à des branches de saule. Il les remit en frissonnant. Son pourpoint de velours était encore humide. Il ne savait dans quel sens aller. Suivre le courant de la rivière lui sembla la meilleure solution. Il pourrait encore marcher deux bonnes heures avant que la nuit fût complètement noire. D'ici là, il espérait tomber sur un lieu habité, une ferme, un hameau...

Ses pensées revinrent à Léonard. Qu'avait-il ressenti en voyant sa machine-oiseau planer dans les airs, puis partir en vrille vers le sol ? Quelles pensées avait-il eues pour Quentin en sachant qu'il allait s'écraser ? Avait-il pu voir qu'il s'était fracassé dans l'eau et qu'il avait donc une chance de s'en être sorti sain et sauf ? Quentin ne le saurait jamais. Et ne voulait pas le savoir.

Il foulait l'herbe haute de la prairie, attentif à rester à couvert même si Léonard et ses ravisseurs devaient être partis depuis belle lurette. L'odeur de la menthe écrasée sous ses pas le remplissait d'aise. Il avait vraiment cru sa dernière heure arrivée ! Ses mains étaient encore agitées d'un léger tremblement et il avait tellement serré les dents pendant sa chute vertigineuse que sa mâchoire restait douloureuse. Personne ne croirait à ce qui lui était arrivé. Et personne ne pourrait en témoigner. Où pouvait bien être Léonard ? Autant il avait pris à la légère l'aventure avec les nécromants, autant cette dernière épreuve avait semblé l'affecter profondément. Il avait supplié qu'on épargne Quentin, s'était même jeté à genoux devant leurs bourreaux, ce qui ne lui ressemblait guère. Qui allait le regretter ? Le jeune Melzi, certainement. Ses frères ? Selon Léonard, ils ne le pleureraient pas. Il n'avait plus aucun appui, que ce soit à Florence ou à Rome.

La nuit était venue plus vite que prévue et Quentin avançait avec difficulté. Après avoir buté sur des souches d'arbres et s'être affalé dans la boue, il décida de s'arrêter. L'humidité lui glaçait les os, il n'avait rien pour se couvrir. À tâtons, il ramassa du petit bois, battit le briquet et réussit à faire démarrer une flambée. En longeant la rive, il récolta assez de branches mortes pour s'assurer quelques heures de feu. La faim le tenaillait, mais à moins de mettre en pratique ses talents de pêcheur, il devrait se contenter des quelques noisettes cueillies au bord d'un chemin dans la matinée. Mais quelle importance ? Après ce qu'il avait vécu, une nuit à la belle étoile était un cadeau de Dieu.

Cette histoire n'avait pas de sens. Quel sort allait subir Léonard ? Si on en voulait à sa vie, il eût été facile de le mettre à mort dès sa capture au cimetière de San Lorenzo. Non, le but était de le faire souffrir, la lettre du commanditaire en témoignait. Le jeu du chat et de la souris. Comment finirait-il ? La cruauté du procédé l'épouvantait. Léonard avait dû commettre des crimes bien graves pour qu'on lui inflige de telles épreuves. Certes, il avait été inconstant, n'avait pas fini bon nombre de travaux ; sa manière de vivre avait choqué ; ses œuvres avaient scandalisé. Mais rien de tout cela ne pouvait susciter une telle vengeance. Bien sûr, le vieux peintre ne lui avait pas confié ses secrets les plus noirs. Mais il semblait sincèrement ignorant de qui pouvait lui vouloir tant de mal. N'ayant nul espoir de dormir, Quentin alla chercher de nouvelles branches, s'assit au plus près du feu, posa sa tête sur ses genoux et récapitula ce qu'il savait.

Tout, semblait-il, avait commencé par une hermine clouée sur la porte de Léonard. Un acte destiné à blesser le vieil homme, à moins que ce ne fût un avertissement. Une hermine qu'on retrouvait dans la signature du mystérieux commanditaire. Une hermine liée à Cécilia Gallerani. Quoi qu'en dise le peintre, son modèle devait certainement savoir quelque chose.

L'épisode des nécromants parlait de lui-même : on avait voulu faire payer à Léonard ses dépeçages de cadavres. Ses travaux anatomiques étaient de notoriété publique, ainsi que sa détestation de la nécromancie. Rien qui puisse aiguiller sur un personnage précis.

L'aventure de l'*ornitottero* était plus singulière. Cette mise en scène n'avait pu s'organiser du jour au lendemain. Il avait fallu acheminer le matériel sur la montagne. Selon Léonard, très peu de monde était au courant de ses essais de machines volantes. Qui y avait assisté ? À quand remontaient ces tentatives ? Quentin l'ignorait, mais cette piste menant aux initiés du vol aérien lui semblait recevable.

Qu'une fois de plus, Léonard n'ait pas été purement et simplement trucidé montrait que le commanditaire avait l'intention de faire durer le jeu. La mise en scène faisait partie de la vengeance. Il s'agissait donc d'un individu, certes à l'imagination fertile mais doté de moyens financiers importants et qui connaissait les points faibles et les passions de Léonard. Quentin, lui, était loin d'avoir perçu toutes les facettes du personnage. Qui le pourrait d'ailleurs ?

Le vieil homme avait fait tant de choses au cours de sa vie. Peintre, sculpteur, architecte, cartographe, mathématicien, ingénieur… Quelle allait être la prochaine épreuve ?

Le feu se mourait, Quentin grelottait, il fit quelques pas pour se réchauffer, jeta les dernières branches sur les braises. Après tout, pourquoi se préoccuper de Léonard ? Ce n'était plus son affaire. Il avait failli mourir deux fois. Les horribles visions de démons l'entraînant dans leur chute s'étaient réalisées. Inutile de tenter le diable en continuant l'aventure. Quentin se remémora les flots impétueux et les cadavres sans chair qui lui étaient apparus. Il resta interdit. Se pourrait-il que ses visions aient été les prémonitions de ce qu'il allait vivre ? Mais alors, les brûlures qu'il avait ressenties, l'errance dans une nuit éternelle, les voix criant à la trahison étaient annonciatrices des prochains événements. Pouvait-il y échapper ? Allait-il se dérober ? L'idée de rentrer en France alors qu'il savait ce qui guettait Léonard lui parut, tout à coup, d'une grande lâcheté. Il fallait le retrouver, déjouer les pièges. Même si le personnage lui était éminemment antipathique.

Restait un problème de taille : où était Léonard ? Où ses ravisseurs le conduisaient-ils ? Quentin avait le sentiment que l'affaire se jouait dans le nord de l'Italie, peut-être à Milan, où Léonard avait passé de nombreuses années, mais plus certainement à Mantoue où résidait Cécilia Gallerani. L'hermine serait son guide, elle lui montrerait le chemin. Pour fêter sa décision, Quentin croqua sa dernière noisette. Une douleur fulgurante lui transperça la mâchoire. Une dent ! Il venait de se casser une dent. Il se leva d'un bond, dansa d'un pied sur l'autre, ne sachant que faire pour calmer les élancements. Le jour se levait à peine. La veille au soir, il avait vu de la mauve et de l'achillée dans la prairie. Il lui en fallait de toute urgence. Il repéra l'achillée en premier et ne tarda pas à tomber sur la mauve. Il écrasa une poignée de plantes sur une pierre, y ajouta un peu de salive pour en faire une sorte de pâte qu'il appliqua sur la dent cassée. Le goût était affreusement amer, mais, dans moins d'une heure, il souffrirait moins. Il se remit en route, pressé d'arriver dans un village où il pourrait avaler quelque chose de chaud et peut-être faire soigner sa dent. Trouver un nouveau cheval serait plus difficile, mais Quentin avait assez d'argent pour convaincre le plus récalcitrant des vendeurs. Renouvelant de temps en temps son pansement végétal, il avançait aussi vite qu'il pouvait dans les hautes herbes. Cette rivière devait bien mener quelque part... Après trois heures de marche, il aperçut un village sur un promontoire rocheux. Il gravit le sentier bordé de genévriers, étonné de ne rencontrer âme qui vive à une heure où les paysans auraient dû être en pleine activité. Il passa sous un porche de pierre, suivit l'unique rue du village. Déserte. Ni femmes allant chercher de l'eau, ni enfants jouant près de la fontaine... Il regarda attentivement les maisons, tourna les talons et s'enfuit en courant. Les croix peintes à la chaux sur les portes ne pouvaient signifier qu'une chose. Le village avait été victime d'une épidémie de peste. Les habitants étaient soit morts, soit en fuite. Il dévala le sentier et rejoignit la rivière. Il aperçut quelques silhouettes au loin, faisant du feu derrière un gros rocher. Sans doute des rescapés de la peste attendant de rejoindre leurs pénates. Ni eux ni lui ne cherchèrent à entrer en contact. La distance était la meilleure protection contre la terrible maladie. Quentin ne tenta pas de pénétrer dans les deux villages suivants, qui avaient dû subir un sort identique. Sa douleur s'était calmée, mais il mourait de faim et rêvait de soupes épaisses, de ragoûts fumants. C'est en fin d'après-midi qu'il arriva dans un gros bourg, traversé par la route qui menait à Bologne. Au moins ne s'était-il pas trop éloigné de l'itinéraire qu'il devait suivre. Il n'y avait pas d'auberge, mais la place centrale était occupée par des marchands forains qui commençaient à remballer leurs marchandises. Quentin se précipita pour acheter un gros pain bis. Suivant la délicieuse odeur de saucisse grillée, il se retrouva devant l'étal d'un charcutier qui lui vendit le reste de sa production, soit deux pieds[1] de saucisse, une grosse tranche de *porchetta*[2], un talon de jambon qu'il disait fait à la manière de Parme, du saucisson d'oie et de fines tranches de mortadelle. Les bras chargés de victuailles, l'œil luisant de convoitise, les papilles frémissantes et l'estomac gargouillant, Quentin alla s'installer au pied de la fontaine. La mortadelle l'emplit d'aise, le saucisson d'oie fondit sous sa langue, la saucisse fut dévorée en un clin d'œil. Quant à la *porchetta*, il crut défaillir de plaisir. Le laurier, l'ail, le romarin donnaient à la chair délicate une telle saveur qu'il prit tout son temps pour la savourer. Son ardeur à manger de la viande était intacte, n'en déplaise à Léonard, songea-t-il. Le moelleux et le fondant de la graisse, la puissance des arômes carnés le mirent en joie. Malheureusement, sa dent cassée se rappela à son bon souvenir en entrant en contact avec un morceau de croûte de pain. La douleur fut si aiguë qu'il se livra à une gigue désordonnée, attirant un groupe d'enfants ébahis de voir cet étranger sautiller en se tenant la mâchoire et en criant des « aïe, aïe, ouille, aïe, ouille ».

1. 1 pied = 33 centimètres.
2. Cochon de lait farci aux herbes.

Une vieille femme, qui tenait un étal d'herbes et qui l'observait de loin, s'approcha de lui. D'autorité, elle lui ouvrit la bouche, fit une grimace et le tira derrière elle. Sans un mot, elle pila de la sauge, fouilla longuement sous ses jupes pour extraire une petite bourse dont elle sortit triomphalement un clou de girofle, qu'elle écrasa aussi. Elle ajouta un peu d'argile et d'eau, mélangea le tout, en fit une petite bille qu'elle appliqua sur la gencive et la dent de Quentin. Elle s'assit à côté de lui et lui tint la main. Était-ce sa préparation ou sa sollicitude, Quentin se sentit rapidement mieux. Quand il voulut parler, elle mit un doigt sur ses lèvres et accentua la pression de sa main. Quentin éprouva une grande chaleur et un bien-être inattendu. Il plongea son regard dans celui de la vieille. Il y vit de la bienveillance, mais aussi un tourment qu'ils semblaient partager.

— Ton cœur est lourd. Tu portes en toi des secrets qui te rongent, lui dit-elle d'une voix étonnement juvénile.

Quentin eut un mouvement de recul. Que voulait dire la vieille ? Faisait-elle allusions à ses visions ? Comment savait-elle ?

— Ne crains rien ! Je sais reconnaître ceux qui devinent l'avenir. C'est un grand pouvoir, mais aussi une grande souffrance.

— Je ne sais rien de l'avenir si ce n'est que je le redoute, se récria Quentin.

— Tu es jeune, mais tu sembles avoir traversé les siècles.

De saisissement, Quentin lui lâcha la main. Cette impression fugace qu'il avait parfois d'avoir eu plusieurs vies, comment pouvait-elle la ressentir ?

— Que savez-vous de moi ? demanda-t-il d'une voix étouffée.

— Je ne sais rien. Tu vois des choses, mais tu ignores l'essentiel. Les secrets ne te seront révélés que lorsque les ans auront marqué ton visage de rides profondes ou que tu seras devenu assez sage.

Quentin se reprit. La vieille devait avoir l'esprit dérangé. Les guérisseurs étaient bien souvent des êtres étranges, prenant un malin plaisir à parler par énigmes. Pourtant, il continuait à ressentir un grand apaisement en sa présence.

Il voulut répondre mais elle fit un geste d'interdiction.

— Méfie-toi de ceux qui t'entourent. Les femmes que tu aimes te porteront un grand préjudice, continua-t-elle.

Marguerite ? Mathilde ? Qu'aurait-il à craindre d'elles ? Quentin haussa les épaules. Assez de sornettes ! La vieille se moquait de lui. Il était temps de prendre congé. Il la remercia pour ses soins, la paya et s'enquit de la présence d'un barbier pour qu'il lui arrache sa dent.

Elle hocha la tête, se leva et lui fit signe de la suivre. Dans une petite rue derrière la place, sous une enseigne de sainte Catherine, patronne des barbiers, une femme était assise maintenue par un homme, la bouche ouverte, d'où s'échappait un flot de sang. Le barbier se penchait sur elle muni d'une pince servant à enlever les clous des fers des chevaux. Elle hurlait à pleins poumons.

— C'est ça que tu veux ? demanda la vieille à Quentin. Ta dent n'est que fêlée, elle se remettra. Je te donnerai d'autres clous de girofle pour que tu puisses continuer ton voyage. L'homme que tu cherches était ici hier soir.

— Comment savez-vous…

— J'observe, l'interrompit la vieille, c'est tout. À mon âge, je n'ai pas grand-chose d'autre à faire. Il n'y a rien de magique, crois-moi. Il est très grand, il a de longs cheveux noirs. Il avait l'air épuisé, inquiet. Il a eu un malaise. Il est tombé de cheval.

— A-t-il dit quelque chose ? s'inquiéta Quentin.

— Je crois qu'il a simulé son évanouissement. Je l'ai vu dessiner quelque chose sur la borne contre laquelle il s'était affalé. Ça doit toujours y être, si un chien n'a pas pissé dessus.

— Montrez-moi, vite...

Elle l'emmena au pied de la borne. Quentin vit une petite hermine dessinée à la craie.

— Les hommes qui le gardaient étaient furieux. Ils lui ont jeté le contenu d'une gourde d'eau à la figure et l'ont fait remonter à cheval. Ils ont pris la direction du nord. Tu comptes les poursuivre à pied ?

— Il me faut un cheval.

— Tu n'en trouveras pas ici, mais je peux te trouver un bon mulet.

— Allons-y pour un mulet, soupira Quentin, qui suivit la vieille à contrecœur.

Pourquoi tenait-elle tant à l'aider ? Avait-elle partie liée avec les ravisseurs de Léonard ? Allait-elle le mettre sur une fausse piste ?

Le propriétaire de Pégasio, un mulet bien charpenté au jarret solide, négocia avec âpreté, disant que l'animal était la prunelle de ses yeux et lui rendait de tels services qu'il aurait le plus grand mal à s'en séparer. Quentin mit fin au marchandage en tendant au maquignon un florin d'or. Jamais mulet, fût-il doté d'un nom de cheval divin, n'avait coûté si cher.

La vieille le mit en garde : voyager de nuit était risqué, la route passait à travers des montagnes peuplées de loups et de brigands. S'il le souhaitait, elle pouvait lui offrir l'hospitalité. Elle lui ferait une bonne soupe d'herbes. Malgré sa fatigue, Quentin déclina l'offre, craignant d'avoir à subir de nouvelles révélations à son sujet. Très troublé par les propos de la vieille, il ne tenait pas à en savoir plus. Pourquoi l'avait-elle mis en garde sur les femmes de son entourage ?

20

Pégasio, le mulet qui valait de l'or, avait certainement l'habitude de lourdes charges, mais pas d'être monté. Il se révéla l'animal le plus lent et le plus fantasque de la création. Il n'obéissait qu'épisodiquement à son cavalier, se lançant dans des trots fougueux pour ensuite piler sec et se mettre à brouter le long de la route. À ce train, Léonard aurait le temps de mourir dix fois avant que Quentin ne le rejoigne. Autre difficulté : aucun nouveau dessin d'hermine n'était apparu. Pourtant, dans chaque village traversé, sous l'œil étonné des passants, Quentin s'arrêtait auprès des bornes, décryptait les graffitis sur les murs. Il était même attentif aux tissus pendant parfois des arbres le long de la route. Cette observation permanente lui faisait voir des signes là où il n'y en avait pas. Il perdait un temps fou à s'interroger sur des dessins malhabiles d'enfants ou des représentations obscènes dues à l'imagination enfiévrée de quelque adolescent. Il doutait de plus en plus de retrouver Léonard. On lui avait signalé deux fois le passage du vieil homme. Mais depuis plusieurs jours personne ne semblait l'avoir vu. La vallée s'élargissait, le nombre de villages augmentait, tout comme les chemins y menant. Si les ravisseurs avaient bifurqué, Quentin n'en saurait rien.

On lui avait dit qu'il s'approchait de Bologne. Une fois passé cette ville, il y aurait tant de routes qu'il ne saurait laquelle prendre. Si seulement la vieille avait dit vrai ! S'il était doté de ce fameux don de voir l'avenir, il ne serait pas là, couvert de poussière, dépenaillé, la mâchoire toujours douloureuse. Fatigué par sa chevauchée chaotique, agacé de devoir sans cesse donner de la baguette pour que Pégasio consente à avancer, il se désolait de devoir abandonner la partie. La circulation sur la route devenait plus dense, de lourds charrois de blocs de marbre prenaient toute la place. Pégasio manifestait des mouvements d'humeur et soudain, saisi d'une exaltation peu habituelle, entreprit de dépasser au galop un chariot. Une autre voiture, roulant à vide, venait en face à grande allure. Quentin et sa monture allaient être écrasés entre les deux véhicules. Il essaya d'arrêter le mulet qui, les oreilles rabattues, accéléra l'allure. Le conducteur du charroi de marbre hurla, tira de toutes ses forces sur les rênes. L'autre fit de même. Dans un élan sauvage, Pégasio frôla l'artimon de la charrette. Quentin eut la présence d'esprit de relever la jambe, sinon elle eût été broyée. Déséquilibré, il se raccrocha à sa selle. Pégasio pila. Quentin vida les étriers et se retrouva à terre sous une pluie de cailloux que déversait la charrette. Sonné, il tenta de se relever. La blancheur des pierres, leur luminescence le frappa. Où avait-il déjà ressenti cette sensation de lumière aveuglante ? Des images de falaises de roche blanche, de grêle de cailloux lui revinrent en mémoire. La nuit des nécromants ! Où, dans une de ses visions, le soleil s'était mué en nuit éternelle.

Le conducteur du charroi se tenait devant lui, l'apostrophant vivement. Quel était cet imbécile qui ne savait pas tenir son mulet ? Il avait failli passer sous ses roues. À quoi jouait-il ? Quentin se releva avec difficulté, présenta ses excuses et s'enquit de la destination du conducteur. Surpris de voir l'accidenté ne pas l'agonir d'injures, il lui dit qu'il était employé aux carrières de San Ambrogio, à une lieue de là. Quentin le remercia chaleureusement. De plus en plus étonné, l'homme reprit ses rênes et poursuivit sa route. Quentin alla cueillir sur le bas-côté un magnifique chardon qu'il offrit à Pégasio en lui disant :

— Sacrée tête de mule, je ne te remercierai jamais assez.

Le mulet apprécia la friandise et n'accepta de repartir qu'après l'avoir soigneusement mastiqué.

Quentin ne doutait plus. Il devait se rendre au plus vite aux carrières. Léonard lui avait parlé d'une de ses inventions, permettant de scier aisément les blocs de marbre. Le jeune homme n'y avait pas plus prêté attention qu'à ses descriptions de roulement à billes, de machine à tordre les cordes ou à fileter les vis. Tout cela lui passait au-dessus de la tête. Il ne portait aucun intérêt à la mécanique et ne comprenait strictement rien aux explications de Léonard. Mais une profonde inquiétude le tenaillait. Le fou qui en voulait à Léonard avait-il le projet de lui faire subir une mort affreuse en le découpant à l'aide de cette machine ? Il s'imagina retrouvant les membres épars du vieil homme, sa tête, ses yeux attaqués par les corbeaux et les corneilles…

Pégasio avait repris son allure préférée, le pas, et réagissait avec son inertie habituelle aux coups de baguette de son cavalier. Quentin suivit les indications du charretier. La route grimpait à flanc de montagne à travers une forêt de châtaigniers. Des jeunes femmes, portant sur la tête des paniers remplis de brisures de marbre, se relayaient pour réparer les ornières causées par les charrois. Les arbres se firent plus rares et, au détour d'une courbe, Quentin découvrit un paysage d'un autre monde. Un vaste cirque entouré de falaises d'une blancheur étincelante, avec, dans le lointain, des sommets aux formes déchiquetées. Un grondement sourd fit faire un écart à Pégasio. Dans la vallée, Quentin vit un gigantesque bloc de marbre dévaler la pente sur des pavés de bois, suivi quelques minutes plus tard par un autre. Perturbé, Pégasio partit au petit trot. En débouchant au cœur de la carrière, Quentin se crut arrivé dans un champ de neige où les congères n'étaient autres que des blocs de marbre attendant d'être transportés. Des centaines de carriers s'activaient, massettes à la main, dans les béances ouvertes en escalier dans la roche. En haut de la paroi, accrochés à une corde, les pieds en équilibre sur une petite planche posée sur des pitons, des ouvriers posaient des coins de fer dans des fissures. D'autres munis de scies de plus de deux toises[1] s'escrimaient sur des blocs de plusieurs centaines de livres. Le lieu résonnait des hennissements des chevaux, des cris d'effort des ouvriers, des ordres des contremaîtres. La luminosité était si forte qu'il dut se protéger les yeux d'une main. Tenant Pégasio par la bride, Quentin s'approcha de deux hommes au visage et aux vêtements recouverts d'une épaisse pellicule blanche, leur donnant l'air de fantômes.

— Hep là ! Ne restez pas dans le passage, vous allez vous faire écraser, lui cria le premier fantôme.

Quentin expliqua qu'il cherchait un vieil homme accompagné de six cavaliers.

— Bougez-vous de là, je vous dis. Pas vu votre bonhomme.

1. 1 toise = 1,80 mètre.

— Vous êtes sûr que personne n'est venu ?

— Du monde, il en passe sans arrêt. On a bien assez à faire à compter les chariots sortants.

Tout aussi fantomatique, son acolyte se gratta le menton et déclara :

— Il veut peut-être parler de Léonard...

— Mais Léonard n'est pas vieux ! Il ne le sera jamais, c'est un génie ! riposta le premier fantôme.

— Vous l'avez vu ? demanda Quentin avec impatience.

— Évidemment qu'on l'a vu. Il venait souvent chercher les plus belles pierres. Comme l'autre fou, Michel-Ange. Lui, c'est un furieux. Huit mois qu'il est resté ici à renifler le moindre caillou et à nous dire que ce n'était jamais assez blanc et pur. Au moins, Léonard, c'est un seigneur. Il ne crie jamais. D'ailleurs, hier, il n'a pas dit un mot. Ce sont ses aides qui ont parlé.

— Hier ? s'étrangla Quentin. Où sont-ils ?

— Ils doivent être repartis. Ils étaient pressés mais, avec tout le fourniment qu'ils transportaient, vous allez les rattraper. Quoique votre mulet n'a pas l'air bien vaillant, lança le premier fantôme en glissant un regard critique sur Pégasio.

Quentin sentit son cœur se glacer. La machine à découper ! Ils devaient avoir avec eux l'abominable objet de torture. Le deuxième fantôme ajouta :

— On aurait pourtant bien aimé que Léonard soit plus loquace sur sa prochaine œuvre. Un tombeau, ont dit ses compagnons. Mais ça ne peut pas être celui du pape, c'est Michel-Ange qui a la commande[1].

1. Commandé en 1505 par Jules II (mort en 1513), Michel-Ange y travaillera de manière épisodique pendant près de quarante ans.

Deux chariots se présentant, ils partirent au pas de course en vérifier le chargement, suivis par Quentin. Quand ils eurent fini de noter le nombre et les dimensions des blocs de marbre, il revint à la charge :

— Vous êtes sûrs qu'ils ne sont plus là ?

— Encore vous ! Si vous voulez en avoir le cœur net, allez à la vieille carrière, sur l'autre colline, c'est là qu'ils voulaient aller. Il y a un chemin qui y mène, là-bas à gauche, après les buissons de genévrier.

Quentin remercia les carriers et enfourcha Pégasio. Il était certain d'aller vers une macabre découverte. Les ravisseurs de Léonard avaient dû s'enfuir de nuit, laissant son corps à la merci des charognards. Au moins Quentin pourrait-il l'enterrer décemment. Il était abasourdi par la renommée du vieil homme. Que des carriers connaissent ses œuvres au fin fond de montagnes inhospitalières avait de quoi étonner. François n'avait peut-être pas tort de le considérer comme le plus grand génie de tous les temps. Ne resterait de cette gloire qu'un tombeau de marbre, où bientôt des os blanchis se confondraient avec la pierre.

21

Dans la petite carriole cahotant sur les routes de Normandie, Mathilde se perdait en conjectures sur les raisons qu'avait François de la faire venir à Amboise. Quand le prévôt était venu lui annoncer son transfert, elle avait ressenti un étrange soulagement. La preuve était faite que le roi était à l'origine de la machination. Elle ne s'était pas trompée, elle avait vu juste depuis le début. Puis elle avait pris peur. Affronter son pire ennemi la terrorisait. D'autant qu'il avait tous les pouvoirs. Même celui de la faire disparaître pour cacher ses forfaits. Que pouvait-elle, frêle jeune fille face à l'autorité royale, ses hommes de main, ses cachots, ses exécutions sommaires ? Amboise serait peut-être son tombeau, et nul n'en saurait rien. Elle n'avait eu aucun contact avec sa famille, le prévôt ayant pris un certain plaisir à rudoyer une demoiselle de la noblesse.

— Je suis désolé de me séparer d'une prisonnière de choix, avait-il dit avant son départ, un petit sourire sardonique aux lèvres. Que le roi lui-même souhaite traiter l'affaire prouve que vous êtes une criminelle de haut vol. Peut-être n'en êtes-vous pas à votre coup d'essai ! Je ne vous souhaite pas bonne chance, mademoiselle du Mesnil.

Le message de Duprat ordonnant qu'elle soit traitée avec tous les égards dus à son rang, le prévôt avait renoncé à lui adjoindre un garde dans la voiture, mais deux sergents en armes chevauchaient à ses côtés.

Par la petite fenêtre vitrée, Mathilde avait vu défiler les vastes terres labourées du plateau du Neubourg, puis les forêts parées d'or et d'écarlate du pays d'Ouche. À chaque arrêt, elle se précipitait pour prendre quelques goulées d'air frais, tant l'odeur dans l'habitacle était répugnante. Des taches suspectes sur les banquettes laissaient penser que le précédent prisonnier s'était oublié de la plus honteuse manière. À Conches, elle avait demandé de faire ses dévotions à l'église Sainte-Foy. Permission qu'on lui donna à condition qu'elles fussent brèves. Quand elle entra dans le sanctuaire, elle fut saisie par le nombre et la luminosité des verrières. Elle avança à petits pas vers le chœur en regardant à droite et à gauche. Le mont des Oliviers, la crucifixion, la mise au tombeau, toutes les scènes du martyre du Christ se déroulaient sous ses yeux. Le palais s'écroulant sur les soldats martyrisant sainte Foy, la femme de l'Apocalypse vêtue de soleil face au dragon, la guérison du boiteux de la Belle Porte, tous ces messages s'adressaient à elle, elle le ressentait. Ils lui montraient la voie. Deux des gardes la suivaient, faisant halte avec elle. Elle adressa à la Vierge une fervente prière afin qu'elle ait le courage de tenir tête au souverain et, s'il le fallait, de mourir avec dignité. S'impatientant, les gardes lui touchèrent l'épaule. Elle tressaillit. Ils lui chuchotèrent qu'ils devaient reprendre la route. Les fidèles qui attendaient l'office de none regardaient avec curiosité cette belle jeune femme, dont le regard ne quittait pas les vitraux. Qu'avait-elle fait pour être ainsi entourée de gardes armés ? Elle avait pourtant l'air inoffensif et sa piété était bien belle à voir.

Quand ils firent halte à Mortagne, elle réitéra sa demande d'aller prier à la chapelle du couvent Saint-François. Elle savait que Marguerite de Lorraine, la belle-mère de son amie Marguerite, y séjournait souvent. Très pieuse, celle qu'on appelait la « sainte duchesse » consacrait sa vie à Dieu et aux pauvres, créant hôpitaux pour les nécessiteux et les pèlerins, églises et couvents. Si, par bonheur, elle était à Mortagne, Mathilde pourrait lui demander de transmettre un message à Marguerite. Toujours accompagnée de ses gardes, elle pénétra dans la galerie du cloître. La quiétude, la beauté du lieu avec sa voûte en berceau de bois et ses fins pilastres de pierre blonde l'apaisèrent un instant. Un garde la tira de sa contemplation en lui indiquant l'entrée de la chapelle et lui enjoignit de faire au plus vite. Derrière la clôture, des religieuses priaient. Marguerite de Lorraine était peut-être parmi elles. Mathilde n'avait aucun moyen d'attirer leur attention, encore moins de leur parler. Elle demanda à ses gardes de voir le chapelain afin de se confesser. Ils refusèrent, arguant qu'elle aurait tout loisir de le faire une fois arrivée à Amboise.

Ils la conduisirent à la prison où elle passa une nuit sans dormir. Après le désarroi et la peur, elle ressentait une immense colère. Si elle avait été jugée à Rouen, elle aurait pu expliquer pourquoi elle voulait rencontrer le maître-verrier et démontrer qu'elle n'avait aucune raison d'assassiner ce pauvre homme, bien au contraire. Ses juges l'auraient entendue parler de son frère et voulu en savoir plus sur leur origine, leur enfance. C'était cela, bien entendu, que le roi ne voulait à aucun prix. Rien ne devait venir entacher sa gloire. En repensant à l'enchaînement des événements, il lui parut plus qu'étrange que Pierre Brochard ait été tué juste au moment où elle arrivait. Comment François Ier avait-il pu être au courant de son voyage à Rouen ? En dehors de la maisonnée, personne ne pouvait le savoir. Y avait-il un traître au manoir ? Elle ne pouvait imaginer la Bougnette ou Robertet, le valet de son père, en cheville avec des émissaires royaux. Les autres domestiques étaient trop ignorants pour se muer en espions. Tout cela montrait bien le caractère machiavélique du roi et confirmait qu'il connaissait le secret de la naissance de Quentin. Elle fut de nouveau saisie de frayeur. Si François la faisait espionner et n'avait pas hésité à mettre en scène la mort du maître-verrier pour la faire accuser de meurtre, elle était sûre de subir le sort du pauvre homme. À Amboise, la chose serait très facile. Sauf si Quentin était de retour d'Italie. Les quelques semaines d'absence qu'il avait prévues étaient largement dépassées. À deux, même si le péril qui les menaçait était grand, ils pourraient envisager des échappatoires. À moins que François n'ait l'intention de se débarrasser de Quentin par la même occasion. C'était peut-être là que résidait le piège final : voyant sa sœur en danger, il volerait à son secours et François les cueillerait tous les deux… Épuisée par ces supputations toutes plus effroyables les unes que les autres, Mathilde songea un instant à s'enfuir. Elle n'était qu'à deux pas d'Alençon, où Marguerite la protégerait. Hélas, elle n'avait aucune chance de fausser compagnie à ses cerbères.

Après avoir quitté Mortagne, ces pensées devinrent si obsédantes qu'elle sombra dans un état de langueur qui finit par inquiéter ses gardes. Elle ne se nourrissait plus. C'était à peine si elle acceptait de se désaltérer aux fontaines. Le prévôt leur avait seriné de bien prendre soin d'elle car l'ordre de transfert émanait du roi lui-même. Ç'aurait été très malvenu d'arriver à la cour avec une mourante. Ils exhortèrent la prisonnière à manger le délicieux boudin, les excellentes saucisses qui faisaient la renommée de la région. Peine perdue. Mathilde refusait tout ce qu'on lui présentait. Les gardes forcèrent l'allure, ne s'arrêtant qu'à la nuit tombée. Avec un immense soulagement, ils virent se profiler les tours et tourelles d'Amboise.

Mathilde était persuadée que, dès son arrivée, elle serait jetée sans ménagement dans un cul-de-basse-fosse. Il n'en fut rien. Le gouverneur du château la reçut fort aimablement, s'enquit de son voyage, s'inquiéta de sa mauvaise mine et la mena à l'étage des appartements royaux. Une belle et vaste chambre donnant sur la cour centrale lui était réservée. Mathilde regarda avec étonnement les deux grands coffres en chêne sculpté de visages d'hommes et de femmes se faisant face, les tapisseries aux murs représentant David et Bethsabée, symboles d'un destin glorieux. Des pommes de senteur exhalaient un délicieux parfum de fleur d'oranger, de myrte et de rose musquée. Deux servantes l'attendaient, la saluèrent d'une courte révérence et se présentèrent comme Chrystole et Étiennette. Avec un grand sourire, le gouverneur l'informa que le roi était à Blois auprès de la reine et de sa dernière-née et qu'il ne manquerait pas de la visiter dès son retour, le soir même. Elle acquiesça d'un signe de tête et lui demanda d'un ton pressant si Quentin du Mesnil était de retour. Il fit un signe négatif de la tête et s'en fut, lui souhaitant un agréable séjour à Amboise.

Abasourdie, elle s'assit silencieusement sur le lit aux hautes colonnettes supportant un dais et des courtines de damas frappées de la salamandre royale.

Les deux jeunes servantes la regardaient avec curiosité et une gêne manifeste. Qui pouvait être cette femme, dégageant une odeur peu ragoûtante, les cheveux emmêlés, aux vêtements trahissant une certaine pauvreté ? Devant le mutisme prolongé de Mathilde, Étiennette finit par s'enhardir et lui demanda si elle souhaitait une collation, à moins qu'elle ne préférât se reposer. La jeune femme releva la tête et les pria de bien vouloir lui préparer un bain. Les filles esquissèrent une nouvelle révérence et sortirent. Une fois la porte passée, elles éclatèrent de rire.

— Pour sûr qu'elle a besoin de se laver, grimaça Étiennette. Elle pue l'épaule d'agneau. Ça ne va pas plaire au roi.

— Où l'a-t-il trouvée celle-là, fagotée comme l'as de pique ? Elle serait plus à son aise dans l'étable.

Restée seule, Mathilde fit le tour de la chambre, ouvrit par curiosité les coffres et y découvrit un assortiment de robes en damasquette à fleurs et taffetas persan, de chemises de jour en dentelle de Venise, des jupes en voile de Damas de la plus belle qualité qui, de toute évidence, lui étaient destinés. Elle en fut profondément humiliée. François se jouait d'elle de la pire manière. C'était encore pire que d'être jetée en prison. Il faisait semblant de l'accueillir avec bienveillance, puis l'obligerait à se dévoiler et aurait ainsi toutes les raisons de se débarrasser d'elle. Des larmes perlèrent à ses paupières. Elle était jetée en pâture à son ennemi et rien ni personne ne pourrait la protéger. Elle s'étendit sur le lit et laissa libre cours à son chagrin.

Quand les servantes revinrent accompagnées de deux hommes portant un cuveau de bois garni de toile afin que les baigneurs ne se blessent pas avec les éclisses du bois, Mathilde s'était endormie. Elle se réveilla en sursaut. Il fallut une bonne demi-heure pour que le baquet soit rempli d'eau chaude. Mathilde se déshabilla. Avec une grimace de dégoût, Étiennette mit en tas les vêtements crasseux. La jeune femme grimpa sur le tabouret lui permettant d'enjamber le bord du cuveau. Elle entra dans l'eau avec un profond soupir de satisfaction. Les servantes tendirent une toile sur le baquet pour que la chaleur ne s'enfuie pas. Mathilde pria les servantes de la laisser seule. Elles prirent un air offensé. La coutume voulait qu'elles restent auprès de leur maîtresse. Qui était-elle pour ne pas connaître les usages ? Mathilde les connaissait parfaitement mais, tout en sachant que c'était parfaitement ridicule, elle se méfiait de ces filles. N'allaient-elles pas lui enfoncer la tête sous l'eau et la noyer ?

Elle resta un long moment dans le bain. Les huiles odoriférantes de romarin et de mélisse que les servantes avaient versées calmèrent les battements affolés de son cœur et lui insufflèrent une force nouvelle. Elle devait faire face à son destin, se montrer digne de la bravoure de ses ancêtres qui avaient combattu aux côtés de la Pucelle d'Orléans. Elle se sentait presque prête à affronter son ennemi. Il lui faudrait garder son sang-froid. La Bougnette lui reprochait assez souvent d'être soupe au lait. Elle tournerait sept fois sa langue dans sa bouche avant de parler. En aucun cas, elle ne devait paraître comme une victime, une biche aux abois. Au contraire, il lui faudrait se comporter comme un sanglier ou un cerf dix cors prêt à vendre chèrement sa vie. Le dénouement était hélas prévisible, mais elle se battrait jusqu'au bout. Elle donnerait du fil à retordre à François. La violence dont elle devrait user ne lui faisait plus peur. Mais avant, elle jouerait le jeu que le roi semblait lui avoir réservé. Ces robes brodées, ces corsages de fine dentelle... elle les porterait, apparaissant ainsi dans toute sa féminine fragilité.

Elle appela les servantes qui se tenaient derrière la porte et leur demanda de lui laver très soigneusement les cheveux avec de la saponaire et de la camomille. Quand elle sortit du bain, elles l'enveloppèrent dans une grande serviette de lin, lui séchèrent les cheveux et les tressèrent en bandeaux. Chrystole lui demanda si elle souhaitait un fardement. Elle n'accepta qu'un peu de carmin sur ses pommettes pour rehausser la blancheur de son teint. La plus jeune des servantes lui tendit un miroir en fer incrusté d'or et d'argent. Il y avait bien longtemps que Mathilde n'avait vu un aussi bel objet de toilette. Au manoir, il n'y avait qu'un seul petit miroir, qu'Antoine du Mesnil et sa fille s'échangeaient. Celui qu'elle tenait en main était orné de feuilles d'acanthe et de rinceaux au fil d'or. Au revers figurait un amour virevoltant, les yeux masqués d'un bandeau, et elle déchiffra la petite inscription : « L'amour aveugle naît d'un regard. » Cette maxime la mit mal à l'aise. Que savait-elle de l'amour ? Celui qu'elle portait à son frère pouvait être qualifié d'aveugle. François avait-il fait placer intentionnellement ce miroir ? Quel était son message ? Elle le reposa brusquement sur la table. Le verre se cassa et Chrystole murmura :

— Oh ! Sept ans de malheur.

Malgré sa pâleur, Mathilde était resplendissante. Elle demanda qu'on lui apporte la robe couleur émeraude. Quand elle l'eut revêtue, Étiennette s'exclama :

— Elle vous va à ravir. On la croirait faite pour vous.

Mathilde lui lança un regard froid et la petite se tut en baissant les yeux. Chrystole ouvrit un coffret et tendit à la jeune femme un collier de perles. D'un geste, Mathilde refusa. En aucun cas elle ne porterait de bijoux offerts par François. Elle ne lui ferait pas ce plaisir. Elle n'était pas à vendre. Et elle savait que son éclat de blonde était son meilleur atout. Elle congédia les servantes et s'assit sur un tabouret dans l'embrasure de la fenêtre. Elle repensa à ses années de jeunesse passées à Amboise. S'il n'y avait eu l'accident de Quentin et l'attitude inqualifiable de François, que serait-elle devenue ? Certainement une de ces jeunes femmes qu'elle voyait se promener nonchalamment dans la cour du château. Elle serait certainement rentrée au service de Marguerite d'Alençon, dont elle était si proche. Elle serait aujourd'hui au cœur du pouvoir, très certainement nantie d'un mari aspirant à la gloire des armes. Elle ne saurait pas ce que c'est que de porter des sabots, mener une charrette ou se battre contre les souris, rats et mulots qui dévorent les récoltes. Serait-elle plus heureuse ? C'était une question qu'elle ne se posait pas. Les événements lui avaient interdit de suivre cette voie facile. Pourtant Quentin l'avait fait. Elle lui en voulait parfois de l'avoir laissée seule défendre leur honneur… et sa vie, mais elle savait qu'il ne s'agissait pas chez lui de veulerie mais bien plutôt d'inconscience du danger qui le menaçait. Et d'un attachement pour François qui le rendait aveugle aux visées de ce dernier. Elle aussi avait été sous le charme de cet enfant rieur. Peut-être trop !

22

Bordé de genêts, le sentier menant à l'ancienne carrière était en pente douce. Perdu dans ses sombres pensées, Quentin laissait Pégasio brouter à son gré des touffes de sauge sauvage. L'aventure arrivait à son terme et il n'avait nullement hâte de découvrir le sort réservé à Léonard. Presque arrivé au sommet de la colline, il entendit des voix. Il mit pied à terre.

Il reconnut celle de Léonard, qui n'avait rien perdu de sa force. Il se hissa sur la pointe des pieds et découvrit un étrange spectacle. Sur des socles de bois, de grands miroirs avaient été disposés face à la falaise. Il ne vit aucune trace d'une machine à découper, mais n'en fut pas rassuré pour autant. Léonard lui avait assez parlé de ses expériences avec les miroirs pour savoir qu'on pouvait provoquer des incendies en jouant avec leur orientation. Ce qu'étaient en train de faire trois des gardes. Deux autres maintenaient Léonard, qui les toisait avec mépris. Le chef se tenait devant lui et s'apprêtait à lire un message. Léonard cracha à ses pieds. Imperturbable, l'homme déplia la feuille :

— « Vous avez dit que la vue est la fenêtre de l'âme et que la perdre est la plus terrible des choses. Qui perd la vue ne perçoit plus la beauté et ressemble à un homme enfermé vivant dans une sépulture. Si le corps est un tombeau, la vue en est la puissance libératrice, fenêtre du corps humain par où l'âme contemple la beauté du monde et en jouit, en acceptant la prison du corps qui, sans ce pouvoir deviendrait une torture.

« Vous allez devoir affronter cette perte. Vous avez étudié les miroirs concaves, vous savez qu'après avoir accueilli les rayons solaires, ils les mènent jusqu'à un point qui s'enflammera. Votre regard, cher maître, qui m'a enflammé, n'aura plus que la nuit éternelle comme horizon. »

Ils allaient lui brûler les yeux, comprit aussitôt Quentin. Le plus horrible châtiment pour un peintre. Armé d'un unique couteau de chasse, seul contre tous, il ne pouvait intervenir. Il allait assister, impuissant à cette monstruosité. Les miroirs étaient en place. Les hommes procédaient aux derniers ajustements. Léonard serait attaché à un poteau central et les rayons solaires le transperceraient de leur feu. Le supplice allait commencer. Quentin n'aurait jamais le temps de retourner à la carrière, ameuter les carriers et revenir avec eux libérer Léonard.

Le chef demanda qu'un des miroirs soit déplacé sur la gauche. Un rayon lumineux d'une force extrême vint frapper le buisson de genêts où se cachait Quentin. Un braiment effroyable retentit. Pégasio avait reçu le jet de lumière sur le chanfrein. Tous les sbires tournèrent leurs regards vers le sentier. Deux se détachèrent du groupe pour aller voir ce qui se passait. Fou de douleur, le mulet partit comme une flèche, échappant à Quentin. Sur son passage, il envoya à terre les deux hommes, dont un ne se releva pas. Se retrouvant dans le cercle des miroirs, paniqué de se voir multiplié à l'infini et souffrant de brûlures, Pégasio se lança à leur assaut. D'une ruade, il cassa le premier. Les éclats s'enfoncèrent dans le cou d'un des hommes qui tentait de l'attraper. Pris de furie, l'animal continuait son œuvre destructrice. Trois des six miroirs étaient en miettes. Le chef sortit un long couteau de sous sa jaque et se précipita sur Pégasio. Il réussit à lui entailler les naseaux, mais le quatrième miroir était à terre.

Resté seul, Léonard regarda en direction des chevaux attachés à des chênes verts rabougris. Affolés par la transe de leur congénère, ils hennissaient de terreur et tiraient sur leur bride. Quentin avait perçu le mouvement de Léonard et sut que c'était le moment d'agir. Il bondit des genêts, se précipita vers le vieil homme, coupa ses liens d'un coup de couteau. Ils coururent jusqu'aux chevaux, les détachèrent et sautèrent en selle. Les sbires, toujours occupés à essayer de maîtriser Pégasio, ne s'en rendirent pas compte immédiatement. Quentin et Léonard étaient déjà en train de dévaler le sentier à toute allure. Les autres chevaux, qu'ils avaient pris soin de détacher, les suivirent. Ils passèrent au grand galop devant les carriers médusés et ne ralentirent pas l'allure dans le village de San Ambrogio. Effrayés, les habitants se plaquèrent contre les murs au passage de ces cavaliers éperonnant leurs montures suivis de quatre chevaux sellés mais non montés. Ces derniers continuèrent à les suivre puis s'égayèrent dans les champs d'oliviers qui bordaient la route. Peu de temps après, le cheval de Léonard donna des signes de faiblesse. Ils s'arrêtèrent auprès d'un pont, descendirent la pente et se mirent à l'abri sous l'arche, laissant les chevaux boire à longs traits l'eau de la rivière.

— Je te dois une fière chandelle, murmura Léonard. Sans toi, à l'heure qu'il est, je serais aveugle.

— Remerciez plutôt Pégasio, souffla Quentin.

— Pégasio ? Ton mulet s'appelle Pégasio ? Un nom de héros ! Un brave parmi les braves. Paix à son âme ! À l'heure qu'il est, il doit être au paradis des mulets. J'aurais aimé lui exprimer ma gratitude. Mais comment as-tu fait pour me retrouver ?

Ce diable de Léonard semblait à peine ébranlé par l'épreuve qu'il venait de subir.

— Un coup de chance, répondit laconiquement le jeune homme, qui ne tenait pas à dévoiler ses visions. Une vieille m'a montré le dessin de l'hermine sur une borne. Je n'en ai plus vu par la suite.

— Hélas, c'était la seule. J'ai simulé un évanouissement pour le faire mais quand j'ai recommencé, un des gardes s'est aperçu de la manigance. Dès que je mettais pied à terre, ils me liaient les mains. J'avais commencé à en dessiner une dans le cabinet d'aisances de l'auberge de Rioveggio, mais la puanteur du lieu m'en a fait sortir avant que j'aie fini. Ensuite, je faisais exprès de passer au ras des branches, espérant y laisser quelques lambeaux de mon vêtement. En vain !

— Vous aviez vu que j'étais sorti vivant du vol de l'*ornitottero* ?

— Je l'espérais, mon garçon, je l'espérais. Alors dis-moi, qu'as-tu ressenti en volant ? Car tu as volé, l'espace d'un instant ! Est-ce aussi merveilleux qu'on peut l'imaginer ?

Quentin le regarda d'un air féroce. Léonard parlait de ce vol comme s'il s'y était prêté volontairement. Il avait espéré qu'il se répande en excuses, qu'il se lamente sur le sort funeste qui avait failli être le sien. Pégasio avait eu droit à un éloge, lui, rien !

— En observant ta chute, j'ai eu une idée de machine qui permettrait de se jeter de n'importe quelle hauteur sans courir aucun danger. Il suffirait d'être suspendu à un châssis de toile amidonnée mesurant douze brasses de côté et douze de hauteur. Mon rêve le plus cher ! Voler avec les oiseaux ! J'ai tout essayé. Des machines avec deux paires d'ailes qui devaient battre l'air, imitant l'allure d'un cheval. Une voilure tournante en forme de vis sans fin, entraînée par un mouvement d'horlogerie. Mais ma nouvelle idée me semble excellente ! Qu'en penses-tu ?

Quentin bouillait de rage. Léonard n'était intéressé que par les capacités techniques de sa machine. Il avait oublié qu'à cause d'elle il avait failli mourir. C'était vraiment faire peu de cas de celui qui l'avait sauvé. Pour ne plus entendre les ratiocinations du vieux savant, Quentin reprit son cheval, lui fit gravir la côte, l'enfourcha et partit au grand trot. Certes, Léonard l'avait remercié mais du bout des lèvres, pas suffisamment à son goût. Qu'il se débrouille tout seul ! Il verrait bien que ses prétendues machines miraculeuses ne lui seraient d'aucune utilité pour sauver sa peau. Maugréant sur l'incroyable égoïsme du vieillard, son manque total de reconnaissance, Quentin parcourut presque une lieue. Pris de remords, il ralentit et finit par s'arrêter au bord de la route, laissant son cheval brouter en paix. Une heure plus tard, il vit arriver Léonard, tranquille comme Baptiste. Il avait tiré un fusain de son manteau et traçait sur un minuscule morceau de papier des lignes et des courbes.

— Ayant eu beaucoup de temps pour réfléchir ces derniers jours, j'ai pensé à une autre machine, lança-t-il à Quentin en mettant pied à terre. Que penserais-tu de réessayer en étant couché à l'horizontale plutôt qu'accroupi ? Tes bras et tes jambes seraient libres d'orienter la machine dans le sens du vent...

C'en était trop ! Le jeune homme le prit par le collet et le secoua sans ménagement.

— Ne croyez-vous pas que vous me devez excuses et remerciements ? lança-t-il d'un ton vibrant de colère. Je vous ai sauvé la vie.

Léonard le regarda froidement. Avec une force dont Quentin ne l'aurait jamais cru capable, il repoussa le jeune homme qui s'affala dans la poussière.

— Et je t'en sais gré. Peut-être estimais-tu que cela en valait la peine. N'oublie pas que je ne t'ai jamais demandé de me suivre.

Humilié de s'être fait jeter à terre par un vieillard, Quentin se releva vivement dans l'intention de repartir à l'attaque. Léonard l'arrêta d'un geste.

— Je comprends ton souci de me ramener au roi de France, dit-il d'un ton placide. Mais tu n'y arriveras pas contre ma volonté.

— Au train où vont les choses, vous serez mort d'ici peu.

— Ce n'est pas faux, répliqua Léonard. Aussi, je vais te proposer un marché.

— Vous l'avez déjà fait et je sais pertinemment que vous ne tiendrez pas vos engagements. Vous êtes la mauvaise foi personnifiée.

— Je te l'accorde, mais j'ai changé d'avis à ton sujet. Quoique boiteux, tu es courageux. Tu as de la jugeote, tu sais observer.

— Je n'ai que faire de vos compliments.

— Pourtant, ils sont sincères. Que tu le veuilles ou non, nos destins sont liés. Tu as besoin de moi pour t'assurer la bienveillance de ton maître. Qu'espères-tu donc en rentrant seul à Amboise ? Qu'il te couvrira d'éloges ? N'y a-t-il pas à la cour de France des dizaines de jeunes gens prêts à prendre ta place ? Tu auras échoué. Un autre saura très bien montrer qu'il aurait réussi.

L'image de Guillaume de Mussé vint immédiatement à l'esprit de Quentin. Un grand balourd aux bras comme des jambons qui n'hésiterait pas à dire que lui aurait ramené Léonard de gré ou de force. Ou Grégoire Le Bel, dont le père ne cessait de chanter les louanges à François. Léonard avait raison. Tous se gausseraient de lui et il n'aurait qu'à prendre définitivement le chemin de la Normandie. Fini Chambord. Fini la révolution des manières de table.

L'observant avec un petit sourire, Léonard ajouta :

— J'ai besoin de toi aussi. Je l'avoue. Seul, je suis trop vulnérable.

— Mais vos compagnons ? Melzi ? Ne pouvez-vous les rejoindre ?

— Hélas non. Ils ont pris la route de Raguse[1], où je devais les rejoindre. Ils ont plusieurs jours d'avance sur moi.

— Mais pourquoi vous êtes-vous séparés ? C'était prendre un grand risque.

— Je me doutais que ton roi allait s'impatienter et enverrait quelqu'un à ma rencontre. Melzi avait pour ordre de l'intercepter et de lui faire croire que j'étais déjà à Milan. Il me fallait absolument aller jusqu'à Florence prendre l'argent qui est le mien. À quelques heures près, tu ne m'y aurais plus trouvé. J'aurais filé sur la côte et je me serais embarqué à Ravenne. Malheureusement, il a fallu que tu viennes au cimetière. Après notre séquestration, j'ai changé de plan. J'ai pris la route du Nord, espérant rejoindre Melzi.

— Mais où comptiez-vous aller ?

— Ce n'est plus à l'ordre du jour.

Léonard resta silencieux.

1. Dubrovnik.

— Qu'allons-nous faire ? Fuir à brides abattues ? demanda Quentin.

— Trop dangereux. À la trahison nous allons opposer la ruse. Pour découvrir qui se cache derrière ce maudit épistolier, nous allons nous jeter dans la gueule du loup.

Quentin lui lança un regard interrogatif.

— Je ne suis pas d'un caractère belliqueux. La vengeance ne m'intéresse pas. On m'a souvent reproché de fuir. Il n'en sera rien aujourd'hui.

— Vous savez donc qui est le coupable.

— Pas le moins du monde, mais nous allons à Mantoue.

— Ah ! Cécilia Gallerani ? J'en étais sûr !

— Je t'ai dit que Cécilia n'y était pour rien.

— Mais alors ?

— C'est très simple : certains de mes ravisseurs parlent le dialecte de la vallée du Pô.

— Il y a d'autres villes que Mantoue…

— Mais c'est la seule où j'ai laissé de désagréables souvenirs.

23

La porte s'ouvrit avec fracas sur le roi qui, en quelques enjambées, fondit sur Mathilde et l'enlaça avec une grande familiarité.

— Mathilde, quelle joie de te revoir ! Plus de six ans ! C'est trop long pour des vieux amis, s'exclama-t-il.

La jeune femme se raidit, serrée contre l'ample poitrail du roi. Les broderies d'argent de son pourpoint lui écorchaient la joue. Elle respirait son odeur puissante de mâle ayant galopé pendant des heures, mêlée à l'iris dont il aimait se parfumer. Sentant venir un haut-le-cœur, elle essaya vainement d'échapper à l'étreinte la plus fourbe qu'elle ait connue. Comment pouvait-il lui manifester tant de chaleur alors qu'il travaillait à sa perte ? Elle ne l'aurait jamais cru capable d'une telle duplicité.

Il se détacha d'elle, la regarda attentivement et lui sourit.

— Toujours aussi belle ! Tu vas susciter bien des jalousies à Amboise. C'est un crime de ne pas nous faire profiter de ce joli minois.

Mathilde tressaillit. François s'aperçut avoir employé un mot malheureux et ajouta :

— Duprat m'a raconté cette sombre histoire de meurtre. Sois rassurée, nous allons tirer ça au clair.

Quel toupet ! Il cherchait à la mettre en confiance, à la désarmer en lui faisant croire à sa protection. Tout ça pour mieux l'emprisonner dans sa toile d'araignée ! Mathilde en était bien consciente. Soit ! Elle donnerait le change. Elle se comporterait avec une infinie politesse et lui manifesterait toute sa gratitude.

— Sire, je vous remercie de votre bonté à mon égard...

— Mathilde ! l'interrompit François. Foin de vouvoiement !

— Je ne le puis, Sire.

— Comme tu voudras, maugréa le roi.

— Sire, j'ai une faveur à vous demander. Mon père doit être fou d'inquiétude. Pourrais-je lui faire porter un message disant que je suis saine et sauve entre vos mains ?

— N'aie aucune inquiétude. Antoine du Mesnil est prévenu. Il était à Rouen et a tenté de te faire libérer. Mais j'ai été plus rapide pour t'amener jusqu'à moi, conclut François dans un grand rire.

Mathilde se troubla. Elle ignorait que son père était à Rouen. Le prévôt le lui avait caché. Le roi disait-il la vérité ou faisait-il en sorte qu'elle ne puisse prévenir son père ? Elle serait ainsi totalement à sa merci. François perçut l'émotion de la jeune femme.

— Je souhaite que ton séjour à Amboise te rappelle de bons souvenirs. Quentin devrait être bientôt de retour d'Italie. Tu pourras ainsi te joindre aux grandes réjouissances qui vont saluer l'arrivée de Léonard de Vinci. Le voyage depuis Rouen a dû être éprouvant. Je te laisse, mais je tiens à ce que tu sois présente au souper. Tu seras mon invitée d'honneur, et nous aurons une mascarade après.

Belle mascarade, en effet ! se dit Mathilde après le départ du roi. Que croyait-il donc ? Qu'elle allait se laisser berner par ses propos tout miel et ses assurances de bonne amitié ? Toujours est-il qu'elle allait devoir affronter ce repas au côté de ce monstre de dissimulation. Quel objectif poursuivait-il ? Il n'avait nul besoin de se montrer en sa compagnie. Garder sa présence secrète aurait été très facile et plus prudent. À moins qu'il ne veuille s'octroyer une petite vengeance supplémentaire en la tournant en ridicule ? Peut-être croyait-il qu'elle avait oublié les usages et qu'elle se comporterait en petite provinciale, éblouie par les fastes de la cour. Elle ne lui laisserait pas ce plaisir. Un parvenu, voilà ce qu'il était ! Se vautrant dans le luxe que lui permettait un pouvoir auquel il n'aurait jamais dû accéder. Elle se prépara avec le plus grand soin et décida de porter les bijoux mis à sa disposition.

Quand Chrystole vint frapper à sa porte, elle mettait la dernière main à son habillement en fixant une broche en forme d'oiseau. La jeune servante lui proposa de la conduire à la salle du banquet et la pria de bien vouloir l'excuser car elle était en retard. Elles pressèrent le pas. Tous les convives étaient déjà installés et, rougissant de honte, Mathilde dut traverser toute la salle pour répondre aux grands signes que lui faisait le roi lui enjoignant de rejoindre sa table. Sa prestance et son élégance suscitèrent des murmures admiratifs de la part des hommes. Les femmes se penchaient l'une vers l'autre, se demandant qui était cette nouvelle venue, certaines croyant reconnaître Mathilde du Mesnil, cette jeune femme qui avait quitté la cour après le malheureux accident de son frère.

Lui faisant un grand honneur, le roi se leva et l'accompagna à sa place, entre Guillaume de Mussé et Fleuranges, dit l'Aventureux, qui s'exclama :

— François nous avait promis une surprise. Elle est de taille. Que viens-tu faire à Amboise ? Voir ton frère ? Nous n'avons plus aucune nouvelle de lui.

Guillaume de Mussé ricana. Mathilde prit place. L'Aventureux se pencha vers elle :

— Nous allons pouvoir reprendre notre conversation là où nous l'avions laissée, n'est-ce pas Mathilde ? À moins que tu ne souhaites la poursuivre avec le roi, qui semble sous ton charme. Il ne parle que de toi...

Mathilde le regarda froidement. Le jeune homme avait essayé à plusieurs reprises de lui voler un baiser, voire de lui tâter le mollet quand ils avaient quatorze ans l'un et l'autre. Elle sentit son pied se poser sur le sien. Elle le retira vivement et lui adressa un impérieux froncement de sourcils. Sur sa gauche, le roi cherchait son regard et, quand il l'eut rencontré, il leva son gobelet d'argent et inclina la tête, lui signifiant qu'il lui portait un toast. Mathilde faillit se trouver mal. Entourée de ces jeunes gens dont l'un en avait après sa vertu et l'autre voulait la faire disparaître, elle se sentit épouvantablement seule et abandonnée. Par bonheur, les plats du premier service venaient d'être disposés sur la table et elle put faire semblant de ne s'intéresser qu'à son assiette. Elle se servit abondamment de rissoles aux épinards, le regretta aussitôt car elle était incapable d'avaler la moindre bouchée. Elle émietta d'une main tremblante un petit pain rond, demanda à boire. D'autorité, Guillaume de Mussé lui servit une grosse part de truite à la moutarde en lui disant :

— Il va falloir te remplumer, ma belle. Tu es aussi maigre qu'un oisillon. Comment veux-tu trouver un mari ? À moins que tu n'aies trop peur d'enfler par le ventre sans manger de fèves[1] !

Il éclata d'un rire gras. Mathilde l'avait toujours détesté. C'était le plus sot et le plus grossier des compagnons de François. La bouche luisante de graisse, il esquissa un baiser. Elle se détourna de lui vivement. Au moins l'Aventureux avait-il de l'esprit, était drôle et généreux. Elle entendait François commenter d'une voix forte le concordat approuvé par le pape Léon X qui devait être ratifié par le concile du Latran, convoqué en décembre, et ensuite ratifié par le Parlement. Elle espérait que ses compagnons de droite et de gauche s'intéresseraient à cette importante question, qui verrait dorénavant les évêques abbés et prieurs nommés par le roi et non plus par les chapitres ecclésiastiques. L'Aventureux et Mussé s'en moquaient bien. Mussé demanda à Mathilde si elle avait un galant dans son trou perdu de Normandie. L'Aventureux éclata de rire. Mathilde eut honte pour eux de ce jeu de mots si vulgaire.

Elle les retrouvait tels qu'elle les avait quittés : vantards, paillards, indélicats.

De plus en plus mal à l'aise, elle essaya d'entrer en conversation avec la voisine de Mussé, une jeune fille rougissante qui dit s'appeler Anne Boleyn et être au service la reine Claude. Elle devait avoir quinze ans et accueillit avec reconnaissance les efforts de Mathilde à son égard. Avec un délicieux accent anglais, elle lui apprit qu'elle servait d'interprète quand des diplomates venaient de Londres. Elle était charmante, avec un port de tête élégant, une épaisse chevelure brune, une peau légèrement bistre et des yeux d'un

1. Tomber enceinte.

marron profond. Elle faisait un contrepoint parfait avec la beauté blonde de Mathilde. Dépité de voir les deux jeunes filles se désintéresser de lui, Guillaume de Mussé lança d'une voix forte à l'Aventureux :

— De laquelle des trois, la mariée, la veuve ou la jeune fille, doit-on tomber amoureux pour arriver à ses fins ?

— Avec la pucelle, il faut trop de temps et d'effort pour la convertir au désir des hommes, quoique certaines attendent ce qu'elles ne connaissent pas avec tant d'ardeur qu'il est facile de les enflammer. Aux veuves, l'ancien feu reprend aisément force mais ne sera accompagné de nulle passion. Pour ma part, si je veux jouir au plus tôt d'un amour, je m'adresse à une dame mariée.

Choquée, la petite Boleyn leur lança un regard noir, laissa mourir la conversation avec Mathilde et plongea le nez dans son assiette pour se consacrer à sa pintade aux noisettes. Mathilde reprocha aux deux jeunes gens leurs propos graveleux devant une enfant.

— Toujours pisse-vinaigre, Mathilde ! se moqua Mussé. Comme disent les Espagnols, « d'une mule qui fait *hin* et d'une fille qui parle latin, délivre-nous, Seigneur ». Je peux te dire que cette enfant a les oreilles grandes ouvertes et fait son miel de tout ce que nous disons.

Mathilde se mura dans un profond silence et attendit avec impatience la fin du souper.

Quand vint le temps du bal, les tables furent prestement débarrassées et les joueurs de rebecs, cornets, hautbois, sacque butes et chalumeaux prirent place sur une petite estrade. Mathilde tenta de s'esquiver mais l'Aventureux ne la lâchait pas et lui murmura :

— Pour ton retour parmi nous, tu m'accorderas bien la première pavane.

Et il l'entraîna parmi les danseurs qui se mettaient en place. Avec soulagement, Mathilde vit que François n'avait pas quitté la table, accaparé par le chancelier Duprat. Comme il se devait, l'Aventureux avait revêtu sa courte cape et rattaché son épée. Elle se plaça à sa droite et mit sa main sur la sienne. Les tambourins donnèrent le rythme, lent et grave. Il y avait si longtemps que Mathilde n'avait dansé qu'elle hésita. À tel point que l'Aventureux crut bon de lui souffler :

— Deux pas simples et un double en avant.

Elle lui lança un regard furibond. Malheureusement, elle partit un temps trop tôt et l'Aventureux la ramena à lui d'un geste sec. Sentant le rouge de la honte lui monter au front, elle garda les yeux baissés et s'appliqua à bien se mettre sur la pointe du pied pour tourner. À la deuxième reprise, toujours occupée à ne pas manquer un pas, elle ne s'aperçut pas que deux couples menaient la danse, le sien et François accompagné d'Anne Boleyn. Quand ils se retrouvèrent au centre de la salle, en vis-à-vis, ils se saluèrent, chaque cavalier fit deux pas en avant et changea de cavalière, ce qui n'était pas prévu dans une pavane, et provoqua un murmure d'étonnement parmi les danseurs. Les jambes flageolantes, Mathilde eut le plus grand mal à enchaîner les pas et les saluts de la troisième reprise. À la dernière révérence que lui fit François, il lui serra la main si fort qu'elle ne put retenir un petit cri de douleur. Il lui souffla en souriant :

— Tu es ma prisonnière !

24

L'état de Domenico empirait. Son teint avait pris une couleur terreuse qui faisait craindre à Marietta une fin prochaine. S'il continuait ses sorties nocturnes, il avait fait voiler de noir les tableaux de ses ancêtres et ne commanda aucun nouveau repas. Les visites de sa cousine Catarina avaient cessé quelques jours auparavant, quand il lui avait crié à travers la porte d'aller au diable, qu'elle n'était qu'une femelle sans esprit et sans courage. Avec elle, la dernière trace de vie disparut du palais. Il sembla à Marietta que les statues, jusqu'alors d'une éclatante blancheur, viraient au gris, qu'une mousse verdâtre envahissait les fontaines et que les fines arcades de la loggia étaient atteintes d'une sorte de lèpre les faisant s'effriter. Elle se frottait les yeux pour bien s'assurer qu'elle n'était pas victime d'un sortilège. Elle priait de toute son âme et de tout son cœur pour que tout cela ne fût qu'un mauvais rêve. Les brouillards d'automne envahissaient la ville, rendant toute vision incertaine. Parfois, elle avait peur que le palais et ses occupants s'enfoncent silencieusement dans les marécages sur lesquels était bâtie Mantoue. La vase les engloutirait, étouffant à tout jamais leurs cris et leur malheur.

Elle voulait encore croire à la guérison de Domenico et ne pouvait se résoudre à qualifier de folie sa maladie. Ç'eût été rendre les armes, le condamner à l'isolement et à la mort lente à laquelle il semblait aspirer. Des bons bouillons, des nourritures reconstituantes pouvaient encore le sauver, se répétait-elle en allant faire brûler des cierges à l'église Madonna dell'Orto. Elle imagina des subterfuges pour essayer de ramener un semblant de vie dans le regard de Domenico. Connaissant son amour des oiseaux, elle fit placer sous ses fenêtres des rossignols en cage. Quand les trilles cristallins s'élevèrent dans la nuit, il poussa des hurlements de bête blessée. À tel point que Marietta dut se précipiter pour faire disparaître cages et oiseaux.

N'en pouvant plus, elle se rendit chez Catarina, qui habitait avec son mari un magnifique palais à côté de l'église San Lorenzo. Elle arriva au milieu d'un indescriptible bric-à-brac. Des domestiques chargeaient des chariots avec des meubles, emballaient soigneusement des aiguières, des plats de faïence avant de les placer dans des coffres de voyage. Elle fit savoir qu'elle souhaitait voir la signora Catarina, mais personne ne prêtait attention à cette vieille femme à l'air égaré. Elle s'assit sur un banc de pierre, regardant avec envie les domestiques bavarder et plaisanter. Voilà comment devait être une bonne maison : remplie de rires, de cris, d'odeurs, de coups de marteaux, de hennissements. Le silence sépulcral du palais de Domenico lui fit soudainement horreur. Elle serait restée la journée entière si Catarina, venue surveiller un nouveau chargement, ne l'avait aperçue, tassée sur elle-même, le regard perdu dans le vague. Elle s'assit auprès d'elle et lui demanda les raisons de sa présence. Domenico allait-il plus mal ? Les larmes aux yeux, Marietta décrivit l'état pitoyable du pauvre homme. Catarina haussa les épaules et déclara qu'il n'avait plus aucune raison de vivre. Épouvantée d'un avis si abrupt, la vieille femme protesta. Elle voulait croire au rétablissement de son cher petit, il y avait certainement quelque chose à faire, un médecin à consulter ou pourquoi pas un magicien... Elle n'était qu'une pauvre servante inculte, mais la signora Catarina, elle, pouvait certainement trouver une solution. La jeune femme l'avait écoutée avec une impatience grandissante. Quand elle put interrompre le discours haché de sanglots de Marietta, elle déclara que le projet qui tenait tant à cœur à Domenico avait échoué et que rien désormais ne l'attachait à la vie. Marietta insista. Catarina ne pouvait-elle revenir à son chevet ? Essayer de lui faire avaler un peu de bouillon ? Elle n'osait même plus passer sa porte depuis qu'il lui avait jeté à la figure un bol de faïence. Elle avait failli perdre un œil. Que ferait Domenico d'une servante aveugle ? Très agacée, pressée de retourner à ses activités, Catarina l'interrompit de nouveau et asséna que son cousin était un pauvre fou poursuivant des chimères. Elle l'avait aidé car elle était fidèle aux souvenirs de leur jeunesse et parce qu'elle aussi avait été trahie par Léonard. Punir ce vieil imposteur l'aurait remplie de joie. Mais, Dieu merci, elle avait d'autres préoccupations et d'autres satisfactions dans la vie. Domenico avait voulu jouer, elle aussi. Ils avaient perdu. *Basta !* Elle avait des choses plus importantes à faire. Dans quelques jours, elle quitterait Mantoue. Voyant le chagrin de Marietta, Catarina se radoucit et lui dit qu'elle regrettait le sort tragique de Domenico mais que l'affaire était close. Elle se leva précipitamment, un des valets venant de laisser tomber une vasque de marbre qui se brisa en mille morceaux.

Marietta ne tressaillit même pas, ses derniers espoirs venaient de s'écrouler. Elle allait assister à la lente agonie de son petit, abandonné de tous. Qui était ce Léonard ? Quel mal avait-il fait à Domenico et à Catarina ? Il lui fallait savoir. Elle se jura de tout faire pour le ramener auprès de Domenico puisque c'était là la seule manière de le voir reprendre vie.

Elle ne se décidait pas à prendre le chemin du palais. Elle erra dans les rues de Mantoue, aveugle à l'agitation et sourde au brouhaha de cette fin d'après-midi. N'était-ce pas illusoire de se lancer à la recherche de cet homme dont elle ignorait tout ? Elle connaissait bien un Léonard qui élevait des volailles, un autre qui était forgeron, mais celui dont parlait Catarina devait être un seigneur. Peut-être n'habitait-il pas Mantoue. Elle ne pouvait pas partir sur les routes, à l'affût de tous les Léonard de la création ! Découragée, Marietta pensa à quitter la ville. Mais pour aller où ? Elle avait toujours vécu au palais et avait petit à petit perdu de vue sa famille. Si elle rentrait à Rivalta, connaîtrait-elle encore quelqu'un ? Ne la chasseraient-ils pas, pour les avoir ignorés pendant tant de temps ? Quand elle fut devant la porte Molina, elle se ressaisit. Elle n'avait d'autre avenir que celui de Domenico. Perdue dans ses pensées, elle suivit des yeux deux cavaliers, l'un très jeune à la chevelure d'or, l'autre très vieux, hiératique sur sa monture, le regard hautain. Le jeune homme lui rappelait Domenico dans toute la gloire de sa jeunesse. Elle ressentit une flambée de haine. Pourquoi paradait-il ainsi ? Et qui était avec lui ? Son père ? Son précepteur ? Sans nul doute, ils se rendaient au palais où Isabelle d'Este allait les recevoir avec faste. Ils riraient, danseraient, se gaveraient des meilleures choses, s'enivreraient, coucheraient avec de jolies filles. Elle cracha par terre et maudit ce jeune homme. Puisse-t-il connaître les mêmes souffrances que son Domenico.

25

Quand il aperçut les murailles de Mantoue, Quentin crut à un mirage. La ville semblait flotter sur l'eau. Une longue digue permettait d'y accéder. Léonard lui avait dit qu'il n'y avait que deux ponts, faisant de la ville une forteresse quasi imprenable. Cela ne rassura pas Quentin, bien au contraire. En cas de danger, ils auraient le plus grand mal à fuir. Mantoue se révélerait une véritable souricière. L'idée de Léonard de débusquer le coupable dans sa tanière lui semblait complètement folle. D'autant qu'il n'avait pas réussi à lui tirer les vers du nez. Le vieil homme était resté très silencieux pendant leur chevauchée. Il avait juste mentionné qu'il s'était rendu à Mantoue en février 1500 quand il avait dû fuir Milan assiégé par le roi Louis XII. Avec son camarade Atalante et son amant Salaï, ils avaient projeté d'aller à Venise. Sur le chemin, ils avaient fait halte chez Isabelle d'Este qui, depuis plusieurs années, réclamait à cor et à cri Léonard. Certes, l'accueil avait été très chaleureux. Peut-être trop empressé au goût du peintre, qui s'était vu ordonner de faire le tableau de la marquise. Il avait réalisé les premières esquisses et, quelques semaines plus tard, pris la poudre d'escampette, craignant le caractère par trop autoritaire de sa bienfaitrice.

D'après lui, elle lui vouait une haine féroce de n'y être jamais retourné. Quentin n'arrivait pas à croire qu'une simple histoire de portrait non fini puisse être la cause des ennuis de Léonard. Il avait de nouveau émis l'hypothèse que Cécilia Gallerani puisse être de mèche. Léonard l'avait sèchement rabroué : « Tête de mule, je te répète que Cécilia n'y est pour rien. »

Quentin ignorait tous des plans de Léonard. Où allaient-ils loger ? Comment allaient-ils s'y prendre pour découvrir le coupable ? Quel serait le rôle de chacun ? Cette ignorance le mettait mal à l'aise. Léonard n'était-il pas encore en train de lui raconter des fariboles ? Mantoue était très proche de Venise, et à Venise il pouvait s'embarquer pour Raguse. Ou peut-être Melzi l'attendait-il dans quelque auberge et ils continueraient leur route vers on ne savait quelle destination, après l'avoir estourbi ? Il lui fallait redoubler de prudence. Il observait soigneusement les lieux pour se les remémorer en cas de fuite. Peu après la porte, il faillit renverser une vieille femme. Il s'excusa. Quand elle leva la tête vers lui, il vit dans son regard une haine profonde. Mauvais présage, pensa-t-il.

Au moins, Léonard ne lui avait pas menti sur un point : la ville était superbe et respirait l'opulence. Ils arrivèrent devant une forteresse carrée, le castello San Giorgio, qui devait bien remonter à trois siècles. Léonard la contourna et ils pénétrèrent dans le palais des marquis de Mantoue par une porte donnant dans une cour plantée d'arbres. Léonard descendit de cheval, attacha l'animal à un anneau et fit signe à Quentin d'agir de même. Dans l'antichambre, d'un ton qui n'admettait aucune réplique, il demanda à voir Benedetto Capilupi, le secrétaire d'Isabelle d'Este. Un valet se précipita dans un couloir et revint quelques minutes plus tard avec un grand escogriffe à l'air revêche. Il était sobrement vêtu de noir. Il regarda Léonard de haut en bas, fronça les sourcils et s'exclama :

— *Messer da Vinci!* Vous ici ! Je n'en crois pas mes yeux. Je ne sais ce que va penser la marquise...

Il s'interrompit une seconde et reprit :

— Elle était très mécontente que vous lui ayez faussé compagnie.

Léonard ne répondit pas et emboîta le pas du secrétaire. Ébloui, Quentin scrutait les tapisseries, les coffres élégants qui meublaient le rez-de-chaussée du palais. Il fut encore plus émerveillé en arrivant dans une salle carrée couverte de fresques d'une exécution parfaite et d'un goût délicieux. Le secrétaire leur demanda de patienter. Il allait quérir la marquise. Voyant Quentin en admiration, Léonard laissa tomber :

— Mantegna ! Il a travaillé pour le grand-père et le père du mari d'Isabelle avant qu'elle ne le tue à la tâche. C'est pour ne pas subir son sort que je me suis enfui de Mantoue. Mais j'avoue qu'il a fait du bon travail. Excellent, mais complètement dépassé.

— C'est d'une beauté époustouflante, s'enthousiasma Quentin. Regardez ces châteaux perchés sur ces collines dans le lointain, et là-haut ces anges qui nous regardent en souriant ! On croirait qu'ils vont nous tomber dans les bras.

— Trompe-l'œil ! grommela Léonard. On venait juste de découvrir la perspective à l'époque de Mantegna.

— Et ce ciel si lumineux qu'on se croirait en plein cœur de l'été...

— Illusion facile ! le coupa Léonard d'un ton dédaigneux.

— Et tous ces gens, on les croirait vivants...

— La famille Gonzague ? Tu les trouves vivants ? Tous ces visages fermés qui n'expriment rien... Au moins Mantegna n'a pas raté ce ramassis de goitreux et de bossus. Regarde ces mentons en galoche, ces fronts bas, ces nez en bec d'aigle...

— Toujours est-il qu'aucun des palais du roi de France ne possède de telles merveilles, répliqua Quentin, à voix basse.

— Je te l'accorde. Mantegna fait partie des meilleurs. Ce n'est pas pour rien que Capilupi me fait attendre ici, dans cette *Camera degli Sposi*[1], le chef-d'œuvre de Mantegna. Il veut me signifier que je ne lui arrive pas à la cheville.

Quentin avait compris que Léonard avait peu d'amis parmi les peintres. Il haïssait Michel-Ange, avait peu d'estime pour Raphaël, même s'il convenait qu'ils étaient de grands artistes.

— J'ai oublié de te signaler qu'Isabelle déteste les Français. Elle veut les chasser d'Italie par tous les moyens. Je te conseille donc de ne pas faire état de ton appartenance à la maison de François Ier. Elle serait capable de te mettre en charpie. Je te présenterai comme un apprenti désirant faire ses armes dans l'organisation de fêtes. Elle adore les fêtes.

Quentin n'avait aucune envie de taire qui il était et de cacher son rôle à la cour de France. François avait remporté la bataille de Marignan. Ses ennemis n'avaient qu'à se soumettre ! Il allait répliquer quand une des portes s'ouvrit avec fracas sur une furie qui vint se planter devant Léonard.

— Ah ! vous voilà ! Vous avez mis le temps ! Dix-sept ans ! Que croyez-vous donc ? Que je vais vous accueillir tel l'enfant prodigue ? Je n'ai plus besoin

---

1. Chambre des Époux.

de vos services. D'autres peintres ont l'honneur de me servir. Retournez à vos élucubrations mathématiques, à vos chimères anatomiques.

Impassible, Léonard avait sorti un petit morceau de papier et griffonnait. Âgée d'une quarantaine d'années, Isabelle était vêtue luxueusement. Une robe bleue brodée d'or et d'argent, un décolleté carré d'où sortait une chemise froncée et brodée d'or. Elle avait dû être belle, d'une beauté piquante, mais l'âge, l'embonpoint, la colère avaient gâté et alourdi ses traits. Ses dents irrégulières et noires, sa bouche petite et pincée accentuaient son air de furet malveillant.

— J'ai pris langue avec Giulio Romano. Nous avons de grands projets avec lui. Construire un nouveau palais. Vous n'y aurez pas votre place.

Isabelle se tut un instant, s'approcha de Léonard :

— Que dessinez-vous ? lança-t-elle d'une voix rogue. Faites-moi voir !

— Attendez une seconde, ce n'est pas fini.

— Avec vous, rien ne sera jamais fini !

Elle se haussait sur la pointe des pieds pour essayer d'apercevoir le dessin. Léonard le lui tendit. Elle le prit d'un geste rageur.

— Ce n'est pas mal, lâcha-t-elle en crispant sa petite bouche.

— Votre Seigneurie, dit enfin Léonard, je vous dois mille excuses pour n'avoir jamais répondu à vos pressantes missives. Je suis impardonnable. Mais si je vous jure que, cette fois, j'irai au bout de mon travail, me ferez-vous l'honneur de poser pour moi ?

Quentin retint un petit sourire. Vu ce que valaient les promesses de Léonard, la marquise risquait d'en être pour ses frais. Isabelle regarda le peintre avec méfiance.

— Et combien demanderez-vous pour ce travail ?

— Votre Seigneurie ! protesta Léonard. Comment pourrais-je vous demander de l'argent pour un travail que je vous dois depuis tant d'années ? Je ne vous demande que l'hospitalité, pour mon compagnon et moi-même.

Semblant s'apercevoir de la présence de Quentin, elle le scruta attentivement.

— Qui est-ce ? Un de vos apprentis ? dit-elle avec un regard méprisant.

Quentin devait-il répondre ? Il regarda Léonard qui, d'un geste, lui fit signe de se taire.

— Il s'appelle Quentin. Il vient d'une noble famille de Tarente et se destine à la carrière de maître d'hôtel. Je lui ai promis de l'amener à Mantoue, qui est la cour d'Europe où règnent la plus grande élégance et la plus parfaite délicatesse grâce à Votre Seigneurie.

Sous l'effet du compliment, que Quentin jugea par trop appuyé, Isabelle d'Este rosit légèrement, ses traits se détendirent et elle s'adressa à Léonard d'un ton plus amène.

— J'ai votre parole. Vous ne partirez que quand le tableau sera fini. Messer Capilupi vous installera au plus près de moi. Je tiens à surveiller l'avancement de l'œuvre. Quant à ce jeune homme, il pourra se rendre utile en secondant mon *scalco segreto*[1]. Et maintenant, maître Léonard, au travail !

L'appartement qui leur fut attribué jouxtait celui de la marquise. Somptueusement meublé, il comportait une grande chambre, un cabinet de travail et une pièce dans laquelle prendre les repas, recevoir des invités.

Voyant que Quentin faisait la grimace en découvrant l'unique lit, Léonard lui lança :

1. Maître d'hôtel personnel.

— Je ne vais pas faire dormir l'envoyé du roi de France sur le sol, fût-il recouvert d'épais tapis mauresques. Tu peux partager ma couche sans crainte. Je n'attenterai pas à ta vertu.

Partager un lit avec un, voire plusieurs inconnus dans une auberge était la chose la plus courante du monde, mais vu les mœurs contre nature de Léonard, l'affaire était différente. Quentin ne fut nullement tranquillisé par les assurances du bougre et assura qu'avec les nombreux coussins de soie, il serait très bien par terre. En plus de traquer un fou dangereux, il se voyait mal monter la garde la nuit pour protéger ses parties intimes.

— Comme tu voudras ! murmura Léonard avec un petit sourire en coin. Nous avons intérêt à trouver très vite la clé de l'énigme. Afin que tu puisses retrouver un lit digne de ce nom, et surtout par ce que je crains de ne pas supporter longtemps cette folle d'Isabelle. Pendant que je vais en ville acheter tout le matériel nécessaire pour le tableau, commence à fureter, écoute ce qui se dit dans les couloirs. Mon arrivée ne va pas tarder à susciter les commentaires les plus divers.

— Si je veux passer inaperçu, il va me falloir de nouveaux vêtements. Mes chausses partent en lambeaux, mon pourpoint est encrassé de poussière de marbre…

— Tu trouveras en ville tout ce qui se fait de mieux. Les visiteurs étrangers ont l'habitude de faire des croquis des vêtements portés par les mantouans pour les copier dans leurs pays.

Ils sortirent ensemble du palais. Léonard laissa Quentin chez un tailleur, qui lui promit les plus belles parures pour le lendemain. Cette vélocité montrait à quel point les commerçants étaient habitués à servir les grands seigneurs avides de luxe. Plutôt que de rentrer au palais commencer ses investigations, Quentin décida de s'octroyer un petit répit et de partir découvrir la ville. Après avoir failli mourir noyé, puis être sorti vivant d'une chute vertigineuse, il avait bien droit à un peu de douceur de vivre. Il se perdit dans des ruelles bordées de palais donnant directement sur le lac. Au détour d'un portail ouvert, il aperçut un magnifique jardin planté de buis taillés selon des formes extraordinaires : un lion, une licorne, des dauphins... Voilà un autre domaine où les Français feraient bien de s'inspirer de ce qui se faisait en Italie. Il lui faudrait revenir étudier cet art des jardins. Et interroger Léonard, qui lui avait dit avoir dessiné des plans où le jardin faisait partie des palais, avec des volières assez grandes pour que les oiseaux exotiques puissent voler en toute liberté, des ventilateurs pour apporter un peu de fraîcheur en été et même des tables équipées d'eau courante pour rafraîchir le vin. Il rebroussa chemin dans l'intention de trouver un libraire pour racheter le livre de Platine, le *De Honesta Voluptate*, qu'il avait perdu. Il était temps de se remettre à explorer les nouveautés italiennes en matière de table. Ce n'est pas avec ce qu'il avait vu dans de pauvres auberges ou des étals de marché qu'il allait révolutionner l'art culinaire français.

Longeant un palais aux murs décrépis, semblant abandonné, il entendit un hurlement. La voix était humaine mais la douleur qu'elle exprimait provenait des enfers. Dans la rue, une vieille femme marchait avec hâte. Il reconnut celle qu'il avait failli renverser. En le croisant, elle lui jeta un regard à glacer les sangs. Il crut voir qu'elle joignait les doigts en signe de malédiction. Il s'écarta et pressa le pas. Quand il se retourna, elle avait disparu.

26

Léonard se mit à l'ouvrage avec ardeur, du moins le fit-il croire à Isabelle d'Este qui le visitait chaque matin. Elle restait une heure et repartait vaquer à ses nombreuses activités politiques, diplomatiques et domestiques. Léonard avait beau lui dire qu'il n'avait nul besoin de la voir pour faire son portrait, que la moindre de ses expressions était inscrite dans sa mémoire, rien n'y faisait. La marquise voulait poser ! À ces occasions, elle entretenait Léonard de son inquiétude pour son fils, gardé en otage par François Ier, et de l'immense travail que demandaient les quelques cinq cents pièces, quinze cours et jardins du palais ainsi que les centaines de serviteurs. Le peintre se garda bien de lui dire que son cher Frédéric passait d'excellents moments à la cour d'Amboise et bénéficiait d'une éducation hors pair, du moins en ce qui concernait la galanterie. Quentin lui avait raconté comment, une nuit, le roi avait emmené le jeune homme dans le dortoir des femmes de compagnie de la reine, ce qui avait beaucoup plu à l'héritier du marquisat de Mantoue. Quant aux embarras domestiques, il faisait confiance à Isabelle pour régenter le tout d'une main de fer sans gant de velours.

En fait, la marquise séquestrait Léonard. Un garde, placé devant la porte de ses appartements, avait pour mission de lui interdire toute sortie tant que le tableau ne serait pas fini. Le peintre avait essayé de ruser, prétextant un besoin urgent de se rendre en ville pour acheter de nouveaux pigments et un peu de matériel. Le garde avait aussitôt appelé Capilupi, qui avait aimablement pris la commande et fait livrer dans l'heure pinceaux, brosses, couteaux, plumes d'oie, fusains, sanguines, pointe de métal, pierre noire, craie blanche, colle de poisson, huile, amidon, cire, gomme arabique, blanc d'œuf, papier grenu bleu et gris... Puis Léonard avait demandé de circuler dans le palais pour s'inspirer des divines peintures de Mantegna. La marquise lui avait ri au nez. Par mesure de rétorsion, le peintre refusait de lui montrer son travail. Chaque nuit, il déposait le panneau de bois dans son lit au cas où Isabelle aurait eu l'idée d'aller y jeter un œil. Sage mesure, car Léonard n'arrivait à rien. La très belle esquisse qu'il avait faite seize ans auparavant en utilisant la pierre noire et la sanguine ne l'inspirait pas le moins du monde. Il restait toute la journée dans son cabinet de travail à regarder le mur en face de lui. Son esprit vagabondait, des formes se dessinaient sur la brique rose. Il y voyait des montagnes, des fleuves, des arbres, des combats... Il y découvrait des chevaux galopant, les naseaux fumant, des cascades grondantes, des fleuves en furie, mais rien qui ressemblât de près ou de loin à Isabelle d'Este. Le premier soir, il s'en était ouvert à Quentin :

— Prends par exemple les nez : ils comportent huit types. Droit, bulbeux, concave, proéminent, aquilin, régulier, camus, pointu. Vus de face, les nez sont de douze sortes : gros ou minces en leur milieu, le bout épais ou fin à la base et inversement, les narines larges ou étroites, hautes ou basses, à trous apparents ou cachés... Tout ça, je le sais par cœur, mais, sapristi, impossible de figurer le nez de la marquise. Quant à la bouche, n'en parlons pas !

Le deuxième jour, il en avait pris son parti et semblait même avoir oublié qu'il était censé faire le portrait d'Isabelle d'Este. Très content, il montra le panneau à Quentin :

— Regarde ce que j'ai commencé ! Une tempête ! Cet air sombre et nébuleux combattu par les vents contraires qui tourbillonnent en pluie incessante mêlée de grêle, où une infinité de branches arrachées s'enchevêtrent à des feuilles sans nombre. Alentour, on verra d'antiques arbres déracinés que la fureur des rafales a mis en pièces. Les champs submergés montreront leurs ondes chargées de tables, couchettes, canots et radeaux improvisés ; dessus, hommes, femmes et enfants entassés crient et se lamentent, épouvantés par la tornade furieuse...

— Et Isabelle d'Este ? demanda Quentin.

— Rien, toujours rien.

Le lendemain, il avait entrepris de peindre un autre panneau. Quentin lui demanda s'il avait retrouvé l'inspiration.

— Oui, mais pour une bataille. J'ai voulu figurer la fumée de l'artillerie mêlée avec la poussière soulevée par les chevaux et les combattants. La fumée a une teinte un peu azurée et la poussière sa couleur naturelle. Je ferai rougeoyer les visages, l'air. Des flèches monteront en tout sens, voleront en lignes droites... Je montrerai des cadavres, les uns à moitié ensevelis dans la poussière, d'autres dont le sang jaillit et, mêlé à elle, se change en boue rouge. Les mourants grinceront des dents, les prunelles révulsées, labourant leur corps du poing.

— Et Isabelle d'Este ?
— Rien, toujours rien.

Léonard assigné dans son atelier, l'enquête reposait sur Quentin. Mais s'il avait toute liberté de sortir du palais, il n'en eut guère le temps les premiers jours. Comme l'avait annoncé la marquise, il fut confié à son maître d'hôtel personnel, maître Pepino. Le teint gris, la mine triste, toujours sur les nerfs, l'homme accueillit Quentin comme un chien dans un jeu de quilles. Surchargé de travail, épuisé par les demandes incessantes de la marquise, il était persuadé que Quentin venait l'espionner et qu'au moindre manquement il serait chassé. Les exigences d'Isabelle d'Este étaient telles que chacun se sentait menacé par tout nouvel arrivant. Pourtant, Pepino connaissait parfaitement son métier. Tout comme en France, il était chargé de décider quels plats seraient servis à table selon les activités de la marquise et les événements de la cour ; il devait se souvenir du goût de chacun des convives, choisir les bons produits mais aussi l'argenterie, la vaisselle et la verrerie et, bien entendu, proposer les meilleurs divertissements et spectacles pour les banquets. Mais à Mantoue, la tâche était rendue quasi impossible à cause de l'appétit insatiable de la marquise pour les nouveautés, son désir effréné de gloire et l'arrivée incessante de nouveaux invités, attirés par la renommée de la cour.

Isabelle s'était mis en tête que son cuisinier personnel n'était pas à la hauteur. En trente ans, Pietro Malta avait gravi tous les échelons de la hiérarchie des cuisines. Il avait commencé marmiton, chargé des tâches les plus basses, apporter les bûches, entretenir le feu, vider les ordures, aller chercher l'eau, puis il avait été saucier, potagier, pâtissier, rôtisseur pour enfin accéder au titre de maître-queux. Sa cuisine était délicieuse, il savait parfaitement doser les épices, cuire à la perfection les poissons du lac de Garde, choisir les meilleures viandes, les farines les plus fines, mais, aux yeux d'Isabelle, il ne faisait plus l'affaire. Elle voulait un cuisinier qui ait été formé par une célébrité comme Cristoforo Messibugo, qui officiait à Ferrare, capitale de la famille d'Este. Pour satisfaire son besoin d'excellence culinaire, elle avait lancé une chasse à l'homme dans toute l'Italie pour trouver la perle rare. Maître Pepino en était désolé car il s'entendait très bien avec Pietro Malta et n'avait aucune envie de voir arriver un cuisinier vantard, prétentieux, qui discuterait ses choix et aurait ses entrées chez la marquise. Quand elle le fit chercher pour l'entretenir de sa recherche, il envoya Quentin à sa place. C'était une manière discrète de montrer sa désapprobation. La marquise ne s'y trompa pas et reçut le jeune homme plutôt fraîchement. Quentin n'en menait pas large devant le terrible personnage. Il prit les devants en affirmant qu'il était émerveillé par le faste de la cour et se répandit en louanges et remerciements. Elle coupa court et lui demanda son avis sur une lettre qu'elle comptait envoyer à son frère Alphonse d'Este, duc de Ferrare. Quentin la parcourut rapidement et approuva la mention qui stipulait qu'un cuisinier devait être extrêmement propre et ne pas être chargé de famille car cela pouvait le distraire. La veille au soir, agacé par les récriminations de Léonard qui ne supportait pas d'être enfermé, Quentin s'était replongé dans le *De Honesta Voluptate* et avait encore en mémoire le paragraphe concernant les qualités d'un cuisinier. Il proposa à Isabelle de rajouter qu'« il doit bien connaître son métier, avoir une longue expérience et être dur à la tâche. En plus, il doit aimer ce qu'il fait. Il doit savoir distinguer à la perfection la qualité et les propriétés des viandes, poissons, légumes, de manière à savoir lesquels doivent être rôtis et lesquels frits. Il doit être expert en assaisonnements pour que les aliments ne soient ni trop salés ni insipides. Ce n'est pas bon qu'il soit gourmand, de manière qu'il ne soit pas tenté de dévorer et voler ce qui est destiné au prince ». La marquise applaudit à cet ajout et lui tendit la plume pour qu'il finisse la lettre. Elle lui demanda de préciser que les gages seraient de six ducats par mois, et qu'en plus d'être logé et nourri il bénéficierait d'une allocation bougies et d'un cheval.

Visiblement ravie des services du jeune homme, elle lui dicta une autre lettre pour Fernando, roi de Naples, afin qu'il lui trouve un écuyer-tranchant.

— On ne sait plus trancher de nos jours, se désola-t-elle. Sauf à Naples, mais les meilleurs demandent des sommes folles.

— Vous avez pourtant à la cour de véritables artistes, s'étonna Quentin.

— Ils manquent de rapidité et de prestance, gronda la marquise.

Un jugement que Quentin ne partageait pas. Il avait été subjugué par l'art de la découpe des écuyers-tranchants de Mantoue. Quand ils entraient en scène, ils se tenaient absolument droits, les pieds bien à plat et légèrement écartés, les bras vers le haut, la tête immobile, le regard grave. Ils saisissaient la fourchette de la main droite et la lançaient dans les airs pour la rattraper de la main gauche, comme aurait fait un jongleur. Puis ils empoignaient le couteau et découpaient à une vitesse hallucinante les tranches de viande qu'ils faisaient voler jusqu'au centre du plat. Et pour finir, avec la pointe du couteau, ils lançaient avec une précision diabolique une pincée de sel qui retombait, on ne sait par quel miracle, sur le rebord du plat. Il en vit un qui n'utilisa pas moins de cinq types de couteaux et fourchettes différents. En France, le spectacle était moins grandiose, mais les viandes étaient mieux découpées. Quentin se garda bien d'en faire la remarque.

Il avait hâte de rejoindre maître Pepino et de continuer ses investigations auprès des courtisans et domestiques, mais Isabelle d'Este ne semblait pas décidée à le libérer. Elle discourait sur Marcello, son échanson, très élégant, aux mains blanches et délicates, qualités primordiales pour servir les boissons. Doté d'une grande éloquence, il savait aussi parler du parfum, de la couleur, de la saveur et de l'histoire du vin. Quentin espérait qu'elle n'allait pas passer en revue toute la hiérarchie des serviteurs de bouche, sinon ils y seraient encore à la nuit tombée. Par chance, Capilupi, son secrétaire, vint la prévenir qu'une lettre de son fils Frédéric venait d'arriver. Isabelle le laissa en plan et il put enfin s'échapper. Jusqu'alors, il n'avait récolté aucune information intéressante. La surprise de la marquise à l'arrivée de Léonard ne la désignait pas comme coupable. Quentin la savait capable de tromperie, cruauté, mauvaise foi, mais Léonard ne l'intéressait pas en tant qu'homme. Elle voulait juste le tableau pour l'accrocher dans sa *grotta* où elle conservait les œuvres des peintres les plus célèbres du moment. Malgré les dénégations réitérées de Léonard, l'objectif de Quentin était d'explorer la piste de Cécilia Gallerani, la dame à l'hermine.

Léonard ne pouvant sortir de ses appartements, même pour les repas, Quentin avait été invité à se joindre aux festivités de la cour. Le premier soir, le jeune homme fit sensation avec son nouveau pourpoint de velours cramoisi, ses chausses violettes et ses bas noirs. On s'étonna qu'étant né au fin fond du sud de l'Italie il arborât une crinière si blonde et des yeux si bleus. Il rappela que ses ancêtres normands, il y a cinq siècles, avaient colonisé la Sicile et la région des Pouilles. On chercha des cousinages. En vain. La famille Menilo, dont Quentin disait porter le nom, était inconnue de tous. Mais les Pouilles étaient si lointaines que cela n'étonna personne. On l'interrogea habilement sur sa boiterie. Avait-il été blessé lors d'une bataille ? Laquelle ? Quentin répondit qu'il ne souhaitait pas revenir sur ces douloureux souvenirs. On n'insista pas et on le questionna sur Léonard. En combien de temps comptait-il finir le tableau ? Certains ricanèrent et lancèrent l'idée de parier sur la date d'achèvement de l'œuvre. On demanda son avis à Quentin, qui resta de marbre et déclara que seuls Dieu et Léonard en décideraient.

Connaissant la réputation de Léonard, les femmes regardaient le jeune homme avec curiosité. Sa sveltesse, sa blondeur, sa peau pâle lui donnaient un air un peu efféminé, mais il ne semblait nullement effarouché par l'intérêt que lui portaient certaines. Isabelle d'Este aimait s'entourer de jeunes et jolies jeunes filles, toutes habillées à la dernière mode mais connaissant l'art de la conversation et dotées d'une solide culture. Plus d'un visiteur à la cour de Mantoue s'émerveillait d'autant de grâces réunies pour leur seul plaisir. Ce fut une jeune personne de seize ans, Bianca, qui s'enhardit la première et demanda à Quentin s'il aimait la danse. Il la prit par le bras et l'entraîna au son des violes et des flûtes dans une mauresque aux pas compliqués.

Pour l'heure, il était perdu dans un dédale de couloirs. Les luxueux appartements d'Isabelle étaient situés dans une tour d'angle au sud du palais, les communs étaient à l'opposé, dans l'aile appelée *Paradiso*. Il contourna la Basilica Palatina, la principale église du château, parcourut d'innombrables cours et galeries, demandant son chemin. Au détour d'une colonnade, il aperçut Bianca qui se dirigeait d'un pas pressé vers les jardins. Quentin la héla et la regarda venir vers lui. Sans être d'une beauté à couper le souffle, elle avait un charme piquant, avec des yeux d'un noir profond, une taille fine et une épaisse chevelure sombre coiffée en bandeaux. Elle allait rejoindre des amis. Accepterait-il de venir avec elle ? Bianca éveillait chez Quentin un tendre sentiment qu'il avait jusqu'alors réservé à Marguerite. Il la suivit bien volontiers. Une dizaine de jeunes gens bavardaient tranquillement. Bianca proposa à Quentin le jeu du chuchotis. Il avoua qu'à Tarente on ignorait tout de ce divertissement. Elle lui expliqua qu'il devait lui murmurer une phrase qu'elle serait seule à connaître. Elle aurait alors à mimer pour que l'assemblée découvre ce qu'il avait voulu dire. Se prenant au jeu, il se pencha vers elle et lui dit dans le creux de l'oreille :

— Les femmes de la cour de Mantoue sont autant de fruits d'été qu'on aimerait croquer.

En rosissant de plaisir, Bianca se lança dans une pantomime si suggestive que les traductions les plus graveleuses commencèrent à fuser. Chaque fois, la jeune fille secouait la tête avec vigueur et reprenait ses mimiques. Sous le charme, Quentin applaudit à tout rompre quand elle révéla la phrase initiale. Le jeu ayant plu, ils en commencèrent un autre, mais, cette fois-ci, ils formèrent un cercle, chacun disant un mot. Se constituait alors une phrase, bien souvent sans queue ni tête, mais qui avait le don de les mettre en joie. Quentin se jura de faire connaître ces jeux à la cour d'Amboise. Puis Bianca l'entraîna vers une partie de paume de table. Cet exercice, qui se pratiquait avec de petites balles et de minuscules raquettes, n'avait pas de secrets pour Quentin. Sa boiterie lui interdisant de jouer à la grande paume, il était fort habile à la petite grâce aux compétitions acharnées auxquelles ils s'étaient livrés, Mathilde, Marguerite et lui. Réussissant tous ses coups face à Bianca qui ne rattrapait qu'une balle sur trois, il lui demanda si elle connaissait Cécilia Gallerani et si elle savait où la rencontrer.

— Après la mort de ses deux fils et de son mari l'année dernière, elle s'est retirée dans son château de San Giovanni in Croce, débita Bianca à toute vitesse avant de jeter sa raquette à travers la table. Vous m'avez encore battue ! Ce n'est pas juste !

— Et c'est loin ?

— Près de Crémone. Soit à plus de dix lieues. Vous allez devoir m'apprendre à jouer comme vous. Comment faites-vous pour que vos balles soient si rapides ?

Quentin ne l'écoutait plus. Jamais il ne pourrait s'échapper assez longtemps de l'emprise de la marquise pour aller la rencontrer. Lui faudrait-il feindre quelque malaise l'obligeant à garder la chambre et quitter le palais subrepticement ? Cela ne lui semblait guère possible. Les poings sur les hanches, Bianca attendait qu'il lui accorde de nouveau toute son attention. D'un ton de colère feinte, elle lui lança :

— Pourquoi vous intéressez-vous à une grosse dame âgée qui ne pense qu'à la poésie et à la musique ? Si vous cherchez des divertissements, je suis prête à vous offrir des romances au goût du jour. À moins que vous ne soyez la chasse gardée de Léonard, comme cela se dit à la cour.

La liberté de ton de cette jeune personne déconcerta Quentin. Les demoiselles d'honneur de la marquise n'avaient pas froid aux yeux. Il rétorqua qu'il n'avait de penchant que pour le beau sexe.

— S'il en est ainsi, ajouta Bianca avec un grand sourire, je me ferai un plaisir de vous conduire auprès de Cécilia Gallerani.

— Mais je ne peux m'absenter...

— Elle habite à deux pas d'ici, au palais Fronzi. Elle est venue visiter son amie Catarina qui part en voyage. Je la connais bien. Nos familles se fréquentent.

La chance était avec lui. Bianca en était la messagère. Pour la remercier, il lui prit la main et la baisa avec une infinie douceur. Émue et ravie, la jeune fille s'enfuit, Quentin à ses trousses.

Le lendemain matin, ils arrivèrent dans un palais où quatre chariots chargés de bagages ou en passe de l'être encombraient la cour. Une femme d'une quarantaine d'années, enveloppée dans un manteau de laine écarlate, s'assurait des arrimages. Elle fit un petit signe de la main à Bianca et continua son inspection. Un domestique les conduisit dans une petite pièce où flambait un bon feu. Assise devant une table, une femme mûre aux formes plus que rebondies trempait fiévreusement sa plume dans un encrier. Elle leva les yeux à l'entrée des deux jeunes gens et les accueillit avec un sourire bienveillant.

— Bianca, viens m'embrasser ! Comment te portes-tu ? Es-tu contente de ton séjour à la cour ?

La jeune fille se lança dans un discours détaillant tous les charmes de Mantoue : les bals, les vêtements, ses amies, la bonté de la marquise à son égard, avant de s'apercevoir qu'elle n'avait pas présenté son compagnon. Ce qu'elle fit en précisant qu'il avait beaucoup insisté pour la rencontrer.

— Voilà qui est très flatteur de la part d'un si charmant jeune homme. En quoi puis-je vous être utile ?

Quentin aurait espéré parler en tête à tête avec Cécilia, mais Bianca n'était nullement disposée à s'éloigner.

— Madame, j'ai admiré dans le *studiolo*[1] de Sa Seigneurie le merveilleux tableau peint par mon maître, et je n'ai eu de cesse de rencontrer son modèle.

— J'ai bien changé, vous le voyez ! J'étais si jeune ! Quinze ans ! Nous nous sommes beaucoup aimés, Léonard et moi.

— Vous voulez dire...

Voyant la surprise de Quentin, Cécilia éclata d'un rire juvénile.

— Pas comme vous l'entendez. Nous étions très proches, bien qu'il eût le double de mon âge. Nous avions le même goût pour les chevaux, la nature, les longues conversations, les déguisements, les tissus soyeux... La peste ne cessait de roder et nous conjurions le sort en riant, dansant, nous amusant comme des fous.

Un voile de nostalgie passa dans les yeux clairs de Cécilia. Quentin sut alors que Léonard avait raison. Cette femme ne pouvait lui vouloir de mal.

— Et l'hermine ? demanda-t-il.

— C'était celle de mon amie Catarina. Leonard a dû beaucoup insister pour qu'elle me la prête. Ludovic Sforza, qui était fort épris de moi, voulait que je pose ruisselante de bijoux. Léonard et moi trouvions cela

1. Galerie d'art et cabinet de curiosités.

très vulgaire. Je décidai de n'avoir que l'hermine pour parure. Autant vous dire que ce tableau fit sensation. Tout comme *La Vierge aux rochers*, qu'il venait de finir pour la confrérie de l'Immaculée Conception.

— Léonard était donc un personnage important.

— Oui et non. Il étonnait, il était admiré, mais il n'avait pas de place officielle à la cour de Milan. À son grand regret ! Il était trop fantasque pour être pris au sérieux. Juste avant *La Dame à l'hermine*, il travaillait sur les techniques de combat car il espérait obtenir de Sforza un poste d'ingénieur militaire.

Quentin savait que Léonard avait une grande connaissance des moyens de défense et d'attaque. Il ignorait qu'il en avait fait un métier.

— Mon portrait fut sa première commande ducale, continua Cécilia, visiblement contente d'évoquer ses souvenirs milanais. Sforza voulait qu'il me représente dans la même pose que celle de l'ange de la *Vierge aux rochers*. Nous avons passé ensemble des moments délicieux. Léonard est un être d'une extrême sensibilité et d'une grande culture. Il me récitait des poèmes, me racontait des histoires drôles. À tel point que Sforza en prit ombrage. S'il n'avait connu les goûts de Léonard pour les jeunes hommes, il aurait certainement interrompu les séances de pose.

Quentin était déçu. Cette piste qu'il croyait prometteuse s'avérait nulle. Il n'avait plus qu'à prendre poliment congé de Cécilia. Par acquit de conscience, il poursuivit son interrogatoire :

— Savez-vous si, à l'époque, il avait commencé à expérimenter ses ailes volantes ?

— Il me montrait ses merveilleux dessins d'oiseaux qui, disait-il, allaient lui permettre d'inventer de telles machines. Mais je ne l'ai jamais entendu dire qu'elles aient été au point. Quand il est arrivé à Milan, Léonard a surtout été employé comme organisateur de fêtes. Peut-être comptait-il les utiliser dans ses prodigieuses mises en scène.

Voilà quelque chose que Quentin ignorait totalement et qui éclairait Léonard sous un jour nouveau.

— Jamais personne ne l'a égalé, continua Cécilia. Il se chargeait à la fois de la décoration, des costumes, de la mise en scène, du maquillage, du choix des musiques... Je garde un souvenir ébloui de chacune de ses fêtes. Il savait à merveille marier poésie, drôlerie et magie.

Bianca commençait à manifester des signes d'impatience. Elle avait fait promettre à Quentin qu'il l'accompagnerait dans les boutiques après leur visite à Cécilia. Un dernier point restait à éclaircir :

— Lui connaissiez-vous des ennemis à cette époque ?

Cécilia ne répondit pas immédiatement.

— Beaucoup ! Léonard n'a jamais été un être facile. Il est trop doué pour ne pas en exaspérer certains. Nombre d'artistes milanais lui en voulurent de prendre leur place, mais il sut aussi nouer de solides amitiés.

— Et dans son entourage personnel ? insista Quentin.

Cécilia eut un petit sourire.

— Il vivait en débauché. Ses amitiés faisaient jaser la bonne société. C'est à Milan qu'il a rencontré Salaï qui, je le crois, fut l'amour de sa vie. Un être exécrable, voleur, menteur, sans foi ni loi, mais beau comme un dieu. À partir de ce moment, il n'y en eut plus que pour lui. Des femmes qui avaient toujours espéré obtenir ses faveurs et des hommes qui le désiraient aussi ont dû être terriblement déçus, mais je ne peux vous en dire plus.

— Avez-vous vu Léonard depuis ?

— Jamais.

Quentin n'était guère plus avancé. Il prit congé de Cécilia qui lui demanda de transmettre à Léonard son tendre souvenir. Elle ajouta qu'elle regrettait qu'Isabelle d'Este refusât toute visite. Catarina devant quitter Mantoue le lendemain, elle rentrerait à San Giovanni in Croce. Malheureusement pour elle, Quentin n'avait nullement l'intention de parler à Léonard de leur rencontre. Le vieil homme l'aurait agoni d'injures d'avoir douté de l'innocence de son amie.

En sortant du palais Fronzi, Bianca prit familièrement le bras de Quentin et l'entraîna dans les rues de Mantoue, ravie de l'avoir pour elle toute seule. Elle l'emmena chez un excellent tailleur où Quentin commanda pour Mathilde une *camora*, corsage aux manches faites d'un tissu différent qui s'attachaient aux épaules par des lacets. Bianca lui conseilla un velours hors de prix où des fils d'or faisaient des bouclettes et des nœuds étincelants. Sa sœur n'aurait guère l'occasion de porter un tel vêtement. Dommage, car à la cour d'Amboise elle aurait fait sensation. Bianca choisit pour elle un tissu couleur peau de lion, rayé d'argent et doublé de soie violette. Chez un orfèvre, Quentin s'offrit une petite agrafe en émail bleu et rouge représentant une licorne. Il admira les superbes pièces en or, les chapelets d'ambre, les perles, les grenats. Bianca lui confia que la marquise adorait les bijoux et qu'elle possédait une magnifique émeraude qu'on disait trouvée dans le tombeau de Tullia, la fille de Cicéron. Et son mari un saint Georges tout en diamant, terrassant un dragon taillé dans une grosse perle. Ils reprirent en flânant le chemin du palais.

Finalement, l'idée de Léonard de s'arrêter à Mantoue n'était pas si mauvaise. Quentin se retrouvait au cœur de la cour européenne la plus brillante et pouvait à loisir observer les dernières modes et s'en inspirer pour ses futures tâches. Personne n'était venu les menacer. Aucune attaque n'était survenue. La présence à son côté de Bianca lui était douce et légère. Il en venait presque à oublier la raison de leur venue à Mantoue. Quand Léonard lui demanderait le résultat de sa journée, s'il avait découvert une piste menant à son ennemi, Quentin répondrait : « Rien, toujours rien. »

27

Domenico faisait maintenant peur à voir. Sa peau était devenue si fine que ses veines apparaissaient en un entrelacs bleuté. Ses os saillaient, ses yeux semblaient se couvrir d'une membrane opaque. Il délirait nuit et jour. L'oreille collée à la porte, Marietta l'entendait gémir. C'était à peine si elle arrivait à lui faire boire du lait mélangé à des œufs et beaucoup de sucre. Un miracle qu'il fût encore en vie. Ses propos devenaient de plus en plus incohérents. Il semblait à Marietta qu'il revivait ses années de jeunesse à Milan, où il avait séjourné de nombreuses années. C'était dans cette ville maudite que l'accident était arrivé. Elle l'avait vu revenir sur une civière, les membres cassés, le visage tuméfié, méconnaissable. Le cauchemar avait commencé. L'origine de ce drame lui était inconnue. Domenico n'en avait pas parlé. Elle percevait parfois des bribes de phrases, des prénoms et des noms de ceux qui devaient être ses amis de l'époque et qui l'avaient lâchement abandonné à son malheur. Sans arrêt revenait le nom de Léonard. À un moment, elle entendit Domenico sangloter en parlant de sa beauté et de sa magnifique chevelure blonde.

C'est alors qu'elle reçut un message. Jamais on ne lui avait écrit. En tremblant, elle ouvrit la lettre et la déchiffra avec difficulté. C'était Catarina, disant qu'elle savait Domenico au plus mal mais qu'une nouvelle extraordinaire pourrait peut-être lui redonner un peu de force : Léonard était à Mantoue ! Elle ne pouvait rien faire car son départ était imminent. Elle laissait à Marietta le soin de le lui annoncer.

Le fameux Léonard ! Enfin ! L'espoir revenait. Il fallait agir. Vite. L'état de Domenico était désespéré. C'était à peine s'il la reconnaissait. Que pouvait-elle faire ? Elle s'enferma dans sa mansarde pour réfléchir. Elle repensa au jeune homme qu'elle avait vu entrer dans Mantoue quelques jours auparavant et qu'elle avait maudit, lui souhaitant tous les malheurs du monde. Il était si blond ! Domenico avait aussi parlé des yeux de Léonard, d'un bleu profond. Marietta avait croisé le regard de l'inconnu assez longtemps pour remarquer son regard de ciel de montagne. Elle l'avait revu le jour même aux abords du palais. Peut-être cherchait-il Domenico… Si elle avait su… Elle en pleurait de rage. Il était venu, mais il n'avait pas osé entrer dans ce lieu délabré. Et elle, pauvre vieille folle, n'avait pas compris qu'il était ce fameux Léonard. Quoiqu'il lui paraisse bien jeune pour avoir connu Domenico… Peut-être était-ce son fils, porteur d'un message… Elle n'avait rien à perdre en cherchant à le revoir. Mais comment faire pour l'inciter à revenir ? Les nobles de Mantoue faisaient des fêtes, invitaient leurs amis pour des mariages, des anniversaires… Elle n'avait rien de tel à proposer. Elle ne disposait pas, comme la marquise, de bataillons de jeunes et jolies jeunes filles. Elle ne connaissait rien aux secrets des sens et de l'amour. Le palais était sale, presque en ruine, aucun architecte, aucun peintre n'y travaillait, les jardins étaient laissés à l'abandon. Elle était seule avec une bande de domestiques ignares et paresseux. La seule chose qu'elle savait faire, eh bien, c'était la cuisine. Elle comprenait maintenant que l'hôte tant attendu pour qui le couvert était mis à chaque repas que lui commandait Domenico était ce fameux Léonard.

Elle allait le convier à un souper somptueux, digne du passé glorieux du palais des San Severino. Elle n'en dirait rien à Domenico. Elle lui ferait la surprise au dernier moment. Elle se prit à imaginer les crédences garnies d'une multitude de mets, la table mise avec élégance, recouverte des nappes d'apparat de la mère de Domenico qui n'avaient plus servi depuis des lustres. Pourvu qu'elles ne soient pas moisies ! Elle avait besoin de quelques jours. Le souper serait servi dans la pièce donnant sur la loggia. On y avait une très belle vue sur le lac. Les meubles devaient être cirés, les parquets récurés, les tapisseries nettoyées. Vite ! Elle n'avait pas une minute à perdre. Les feux ! Il fallait dès maintenant faire une immense flambée dans la cheminée de la cuisine et l'entretenir en permanence pour avoir assez de braises. L'eau ! Il lui en faudrait en quantité. Les domestiques allaient être furieux de sortir de leur léthargie et de devoir travailler plus que de coutume. Les courses ! Elle s'en chargerait avec les deux petites. Qu'allait-elle servir ? Un frisson de plaisir la parcourut. Elle se souvenait par cœur des recettes des plats que la mère de Domenico faisait préparer, au temps béni où le palais bruissait des rires des convives. Elle donnerait le meilleur d'elle-même. Et elle irait voir Marcello, un rôtisseur de Mantoue qui se targuait de préparer les meilleurs plats de la ville. Il lui dirait quelles étaient les dernières modes culinaires. Domenico allait enfin voir son rêve se réaliser, et c'est elle qui allait lui offrir ce bonheur.

28

La présence de Mathilde suscitait murmures et commentaires. À l'instigation de l'Aventureux, certains prenaient des paris sur le temps qu'il faudrait à François pour la mettre dans son lit. D'autres se demandaient ce qu'il pouvait bien trouver à cette jeune personne qui ne souriait jamais. Certes, elle était jolie et bien faite, mais les faces de Carême n'avaient jamais eu l'heur de plaire au roi. Drapée dans son intransigeance, Mathilde ne se rendait compte de rien. Quand on lui disait avec un petit sourire en coin que le roi l'appréciait beaucoup, elle comprenait « il vous en veut beaucoup ». Elle attendait que François dévoile ses cartes, mais rien ne venait. Le roi était toujours plein d'attentions à son égard. Il la conviait aux mascarades, repas et promenades. Il consacrait moins de temps à la chasse, non par lassitude mais pour passer de longues heures avec le chancelier Duprat afin de préparer l'enregistrement du concordat par le Parlement. Ils savaient l'un et l'autre que les protestations seraient vives. La noblesse de robe et l'Université verraient d'un mauvais œil que soit reconnue la primauté spirituelle du pape. Qu'il retrouve la possibilité de nommer quelques prélats et de toucher les annates[1]

1. Droit de percevoir pour un an les bénéfices d'un diocèse.

ne serait pas mieux perçu. Quant à la mainmise du roi de France sur la nomination des dignitaires du clergé, et donc sur certains des revenus de l'Église, cela n'irait pas sans pleurs et grincements de dents. Mais pour François et son conseiller, le jeu en valait la chandelle : en assujettissant l'Église, le pouvoir royal serait considérablement renforcé.

Mathilde priait chaque jour pour le retour de Quentin. C'était là son seul espoir. Mais aucune nouvelle de son frère n'était parvenue à la cour. Elle en vint à douter de la réalité de cette mission. François l'aurait-il inventée de toute pièce afin de faire disparaître Quentin dans quelque embuscade ? Pourtant le roi avait l'air sincèrement inquiet du retard pris par le jeune homme.

Mathilde avait reçu un message de son père lui disant qu'il était grandement satisfait de la savoir en sécurité à Amboise, aux bons soins du roi. Quelle ironie ! Sachant que ses lettres seraient lues, elle ne pouvait lui répondre et lui confier ses appréhensions. Telle une brebis attendant le couteau du boucher, elle patientait dans la crainte. Elle passait beaucoup de temps à la chapelle, priant la Vierge et les saints de lui assurer leur protection. Ses anciens camarades d'enfance faisaient tout pour qu'elle se départît de sa réserve. La cour était jeune et joyeuse. On y dansait avec ardeur, on y riait beaucoup. Mathilde se joignait rarement à eux.

Un jour, François la convia à suivre la partie de jeu de paume qu'il allait disputer. Prenant son air de martyr, Mathilde se rendit à la salle de jeu. La lutte fut acharnée. La salle résonnait des cris d'effort des jeunes gens, du bruit de l'éteuf, balle en étoupe de laine recouverte de peau de mouton rebondissant sur les cordes de chanvre des raquettes. Comme à son habitude,

François ne voulait concéder aucun point. Sa haute taille lui donnait un avantage certain et ses adversaires finirent par demander grâce. Il sauta par-dessus la corde garnie de franges qui séparait les deux camps. Suant et soufflant, il vint s'asseoir sur le banc situé à côté de Mathilde, qui recula sous l'effet de l'odeur fauve dégagée par le roi. Un valet accourut avec une serviette. François s'en saisit et se frictionna vigoureusement le visage et les cheveux. Sa respiration était encore haletante. Dans un souffle, il dit à Mathilde :

— Suis-moi, j'ai à te parler.

Son air grave fit entendre à la jeune femme que son heure était venue. Elle baissa la tête et suivit le grand gaillard dans une pièce attenante où le roi avait coutume de se désaltérer et de prendre une collation après ses parties enfiévrées. Quelques murmures se firent entendre quand il annonça à ses amis qu'il souhaitait s'entretenir seul à seul avec Mlle du Mesnil.

Quand la porte se referma sur eux, Mathilde releva la tête. Elle saurait faire preuve de courage.

— Mon frère, Quentin...

— C'est à son sujet que je souhaite t'entretenir, l'interrompit le roi.

— Inutile d'en dire plus, je sais tout.

— Tu es au courant ?

— Ne me prenez pas pour une sotte, Sire. Je l'ai su le jour où vous l'avez précipité du haut de la muraille.

François la regarda avec stupeur.

— C'était un accident ! Et ce n'est pas de ça que je veux te parler.

— Bien sûr ! dit-elle d'un ton persifleur. Vous n'avouerez jamais que vous avez voulu vous en débarrasser.

Une ombre passa dans les yeux de François.

— C'est un souvenir dont j'aimerais tant me défaire. Il a failli mourir à cause de moi. Il s'en est fallu de peu. Mais tu es folle ! Quentin est mon ami. Pourquoi aurais-je voulu sa perte ?

— C'est bien ce que je vous demande. Je sais qu'un mystère entoure la naissance de Quentin. Vous le savez aussi. C'est pour cela que vous voulez l'éliminer.

François la prit par le bras et la força à s'asseoir. Il la dominait de toute sa taille. Mathilde se tassa dans le fauteuil à accoudoirs.

— Sacredieu ! Mais de quoi parles-tu ? Nous sommes nés à quelques jours d'intervalle. La belle affaire ! Il n'y a rien de mystérieux là-dedans.

Mathilde ne répondit pas, se contentant de lui lancer des regards assassins. François tira à lui un tabouret et s'installa en face de la jeune femme.

— Que crois-tu donc ? Que nous avons été échangés à la naissance ? Que ton frère est le véritable roi de France ?

Prenant un air dédaigneux, Mathilde haussa les épaules.

— As-tu rencontré des mages, des devins qui t'auront farci la tête avec je ne sais quelle bêtise ? poursuivit François. Crois-tu que nous puissions être demi-frères ? Que ta pauvre mère ait couché avec mon père ? Mathilde ! j'attendais mieux de toi. Quand tu étais enfant, tu partageais avec Marguerite le même sens des réalités, la même vision juste du monde, alors que nous, nous n'étions que des gamins lourdauds et fanfarons. Que s'est-il passé ? Est-ce la Normandie qui te gâte le cerveau ?

— Pourquoi ai-je été accusée du meurtre du maître-verrier ? rétorqua Mathilde.

Ce fut au tour de François de hausser les épaules.

— Je l'ignore. Peut-être étais-tu au mauvais endroit au mauvais moment.

— Je n'y crois pas une seule seconde, riposta-t-elle avec hargne.

Le roi se leva et la toisa avec impatience.

— Mathilde, la colère t'égare. Je ne sais pourquoi tu m'en veux autant. Peut-être aurais-tu aimé que nos jeux d'enfants se transforment en tendres ébats. Je ne demandais pas mieux, tu le sais. Mais peut-être as-tu jugé indigne de toi de devenir la maîtresse du futur roi.

— Vous rêvez, Sire ! Jamais je ne me serais donnée à vous.

— C'est bien ce que je dis. Et tu étais tellement mortifiée que tu as choisi le premier prétexte pour quitter la cour. L'accident de ton frère t'a donné une excellente occasion.

Folle de rage, Mathilde bondit, se précipita sur lui et martela son torse puissant de ses poings fermés. François la laissa faire en riant.

— Rattrapons le temps perdu, Mathilde ! C'est ce que nous avons de mieux à faire, toi et moi.

— Jamais ! rugit la jeune femme.

— Comme tu voudras. Tu sais que je ne suis pas en manque de bonnes fortunes. Prends le temps de réfléchir. Pour te prouver que ton affaire me tient à cœur, je vais demander au chancelier Duprat de diligenter une enquête approfondie sur le meurtre de ton maître-verrier.

— Dont vous lui dicterez les conclusions, évidemment !

Le regard de François se durcit.

— Mathilde ! Tu ne désarmes donc jamais ? Tu es lassante, sais-tu ? Tu découragerais les meilleures volontés. Tu resteras à Amboise jusqu'à la conclusion de l'enquête.

— Je suis donc votre prisonnière.

Le roi fit un geste de lassitude.

— Vois-le comme tu l'entends. Je voulais te parler de mon inquiétude pour Quentin. Il devrait être de retour depuis longtemps. Nous avons perdu sa trace. J'ai très peur qu'il lui soit arrivé quelque chose. Mais cela ne semble pas être ta principale préoccupation.

Il tourna les talons et partit rejoindre ses amis qui, devant sa mine fermée, n'osèrent lui demander si l'entrevue avait comblé ses désirs.

Mathilde était ulcérée. Elle savait François fourbe, mais jamais elle n'aurait cru qu'il essaierait de la mettre dans son lit. Que croyait-il donc ? Qu'elle en serait honorée ? Reconnaissante ? Qu'ainsi il ferait taire ses doutes ? Elle comprenait mieux maintenant son accueil chaleureux. Si elle lui avait cédé, elle serait devenue incapable de se rebeller. Comme tant d'autres, elle n'aurait plus pensé qu'à bénéficier des faveurs royales. Elle aurait intrigué, se serait démenée pour éliminer ses rivales. Obsédée par l'affaire de Quentin, elle avait oublié l'acharnement de François à séduire tout ce qui portait jupon. Pourtant, il était de notoriété publique que son goût pour les jambes bien tournées et les poitrines avenantes avait failli lui coûter le royaume. Quand son oncle, Louis XII, veuf d'Anne de Bretagne, s'était mis dans l'idée d'épouser Marie Tudor, la sœur d'Henri VIII, sa mère Louise de Savoie et tous ses partisans s'inquiétèrent. François resta serein. Il était évident qu'un vieillard de cinquante-trois ans, malade de surcroît, ne pouvait faire preuve que d'une virilité défaillante et serait incapable de procréer, même s'il avait affirmé au matin de la nuit de noces qu'il « avait fait merveille » avec sa jeune épouse de seize ans au teint de rose. Comme Marie était fort belle et de caractère peu farouche, François commença à roder autour d'elle, lui faisant mille amabilités. Jusqu'à ce que sa mère le prenne entre quat'z-yeux et lui démontre que s'il faisait un enfant à la reine, ce serait ce dernier qui ceindrait la couronne de France. Il retint la leçon et se tint au plus loin de Marie qui, en trois mois, ruina le peu de santé qui restait au roi. Louis XII voulut tant se montrer gentil compagnon avec sa femme qu'il en mourut le 1er janvier 1515. Toujours persuadé que la reine ne pouvait être enceinte, François n'attendit pas les trois mois de rigueur et se fit proclamer roi le jour même. Marie reprit le chemin de l'Angleterre après avoir épousé secrètement Charles Brandon, duc de Suffolk, ce qui mit en fureur son cher frère, Henri VIII.

Si seulement François avait écouté ses bas instincts, nul doute qu'il aurait engrossé la reine, donnant ainsi un héritier posthume à Louis XII. Le destin de la France en aurait été changé, et celui de la famille du Mesnil aussi.

Mathilde se désolait de ne rien avoir appris sur la naissance de Quentin. François avait sincèrement paru surpris de ses assertions. Mais il était assez retors pour feindre, la bouche en cœur et l'œil clair. La proximité des dates de naissance ne signifiait rien, il avait raison. Mathilde ne croyait pas non plus à une substitution. Mais elle était toujours persuadée de la culpabilité du roi. Puisqu'elle ne pouvait aller à Cognac, il lui fallait interroger ceux qui avaient fréquenté la cour de Charles d'Angoulême, père du roi. La tâche allait être ardue. Elle ne pouvait rien espérer de Louise de Savoie. Mathilde s'en méfiait comme de la peste. Certes, cette femme avait été bonne pour Quentin et elle, les faisant élever avec ses propres enfants, mais n'était-ce pas pour mieux les surveiller, empêcher que soit révélée la vérité sur la naissance de Quentin ? Restait Marguerite. Comme sa mère, elle adorait François et pour rien au monde elle ne le trahirait. Mais elle était si droite, si pieuse, si honnête que si elle savait quelque chose, elle le confierait à Mathilde. Il ne restait plus qu'à attendre qu'elle apparaisse à la cour d'Amboise.

29

En quelques jours, Quentin était devenu une attraction majeure à la cour de Mantoue. On ne cessait de le presser de questions sur l'avancement du travail de Léonard. Lui ne voulant rien dévoiler, restant muet comme une carpe, les paris s'envolaient. Certains misaient sur un achèvement avant la fin de l'année, mais d'autres gageaient sur 1518, voire 1520 ! Tous savaient que la marquise ne le laisserait pas partir tant qu'elle n'aurait pas obtenu satisfaction.

Quant aux jeunes filles, elles se rassemblaient en troupeau caquetant dès qu'il apparaissait. Mais Bianca veillait au grain et restait au plus près de lui. Plus bavarde qu'une pie, elle ne cessait de commenter les faits et gestes de chacun, permettant ainsi à Quentin de faire chaque soir un rapport circonstancié à Léonard sur les activités de la cour. Mais rien qui ait trait à leur affaire. Ce qui avait le don de mettre l'artiste en rage. De plus en plus nerveux, il avait cessé de peindre tout en continuant à raconter des fariboles à la marquise. Supportant de moins en moins ce qu'il appelait son « incarcération », il suppliait Quentin de trouver un moyen de fuir. Le jeune homme lui conseillait de prendre son mal en patience, assurant que l'enquête progressait. Ce qui était tout à fait exact, sauf qu'il s'agissait de ses propres recherches en matière de luxe et de divertissements. Il avait complètement abandonné la poursuite du tortionnaire de Léonard pour se consacrer à l'étude de tout ce qui pouvait concourir à faire d'une cour un lieu de délices et d'émerveillement. Il n'en ressentait aucune culpabilité, se disant que tout danger était écarté. L'épreuve des miroirs avait été la dernière. Pour preuve, il n'avait eu aucun nouveau cauchemar, aucune vision terrifiante. Leur fuite avait dû décourager le mystérieux commanditaire, se disait-il. Entouré de son escadron de jeunes filles en fleurs, il se perdait dans les effluves de leurs parfums, papillonnait, paradait, se laissait conter mille petites histoires qui lui apprenaient tout ce qu'il devait savoir sur les plaisirs de cour. Il n'allait pas laisser passer cette chance. D'autant que Léonard ne pouvait être plus en sécurité que là, gardé par un cerbère tel qu'Isabelle d'Este. Rien de fâcheux ne pouvait lui arriver. Quoique ayant un peu relâché sa vigilance, le garde ne laissait entrer personne dans les appartements de Léonard. Quentin pouvait donc passer ses jours et ses nuits à étudier les réjouissances mantouanes. Le seul désagrément qu'il eut à subir, l'arrachage de sa dent fêlée, s'était passé sans trop de douleur, le barbier ayant eu la bonne idée de lui faire boire une puissante eau-de-vie avant d'opérer.

La marquise, elle aussi, s'était entichée du jeune homme jusqu'à exiger sa présence en permanence à son côté. Maître Pepino n'avait pas protesté quand elle l'avait soustrait à sa responsabilité. En revanche, Capilupi avait fait la grimace en apprenant que, désormais, Quentin se chargerait du courrier, son écriture étant bien meilleure que celle du secrétaire.

Comme elle avait l'œil à tout et se mêlait de tout, elle était le meilleur professeur dont il pouvait rêver.

Il bénéficia ainsi d'une formation complète et accélérée. Léonard lui ayant montré comment confectionner des petits carnets en pliant des feuilles, Quentin notait avidement tout ce qui lui semblait intéressant. Il en remplit trois, chacun ayant trait à un enseignement dont il aurait l'usage.

Le premier principe qu'il retint fut la prodigalité. Isabelle disait volontiers qu'amasser de l'argent n'était pas son fait. Elle dépensait sans compter pour s'offrir ce qu'il y avait de plus beau et de plus original afin de donner encore plus d'éclat à la cour. Elle voulait les meilleurs cuisiniers, mais aussi les meilleurs musiciens, écrivains, peintres. Si elle était l'astre le plus brillant des cours européennes, c'est bien parce qu'elle ne lésinait pas. Quentin savait qu'il ne s'agissait pas d'étaler sa richesse, mais de rendre honneur à la famille régnante. Lorsque les banquets étaient somptueux et la chair délicate, les convives, émerveillés, chantaient les louanges de leur hôte et son prestige en était ainsi accru. Il faut, à tout prix, créer une légende, conclut Quentin, ravi d'avoir compris la règle d'or qu'il aurait à appliquer.

Et pour cela, l'argent ne suffisait pas : il fallait faire marcher son imagination, rechercher ce qui était nouveau, ne pas se contenter des traditions. Quentin le savait bien, la cour était une comédie, un jeu de société, une représentation où l'invité était à la fois acteur et spectateur. À Mantoue plus qu'ailleurs on savait faire rêver, mêler tous les arts, poésie, musique, raffinement culinaire dans une explosion de fantaisie. En créant toujours plus de splendeur, les souvenirs devenaient impérissables. Quentin nota avec satisfaction une des phrases que lui avait dites la marquise : « L'art du cuisinier doit surprendre l'esprit et satisfaire les sens, susciter stupeur et admiration, allégresse et fascination. Le banquet doit être céleste. On doit avoir l'impression de festoyer avec les anges. » Ce serait dorénavant sa devise, sa ligne de conduite.

Il apprit à ses dépens un deuxième principe : s'attacher au moindre détail, ne rien laisser au hasard. À sa grande surprise, il eut à écrire d'innombrables lettres demandant des… semences. Au frère d'Isabelle, le duc de Ferrare, pour lui arracher des graines de *verze*, une sorte de chou à manger en salade avec de l'huile et du vinaigre, et de laitues de Modène ; à Benedetto Agnello, des semences de *capucci* ; à la marquise de Monferrato, des chicorées de Mugetti… Isabelle demanda à Quentin de rajouter qu'elle avait aussi grand besoin d'artichauts, d'asperges, de pois, de fenouil d'Espagne, de câpres et de campanule raiponce. Voyant son étonnement, elle déclara qu'elle tenait à planter sur les terres de Mantoue tous les légumes et fruits nouveaux. Ces verdures étaient pratiquement inconnues de Quentin. Il n'en revenait pas des quantités qu'en consommait la cour. La veille, qui était un jour maigre, il avait mangé une étonnante salade composée de laitue, endives, roquette, pimprenelle, menthe, bourrache, oignons, dragone, marjolaine, cerfeuil, fleurs de sauge, de romarin, de cédrat, d'orange, d'anchois, d'anguilles, de sardines, de thon, d'œufs durs, de raisins secs, d'huile, de vinaigre, sel et poivre. Tous les Italiens allaient-ils devenir végétariens comme Léonard ? Il ne voyait pas François Ier écrire des lettres pour se procurer des nouveautés potagères. Mais il était bien conscient que l'étonnement procuré par un légume inconnu participait à l'ambiance de la fête. Rentré à Amboise, il ne négligerait pas cette tâche incongrue. Il pourrait aussi en faire profiter son père, quoiqu'il doutât que les artichauts puissent s'acclimater au climat normand.

Quant au troisième principe, n'avoir aucun scrupule, Quentin savait qu'il aurait plus de mal à l'appliquer. La marquise disait avoir la maladie des antiquités. Le terme folie aurait été mieux indiqué. Qu'un nouveau trésor fût trouvé en fouillant la terre de Rome, elle en était immédiatement informée. Pour cela, elle entretenait un réseau de ravitailleurs en trouvailles. N'étant pas la seule à vouloir acquérir ces objets, la lutte était féroce. Elle n'hésitait pas à employer ruses et manœuvres douteuses pour se les approprier. Sans oublier le vol, qui lui semblait chose normale voire recommandée. C'est ainsi qu'elle avait acquis des pièces splendides, dont une collection de bustes d'empereurs romains, des quantités de vases et de coupes en onyx, des représentations de faunes et de satyres... Elle collectionnait aussi les sculptures grecques qu'elle se faisait envoyer par un chevalier de l'ordre de Saint-Jean installé à Rhodes, dont Quentin nota soigneusement l'adresse. Il lui faudrait, lui aussi, payer des antiquaires et des amateurs susceptibles de lui procurer les plus belles pièces dans un milieu où abondaient chausse-trappes et traîtrises.

Les œuvres d'art n'étaient pas les seules à faire l'objet d'un commerce acharné à la cour de Mantoue. Les nains et les bouffons aussi, du moins les plus drôles et les plus loufoques, étaient très recherchés. Bianca lui avait raconté qu'Isabelle avait refusé de vendre son nain Pipo en disant : « Si nous le cédions, nous nous sentirions plus froide qu'un morceau de fer. »

Quentin engrangeait toutes ces informations, mais le sale caractère de la marquise commençait à lui peser. Elle ne souffrait aucun refus et avait bien peu de considération pour ceux qui la servaient. Pietro

Malta, le maître-queux, avait été chassé de la cour sans un mot de remerciement dès l'arrivée du nouveau cuisinier jeune et fringant qui, comme l'avait prédit Maître Pepino, se croyait sorti de la cuisse de Jupiter.

Il était temps de penser à leur départ, d'autant que Léonard, exaspéré de devoir rester enfermé, finit par s'en prendre à Quentin.

— Je vous entends rire et caqueter depuis mon atelier. Qu'avez-vous donc à vous raconter ? Que trouves-tu à cette femme vorace et insatiable ? Tu ferais mieux de courir les rues de Mantoue à la recherche de celui qui a failli causer ta mort et veut la mienne.

— Je cherche, je cherche, répliqua mollement Quentin. Mais je ne trouve pas. Pas plus que vous, d'ailleurs. Où en est le portrait de la marquise ? Avance-t-il ?

Léonard leva les yeux au ciel.

— Ne prends pas ce ton ironique avec moi, je te prie. Il m'est impossible de travailler dans des conditions pareilles. Chaque fois que je commence à peindre me vient à l'esprit tout autre chose que cette foutue marquise. Ça ne peut plus durer. Et toi, tu fais le joli cœur, tu papotes, tu batifoles, tu folâtres. À croire que tu as perdu tout bon sens.

— Quelques jours de plus ne changeront rien à notre affaire.

— Détrompe-toi. Sais-tu que lorsque les frères Mola ont fui Mantoue pour cause de peste, Isabelle les a accusés de paresse et de mauvaise volonté et a menacé de les jeter en prison et de les faire mourir de faim si les décors des armoires de la *grotta* n'étaient pas finis le mois suivant. Elle est complètement folle. Et Liombeni, qui devait peindre les murs et le plafond, avait été averti que si ça ne lui plaisait pas, elle les ferait repeindre à ses frais et l'enverrait croupir tout l'hiver au fond d'un cachot.

Quentin n'était pas mécontent de le voir s'énerver ainsi. Il avait perdu de sa superbe. Le Léonard impassible, sûr de lui, donneur de leçons avait été remplacé par un vieillard aux traits tirés. La teinture noire de ses cheveux avait presque disparu, ce qui lui donnait l'air étrange d'une pie.

— Vous exagérez! répliqua Quentin. Sans elle, bien des œuvres n'existeraient pas. Elle protège les artistes...

— Mais à quel prix? l'interrompit Léonard en ricanant. Regarde *Le Parnasse* ou *Les Vices chassés du jardin des Vertus* peints par Mantegna. Il n'a eu aucune liberté. Isabelle a décidé de tout. Il fut bien le seul à accepter l'impatience et les ordres de la marquise. Et le Pérugin? Elle lui a envoyé un courrier de plus de quatre pages dans lequel elle indiquait les moindres détails qu'elle voulait voir figurer sur le tableau. Il lui a fallu plus de deux ans et cinquante-trois lettres de menaces pour le terminer tant il trouvait tout cela mortellement ennuyeux. Bellini, lui, avait refusé de se plier à ses exigences, ce qui ne plut pas du tout à Isabelle, qui réclama qu'il lui rende son argent même si le tableau était fini. Tu comprends maintenant pourquoi je dois partir d'ici?

— C'est vous qui avez voulu venir. J'y suis à mon aise. Je trouve ici tous les enseignements qui me seront utiles à la cour de France.

Léonard le regarda avec agacement.

— J'aurais pu te les apprendre moi-même.

— Entre deux cadavres à San Lorenzo? Dans les airs au-dessus de la vallée? Et d'ailleurs vous ne m'avez jamais dit que vous excelliez dans l'organisation de fêtes. Voilà qui m'aurait intéressé!

— Je te jure que je te livrerai tous mes secrets. Mais, par pitié, trouve un moyen de nous faire sortir d'ici. Je n'ai jamais supporté d'être enfermé.

— Encore quelques jours de patience...

— Aurais-tu oublié les dangers auxquels nous avons échappé ?

Léonard avait raison. C'était tenter le diable que de prolonger leur séjour. Pourtant, Quentin ne résistait pas au malin plaisir d'entendre Léonard le supplier, lui qui s'était montré si méprisant. Puisque Mantoue se révélait une fausse piste, mieux valait, au plus vite, se mettre en sécurité au royaume de France. D'autant que le vieil homme avait avoué s'être résolu à accepter sans réserve l'invitation du roi, François ne pouvant être pire qu'Isabelle d'Este. Il s'était dit marqué par les épreuves qu'il avait subies. Le lendemain de son arrivée à Mantoue, il avait envoyé un message à son secrétaire Melzi et son valet Batista pour qu'ils viennent le retrouver. Il les attendait d'un jour à l'autre. Il avait dévoilé à Quentin que son projet initial avait été de voyager, de découvrir les terres lointaines d'Asie qui l'avaient tant fait rêver. Il assurait maintenant ne plus avoir l'âge de courir l'aventure. Quentin ne le crut qu'à moitié. Il n'avait besoin que de quelques jours avant d'organiser leur fuite. On venait de lui transmettre une invitation pour un souper en ville, le surlendemain. Une occasion de voir comment vivaient les nobles mantouans dont il comptait bien profiter.

30

Marietta était presque prête. Vêtue de sa plus belle jupe et de son plus beau tablier, elle passait un dernier coup de fer sur son bonnet de toile tuyautée. Elle avait exigé des domestiques une tenue irréprochable, ce qui lui avait valu grognements et récriminations. Tous se demandaient quelle nouvelle folie se cachait derrière ces préparatifs. L'un d'eux plaisanta, disant que c'était peut-être l'enterrement du maître qu'on fêtait. Les autres le rabrouèrent en montrant Marietta qui venait les passer en revue pour la énième fois. Elle fit brusquement demi-tour. Elle venait de s'apercevoir qu'elle avait oublié de mettre une peau tannée entre les nappes blanches pour éviter les taches de vin. Les petites l'aidèrent en maugréant. Elles avaient passé quatre jours à écailler des poissons, plumer des volailles, pétrir de la pâte, éplucher des légumes, se rôtir le visage devant un feu d'enfer, se geler les mains dans l'eau glacée... Elles n'en pouvaient plus et ne rêvaient que de leurs paillasses où elles pourraient enfin dormir sans que Marietta vienne les réveiller à quatre heures du matin.

La vieille femme reprit sa faction sur le perron du palais, raide comme un piquet, les yeux fixés sur la rue, les mains égrenant un chapelet toujours recommencé d'*Ave* et de *Pater*.

Quentin se préparait. Il choisit avec soin une chemise d'un blanc immaculé, un pourpoint bleu nuit et des chausses violettes. Sur son béret de velours noir, il accrocha l'agrafe à la licorne qu'il avait achetée avec Bianca. Le matin, il avait cherché la jeune fille, espérant passer avec elle sa dernière journée à Mantoue, mais la domestique lui avait annoncé qu'elle ne serait pas visible avant le soir : c'était jour de lavage de cheveux. Dommage ! Des liens d'affection s'étaient noués entre les jeunes gens. Elle lui en voudrait terriblement, le lendemain, d'être parti comme un voleur. En hommage à sa vivacité et à son caractère enjoué, il lui avait acheté une broche en argent représentant un dauphin jouant dans les vagues. Il accompagnerait ce modeste présent d'une lettre qu'il déposerait devant la porte de sa chambre. Puisse-t-elle ne garder en mémoire que leurs rires et leurs tendres regards.

Il avait pris le temps de se rendre dans les faubourgs de Mantoue pour s'assurer que les deux chevaux qu'il avait achetés étaient prêts pour leur départ. Il comptait s'échapper du palais avec Léonard à l'aube, dès que les portes de la ville seraient ouvertes mais le palais encore endormi. Ils assommeraient le garde à leur porte et n'auraient, espérait-il, aucun mal à s'enfuir.

Il sifflotait un air à la mode tout en jetant un dernier regard au miroir, qui lui renvoya une image tout à son avantage. Au souper, il allait certainement rencontrer une grande partie de la cour. Bianca y serait peut-être. Pour la première fois, il s'intéressait à une autre femme que Marguerite ! Il était temps, aurait dit sa sœur Mathilde qui ne cessait de lui répéter que la perpétuation du nom des du Mesnil reposait sur lui. Bianca pourrait-elle être une épouse ? Prendre femme selon son cœur était chose rare. Bianca pourrait être cette exception. Quentin se sentait-il véritablement prêt ? Marguerite était toujours dans ses pensées, mais la petite Italienne avait rendu son image un peu moins présente, un peu moins indispensable. Malheureusement, sa fuite de Mantoue allait probablement clore cette histoire d'amour naissante.

Léonard boudait dans son coin, ulcéré de le voir se pavaner devant le miroir et agir avec autant d'insouciance. Quentin avait décidé de ne rien lui dire de leur départ du lendemain. Une petite vengeance ridicule et mesquine, il le savait, mais ce serait certainement la dernière fois qu'il imposerait sa volonté au vieil homme. Dès qu'ils seraient en route, Léonard reprendrait son assurance et ses manières autoritaires.

Quentin avait pris avec lui son petit carnet et une mine de plomb pour noter d'éventuelles remarques sur le souper. Il devait retrouver au coin de la place la personne qui le guiderait vers le palais où il était attendu. Il souhaita une bonne nuit à Léonard, qui ne lui répondit pas.

Un homme l'attendait, accoutré d'une étrange manière, et lui fit signe de le suivre sans prononcer un mot. Quentin s'étonna, demanda s'il ne fallait pas attendre d'autres invités. L'homme fit un signe négatif de la tête et prit une rue à gauche. Il devait certainement s'agir d'une soirée à mystères, genre qu'affectionnait la cour. Pourtant, on ne lui avait pas demandé de se munir d'un masque. À sa grande surprise, ils s'arrêtèrent devant un palais décrépi que Quentin reconnut aussitôt. Il l'avait longé le jour de son arrivée à Mantoue et avait entendu dans les environs des hurlements à glacer le sang. Cette réminiscence le fit hésiter. Il ne voyait personne dans la cour, décorée de flambeaux. Était-il le dernier ? Les autres devaient être à l'intérieur. Après tout, si l'ambiance ne lui plaisait pas, il n'aurait qu'à s'en aller.

Le silence qui régnait dans la monumentale entrée d'où partait un escalier de marbre l'inquiéta encore plus. La porte se referma derrière lui. Toujours muet, le domestique lui fit signe de le suivre. Il traversa d'étranges pièces où, à la lueur de la torche, il put discerner des fresques barbouillées, des meubles recouverts de voiles. Était-ce un jeu ? Les Mantouans étaient capables d'inventer les fêtes les plus extravagantes. Mais le côté fantomatique du lieu le mettait de plus en plus mal à l'aise. Il s'apprêtait à faire demi-tour quand le domestique ouvrit une porte et le fit entrer dans une pièce qui le rasséréna. Un feu crépitait dans une cheminée soutenue par des caryatides, une crédence somptueusement garnie de plats d'argent débordait de mets délicats, une petite table aux nappes brodées d'une blancheur immaculée arborait des assiettes du plus bel effet et une argenterie étincelante. Les murs étaient tendus de tapisseries colorées représentant une pêche miraculeuse, la cour des Muses et le jardin d'Éden. Quentin se détendit. Il s'agissait d'un souper intime. Trois ou quatre personnes, au vu de la petite table. Finalement, ce mystère était plaisant. Qui souhaitait ainsi l'honorer ? Son hôte n'allait pas tarder à faire son entrée.

Quand la porte s'ouvrit, il était prêt à débiter un compliment sur cet accueil insolite. Mais ce furent deux jeunes servantes chargées d'aiguières qui entrèrent. Elles lui donnèrent le choix, pour se laver les mains, entre une eau parfumée à la rose de Damas, une autre au citron et une dernière au myrte. Voilà qui était du meilleur goût. Il s'essuya soigneusement avec la serviette de lin qu'elles lui tendirent. Elles s'en furent aussitôt, le laissant de nouveau seul. L'attente commençait à l'agacer. Les magnifiques assiettes en majolique attirèrent son attention. C'était exactement ce qu'il souhaitait voir à la cour de François Ier : des couleurs vives et chaudes, des scènes mythologiques, des parties de chasse… Ces ustensiles étaient bien plus commodes que les tranches de pain sur lesquelles on avait coutume de poser les viandes en France. Leur élégance, leur beauté était un ornement supplémentaire pour une table bien mise. Puis il se dirigea vers la crédence et observa ce qui s'y trouvait. Une telle abondance et une telle diversité auraient pu satisfaire vingt convives. Des fougasses feuilletées au beurre, des anchois à l'huile et au vinaigre parsemés d'origan, des langues de bœuf salées, des câpres aux raisins secs, de la ricotta au sucre, des grappes de raisin, de la poutargue, des truites en gelée… L'impatience le gagna. Allait-on enfin lui dire ce qu'il faisait là ? Sans compter qu'à regarder tous ces plats, la faim commençait à le tenailler.

Quoique ce fût fort mal élevé, il goûta aux petits pâtés d'anguilles. La pâte à base d'amandes était délicieuse. Il prit un morceau de faisan piqué d'orange tout aussi excellent, et un morceau de fromage *marzolino* servi avec des fèves et de la salade.

Enfin, la porte s'ouvrit de nouveau. Mais hélas sur une vieille femme que son tablier rangeait dans la catégorie des domestiques. Elle lui fit une révérence maladroite.

— Je vous prie de bien vouloir nous excuser, noble seigneur, commença-t-elle, mon maître est fort malade et se préparer lui demande beaucoup de temps. Il ne saurait tarder, mais, en attendant, il vous prie de vous mettre à table. Nous allons vous servir quelques mets pour vous faire patienter.

Quentin réprima un mouvement de mauvaise humeur. Son hôte devait être un vieillard cacochyme. Il ne pouvait lui en vouloir. Mais c'étaient là de bien étranges manières. Soudain, il se rappela avoir déjà vu la vieille femme. C'était elle qui, à son arrivée, lui avait lancé un regard haineux. Elle était maintenant toute bienveillance et humilité. L'étrangeté de l'aventure ne lui plaisait qu'à moitié.

— Si votre maître est souffrant, je vais me retirer, dit-il. Nous reporterons cette invitation à un autre jour.

— Non, non, je vous en supplie. Il se fait une grande joie de vous voir. Ce serait le tuer que de vous en aller maintenant.

Le ton de la vieille était à la fois rude et suppliant. Quentin se promit d'attendre encore un quart d'heure et, si rien ne se passait, de prendre la poudre d'escampette. Il n'allait pas passer la nuit à attendre qu'un vieux qu'il ne connaissait pas ait retrouvé sa canne et soit parvenu à enfiler son pourpoint. Il n'eut pas le temps de répondre. Les deux jeunes servantes passaient la porte avec de grands plateaux qu'elles placèrent sur la table.

À contrecœur, Quentin s'assit. La vieille le regarda s'installer et vint se placer derrière lui, ce qui accentua sa gêne. De délicieuses odeurs montaient des plats. Puisqu'il était là, autant se nourrir et prendre des forces pour affronter le voyage du lendemain. Il y avait des ris de veau frits avec du sucre et de la cannelle, des pâtés d'œufs de truite, une soupe à l'oignon avec des petits feuilletés aux pignons, des pigeons farcis aux cédrats. Il remplit copieusement son assiette, se resservit, goûta à tout et ne put s'empêcher de demander qu'on transmette ses compliments à la cuisinière.

— C'est moi la cuisinière, dit la vieille femme d'une petite voix.

Quentin se retourna et vit que son visage si gris avait viré au cramoisi.

— Cela vous plaît-il ? insista-t-elle.

— Tout est délicieux, et d'une grande finesse.

— Prenez donc de cette sauce aux pignons confits pour accompagner les petits poissons frits, à moins que vous ne préfériez le brochet en sauce jaune ou les tortelli à la lombarde farcis à la chair de grenouille ?

Pendant ce temps, les deux jeunes servantes avaient installé d'autres plats sur la crédence. Tout à sa dégustation, Quentin ne pensait plus au retard de son hôte. Il avait sorti son petit carnet et sa mine de plomb et notait ce que la cuisinière lui disait sur les calamars à la sauce bigarade, les œufs mollets farinés et frits, le lièvre à la coriandre confite, la soupe d'escargots. Tout était divin.

— Que souhaitez-vous comme vin : du Malvoisie, du Vernazza, du Grespia blanc ?

Elle aurait pu faire concurrence à l'échanson de la marquise, si ce n'étaient ses mains, noueuses et tannées par le soleil. Quentin lui posa des questions auxquelles elle répondit par des monosyllabes, puis elle s'enhardit et se prêta volontiers à la discussion. Elle confirma au jeune homme que les Mantouans consommaient peu de produits de la chasse mais, ce qui était bien normal, beaucoup de poissons d'eau douce. Et qu'à la viande rouge ils préféraient de beaucoup la viande blanche : les volailles, mais surtout le veau.

— Vous êtes digne d'être la cuisinière d'un prince, clama-t-il en goûtant à un risotto à la sicilienne mêlant beurre, parmesan et safran.

— Mon maître est un prince ! se récria-t-elle avec véhémence.

Quentin revint à la réalité. Il mangeait depuis plus d'une heure et le vieillard n'était toujours pas là. S'essuyant la bouche avec sa grande serviette, il déclara :

— Je ne peux ainsi abuser de l'hospitalité de votre maître. Je vais prendre congé. Ce fut un grand plaisir de goûter à votre merveilleuse cuisine.

— Vous ne bougez pas ! lui intima la vieille.

Cette fois, c'en était trop. Qui se croyait-elle donc pour lui donner ainsi des ordres ? La plaisanterie avait assez duré. Il se leva brusquement et avança vers la porte. Quand il l'ouvrit, il vit le domestique qui l'avait conduit entouré de deux autres qui lui barraient le chemin. Qu'est-ce que cela signifiait ? Était-il prisonnier ? Chez quel fou était-il tombé ? Fou ? Un éclair de clairvoyance lui traversa l'esprit. Se pouvait-il qu'il fût chez l'ennemi de Léonard ? Il essaya de forcer le passage. En vain. Il fut repoussé sans ménagement dans la salle. La vieille avait perdu sa bienveillance et le regardait d'un air mauvais. Des bruits de pas se firent entendre dans l'escalier. Des pas lourds et lents qui trahissaient l'arrivée de plusieurs personnes. Quentin était sûr de se retrouver face aux sbires qui les avaient poursuivis. C'en était fini de lui. La vieille se précipita vers l'escalier. Il l'entendit parler d'une voix douce et joyeuse. La porte s'ouvrit en grand. Sur une civière portée par quatre domestiques gisait un homme squelettique, au visage parcheminé et aux yeux cernés de rouge. La vieille lui tenait la main. Quand la civière fut déposée par terre, elle arrangea les coussins dans son dos pour qu'il puisse se tenir presque assis. Les yeux du cadavre ambulant firent le tour de la pièce, s'arrêtèrent un instant sur Quentin et se fixèrent sur la vieille.

— Où est-il ? lui demanda-t-il d'une voix rauque.

La vieille se troubla, lança un regard à Quentin.

— Mais là ! Il est là ! Devant vous !

— Ce n'est pas Léonard, laissa tomber le squelette d'une voix éteinte.

— Mais je croyais… sa chevelure blonde… sa beauté, balbutia la vieille.

— Autrefois… Léonard a plus de soixante ans…

— Oh ! mon Dieu, je me suis trompée. C'était l'autre… Le vieux qui l'accompagnait…

Un éclair passa dans les yeux du squelette qui tenta de se redresser.

— Vous êtes avec Léonard ? demanda-t-il à Quentin. C'est vous que l'on a précipité de la falaise ? C'est vous qui l'avez sauvé des miroirs ardents ? Vous devez l'aimer plus que votre vie. Comme moi je l'ai aimé.

Il se laissa retomber en arrière. La vieille se précipita vers lui. Il se redressa.

— Et vous avez droit à son amour ! C'est une chance qu'il m'a refusée. Il n'avait d'yeux que pour Salaï, ce chien, ce moins que rien, ce garçon des rues, alors que j'étais prêt à tout lui donner, mon honneur, ma fortune pour qu'il me serre dans ses bras.

Horrifiée, la vieille porta sa main à sa bouche. À bout de souffle, le malade se tut. Quentin ne bougeait pas, se demandant comment il allait bien pouvoir se sortir de ce piège. L'autre reprit d'une voix grinçante :

— Vous êtes comme Salaï. Vous faites tout pour l'empêcher de venir à moi.

— Je vous jure que je n'entretiens aucun commerce charnel avec Léonard, commença Quentin.

— Vous mentez.

— J'aime une jeune fille, Bianca. Je peux revenir avec elle, si vous le souhaitez. Léonard viendra aussi. Il en attestera.

— Balivernes ! Salaï m'a menti. Il voyait bien à quel point j'aimais son maître. Il ne voulait pas perdre sa place de favori. Je le détestais. Léonard lui passait tous ses caprices. Tout le monde, à la cour de Milan, savait que Salaï le dépouillait. Je voulais offrir à Léonard ma fortune, ma protection. Lui ne voyait rien. Salaï montait la garde auprès de lui, les babines retroussées dès qu'un nouveau venu approchait. Il m'a eu par traîtrise. Il est venu me voir, tout sucre et tout miel. Il m'a dit que Léonard m'avait remarqué et que, pour lui plaire, je devais essayer sa machine volante. Je l'ai cru, pauvre sot que j'étais. Il m'a emmené sur une montagne, me disant que son maître était dans la vallée pour assister à mon exploit. La machine était prête. Fou d'espoir, je me suis élancé. Je me suis fracassé à terre.

Cette longue diatribe avait épuisé le gisant. Il s'affaissa, son souffle vint à lui manquer. Il s'étouffait. La vieille le prit dans ses bras, lui murmura des mots d'apaisement à l'oreille. Il rouvrit les yeux.

— S'il était venu ce soir, j'aurais imaginé qu'enfin il acceptait l'amour que je lui porte. Je vois que ce lâche continue à se moquer de moi en m'envoyant son giton.

La haine qu'il portait à Léonard lui redonnait un semblant de vigueur, sa voix était plus ferme. Avant qu'il ne prononce un mot, Quentin s'écria :

— Laissez-moi aller chercher Léonard. Il sera ému par votre douleur. Il prendra soin de vous.

— Que tes mensonges t'étouffent ! Oui, Léonard viendra. Pleurer sur ton corps. Et cette fois, je ne le laisserai pas partir. Je croyais que le faire souffrir, l'humilier suffirait à me venger. J'avais tort. Cette fois, il viendra. Je lui ferai briser tous les membres, son sang baignera mon corps meurtri, je recueillerai son dernier souffle pour m'envoler à sa suite.

Des filets de sueur coulaient sur le visage du pauvre dément. Son corps était agité de tremblements. Quentin souhaita de toutes ses forces que la mort vienne le cueillir, là, maintenant. Après un long silence, Domenico tourna la tête vers Marietta :

— Attache-le à son siège. Fais-lui maintenir la bouche ouverte par Gianni et enfournez-y tous ces mets délicats jusqu'à ce qu'il en meure. Prévenez Léonard qu'il est attendu pour souper. Son amant l'y attend.

31

Léonard n'avait jamais été aussi sombre. La liberté lui était nécessaire pour se sentir vivant. Dans ce palais regorgeant des œuvres d'art les plus rares, il n'était plus que l'ombre de lui-même. Ses mains ne lui obéissaient plus, son cerveau s'obscurcissait. Il ne rêvait que du bruit du vent dans les hautes herbes, du murmure d'un torrent de montagne. Ses pinceaux étaient secs, les pigments perdaient leurs couleurs. Les heures s'égrenaient sans que son esprit puisse se fixer sur une idée. Il sombrait dans une mélancolie pour laquelle il n'y avait qu'un seul remède : la fuite de cette prison dorée. S'il restait une nuit de plus, il deviendrait fou. Par les fenêtres en ogive, il voyait le lac qui se couvrait de brume. Il calcula le nombre de toises qui le séparait des douves. S'il nouait ensemble les draps et les tentures de la chambre, il devrait réussir à atteindre le niveau de l'eau. La difficulté serait de rejoindre l'ancien pont-levis. Nager ne lui faisait pas peur. En revanche, les piles du pont ne laissaient voir aucune prise. Si par bonheur il arrivait à les escalader, les gardes ne manqueraient pas de s'étonner de voir apparaître un vieil homme dégoulinant et l'arrêteraient sur le champ. Avec la nuit, l'exercice serait néanmoins plus facile. Si seulement il disposait de son appareil pour respirer sous l'eau, il n'aurait aucun problème. Il pourrait contourner le palais et ressortir tranquillement sur la berge. Hélas, il n'avait aucun moyen de se confectionner un costume en cuir parfaitement étanche, un casque et des tubes en roseau qui prendraient l'air dans une poche pectorale préalablement gonflée. Il soupira. Ses idées avaient toujours été excellentes, mais leur réalisation impossible. Avec un peu de chance, les gardes seront endormis ou pris de boisson, se dit-il avant de se mettre à nouer solidement les draps de son lit en récapitulant ce qu'il avait écrit dans ses carnets : « Le poids de tout corps lourd suspendu est tout entier en toute la longueur de la corde qui le supporte, et tout en chacune de ses parties. » Et comme « chaque corde gagne autant en force qu'elle perd en longueur, par conséquent, les cordes *cd* et *ef*, pour être chacune deux fois plus longue que la corde *ab*, doivent avoir nécessairement le double de sa force. » Il arracha donc la tapisserie représentant Salomon et la reine de Saba pour servir de première corde, qu'il attacha solidement au pied du lit qu'il avait eu le plus grand mal à rapprocher de la fenêtre. Puis il doubla les draps pour être sûr qu'ils supportent son poids. Il plaça des coussins sur le rebord de la fenêtre afin d'éviter que le frottement ne les déchire. Il enroula autour de sa taille la large ceinture de cuir où il gardait son argent, mit des chausses et une chemise propre.

Il enjambait la fenêtre quand la porte s'ouvrit doucement. Quentin aurait-il écourté sa soirée ? Le garde aurait-il entendu quelque bruit suspect ? Quoi qu'il en fût, Léonard était décidé à mettre son plan à exécution. Il s'assura que l'assemblage de tissus tenait bon.

— *Messer Leonardo*, que faites-vous ?

Déjà, Melzi et Batista sur ses talons se précipitaient vers lui.

— Vous allez vous rompre les os, s'exclama Melzi.

— Dieu du ciel, je suis bien aise de vous voir. Je ne resterai pas une seconde de plus ici. Partons ! Suivez-moi.

— Prenons l'escalier. Ce sera plus sûr, déclara Melzi avec un petit sourire.

— Mais le garde…

— Assommé et ligoté. Le chemin est libre. Mais il serait préférable d'attendre une petite heure. Tout le monde n'est pas couché.

Léonard reprit pied dans la chambre. Les trois hommes se donnèrent force accolades. Léonard alla se verser un grand verre d'eau parfumée au gingembre et en proposa à ses deux compagnons.

— Vous arrivez à pic, se réjouit-il. J'étais sûr que je pouvais compter sur vous et que vous arriveriez à temps.

— Mais comment avez-vous fait pour vous retrouver à Mantoue ? l'interrogea Melzi. Votre message était bien laconique.

Léonard retraça aussi brièvement qu'il put ses malheureuses aventures depuis qu'ils s'étaient quittés à Florence. Entendant à maintes reprises le nom de Quentin, Melzi demanda :

— Où est ce Français ? A-t-il partie liée avec Isabelle d'Este ?

— Non. Il est juste ébloui par les fastes de la cour et par une certaine jeune personne, charmante à ce qu'il m'en a dit.

— Il ne vous créera pas d'ennuis ? voulut s'assurer Melzi. Pouvons-nous le laisser derrière nous sans crainte ? Ne faudrait-il pas le mettre lui aussi hors d'état de nuire ?

Léonard se rendit compte que tout à ses préparatifs de fuite, il avait complètement oublié Quentin. Quand la marquise s'apercevrait qu'il lui avait faussé compagnie, elle s'en prendrait au jeune homme, n'hésitant pas à le faire mettre au cachot, ou pire encore. Après ce que Quentin avait fait pour lui, et malgré son attitude désinvolte des derniers temps, il devait au moins le prévenir de prendre la fuite, lui aussi.

— Il faut le retrouver. Non pas pour l'estourbir, mais pour le mettre hors de portée de la colère de la marquise.

— En êtes-vous sûr ? Cela va nous faire perdre du temps.

— Je le lui dois, répliqua Léonard d'un ton sans appel.

— Alors trouvons-le.

— Il est invité à un souper en ville, m'a-t-il dit. Mais je ne sais pas où.

— Alors oublions-le.

Léonard revêtit un long manteau de laine noire et se coiffa d'un bonnet en fourrure de martre qu'Isabelle lui avait offert, quoiqu'elle lui interdise de mettre le nez dehors.

— J'irai tête baissée afin qu'on ne me reconnaisse pas. Vous m'encadrerez de manière à me cacher au maximum. Venez, nous allons voir Bianca.

Devant le silence interrogatif de ses compagnons, il précisa :

— La bonne amie de Quentin. Je ne sais pas exactement où est sa chambre, mais ce doit être à l'étage en dessous, dans l'angle est. Quentin m'a dit qu'on y avait une vue superbe sur la tour de l'Horloge et la digue.

Melzi et Batista ne pipèrent mot et lui emboîtèrent le pas. Le garde était toujours inconscient. Par précaution, Batista le tira dans un recoin sombre où personne ne le verrait. Ils ne rencontrèrent personne dans l'escalier ni dans le couloir menant aux chambres des demoiselles d'honneur. Léonard réfléchissait intensément à la topographie et désigna une des portes en disant :

— Ce doit être celle-là. Si je me suis trompé, nous allons déclencher un beau scandale. Mais je me fie à mon expérience. Ce n'est pas pour rien que j'ai dressé des centaines de cartes.

Il frappa doucement. Aucun mouvement ne se fit entendre. Il insista. Une lame de parquet craqua et une petite voix demanda :

— Qui va là ?

— Léonard de Vinci. Je cherche Quentin.

La porte s'ouvrit sur Bianca, tout ensommeillée, qui étouffa un cri en reconnaissant le vieux peintre encadré de deux hommes à l'air sombre.

— Que me voulez-vous... ?

— Ne vous inquiétez pas. Nous ne resterons que quelques instants. Avez-vous vu Quentin ? Savez-vous où il est ?

— Je ne suis pas sortie aujourd'hui et non, je ne l'ai pas vu.

— Il a dit aller à une fête dans un palais en ville...

Se mordillant les lèvres, Bianca réfléchit quelques instants.

— Je n'ai pas entendu parler de fête. Quentin est à Mantoue depuis trop peu de temps pour avoir fait des connaissances en dehors de la cour.

— En êtes-vous sûre ? insista Léonard.

— Je l'ai accompagné une fois au palais Fronzi.

— Fronzi ? s'exclama Léonard.

— Mais pourquoi toutes ces questions ? Que se passe-t-il ? répliqua-t-elle en bâillant.

— C'est là qu'il s'est rendu ? demanda Léonard d'un ton pressant.

— Je vous dis que je l'ignore. Et c'est impossible : les Fronzi sont partis aujourd'hui. Le palais est vide.

— Catarina Fronzi a-t-elle de la famille à Mantoue ? s'enquit Melzi d'une voix hésitante.

— Vous voulez dire que tout Mantoue lui est apparenté, répondit Bianca avec lassitude. Dites-moi plutôt qui vous cherchez.

— Un homme d'une quarantaine d'années, son cousin.

Léonard regarda Melzi avec étonnement. De qui diable parlait son secrétaire ?

— Ah ! le fou ? Elle est la seule à entretenir des relations avec lui. Il paraît que c'est un loup-garou. On dit que les nuits de pleine lune…

— Bianca, l'interrompit Melzi, pouvez-vous nous dire où il habite ?

D'un geste de la main, elle indiqua la rive est du lac.

— Un palais en ruine, via del Largo, avec des jardins qui descendent jusqu'à la rive.

— Merci infiniment, Bianca, nous allons vous laisser dormir.

— Mais Quentin…

La porte s'était refermée sur les trois hommes qui s'éloignèrent en toute hâte dans le couloir.

Comme l'espérait Léonard, les gardes étaient occupés à se partager une outre de vin, et ils quittèrent le palais sans se faire repérer. Ayant bien observé la direction indiquée par Bianca, Léonard les mena d'un pas sûr vers ce qui devait être la via del Largo. Ralentissant le pas, il se tourna vers Melzi :

— Nous connaissons tous les deux Catarina et savons ce dont elle est capable. Mais qui est cet homme dont tu parlais ?

— Une vieille histoire que m'avait confiée Salaï. Je me trompe peut-être. J'espère…

Ils ne tardèrent pas à repérer le palais en déshérence. La cour était déserte. La porte ouverte. Sur leur droite, de faibles lueurs dansaient derrière une fenêtre. Melzi se saisit de la courte épée qu'il portait au côté, Batista d'un long poignard effilé. Ils demandèrent à Léonard de rester derrière eux. Il ne voulut rien savoir, arguant que, comme les chats, il voyait dans le noir et qu'il les guiderait. Le silence le plus profond régnait dans la bâtisse. Un rai de lumière passait sous une porte. Léonard s'effaçant devant ses compagnons armés, ils l'ouvrirent lentement. Ils virent Quentin inanimé, gisant sur le sol parmi des plats renversés, les yeux révulsés. Léonard se précipita vers lui quand ils entendirent une voix de femme crier :

— Il est mort ! C'est vous qui l'avez tué ! Soyez maudit !

Ils découvrirent une vieille femme serrant contre sa poitrine un être décharné. Elle se sépara de lui, le recouchant délicatement sur une sorte de civière, et remonta le drap sur son visage. Elle se signa. S'emparant d'un long couteau au manche de nacre, elle se rua sur Léonard en hurlant :

— Vous êtes le Mal. Vous êtes le diable. Vous m'avez pris mon petit garçon. Vous l'avez perverti.

Batista n'eut qu'un pas à faire pour la désarmer et la projeter à terre. Elle se releva et s'enfuit en courant. Batista voulut la poursuivre. Levant la main, Léonard signifia que c'était inutile. Il s'approcha de Quentin et lui saisit le poignet.

— Il est vivant, s'exclama-t-il.

Les pas de la vieille femme résonnaient dans l'escalier. Un cri retentit. Ils se figèrent. Un choc sourd se fit entendre dans la cour. Marietta venait de se jeter de la loggia du deuxième étage.

Mais c'est Quentin qui les préoccupait. Léonard le retourna sur le dos, tâta son crâne. Aucune blessure, aucune tache de sang n'étaient visibles. Léonard lui assena deux bonnes gifles, puis demanda à Melzi de trouver une sauce au vinaigre sur la crédence. Il en fit respirer à Quentin, dont les yeux papillonnèrent et s'ouvrirent. Un rictus de douleur se dessina sur son visage livide et d'un ton déchirant il s'écria :

— Je suis malade...

Et il vomit tripes et boyaux sur le bas du manteau de Léonard qui fit un bond en arrière.

— Vite, s'impatienta Melzi. Nous devons partir. Le cri de la vieille a peut-être alerté les voisins.

— Je ne peux pas, balbutia Quentin, qui se remit à vomir.

Les trois compagnons se regardèrent avec perplexité.

— Il faut l'emmener, dit Léonard.

— Laissez-moi mourir, gémit Quentin.

— Levez-vous, intima Melzi.

Melzi tenta de remettre le jeune homme sur pied. Il chancelait. La tête lui tournait. Surmontant son dégoût, Batista le hissa sur son épaule et l'emporta comme un sac de farine. Ils passèrent en silence devant le corps de la vieille.

Sur la piazza Broletto, ils trouvèrent une fontaine. Ils y plongèrent Quentin, après lui avoir enlevé son pourpoint qu'ils jetèrent sur un tas d'ordures. L'eau froide lui redonna un semblant de vigueur. Il était toujours secoué de nausées, mais ne vomissait plus que de la bile.

— As-tu été empoisonné ? lui demanda Léonard d'un ton inquiet.

— En quelque sorte... Domenico voulait que je meure étouffé. Il a ordonné de me faire avaler tout ce qu'il y avait sur la table. C'était horrible.

— Je veux bien te croire.

— Il s'est mis à délirer, blasphémer, appelant le démon à son aide. Épouvantés, ses domestiques se sont enfuis. Ce qui m'a sauvé. Seule la vieille est restée. Il a rendu l'âme en lançant des imprécations contre vous.

— Ne perdons pas de temps, rappela Melzi. Nos chevaux nous attendent. Mais nous n'en avons que deux. Vous devrez vous débrouiller tout seul, conclut-il en regardant Quentin.

Se relevant péniblement, Quentin fit un signe de la main et déclara :

— J'en ai deux à l'auberge du Cygne-Couronné. J'avais programmé notre fuite pour ce matin.

— Ne perdons pas de temps. Allons-y, dit Léonard en soutenant le jeune homme.

Quentin était pitoyable. Tremblant de froid dans ses vêtements mouillés, il avançait courbé, se jurant de ne plus toucher à une once de nourriture dans les dix ans à venir. Il se tourna vers Léonard et lui demanda d'une voix faible :

— Comment m'avez-vous retrouvé ?

— Grâce à Bianca et à quelques déductions personnelles.

— Vous connaissiez donc Domenico ?

— Pas le moins du monde. Mais je connais fort bien Catarina. Elle m'en a terriblement voulu de ne pas faire son portrait. Elle jalousait Cécilia, qui le savait fort bien mais était si généreuse qu'elle ne lui en tint jamais rigueur.

— On dit que Catarina a égorgé l'hermine qui avait servi au portrait, ajouta Melzi.

— Jamais je n'aurais pensé qu'elle puisse élaborer une vengeance si longtemps après, déclara Léonard.

— C'était Domenico le commanditaire, affirma Quentin. Il me l'a clairement dit. C'est lui qui a élaboré les différentes épreuves. Il n'a jamais évoqué le nom de Catarina.

— Mais pourquoi cet homme m'en voulait-il tant ?

Quentin raconta à Léonard l'amour déçu de Domenico, son accident et la folie qui s'était emparée de lui. Melzi confirma ce récit. Salaï s'était vanté auprès de lui d'avoir voulu la mort de Domenico. Une manière de signifier au jeune Melzi que Léonard lui appartenait et qu'il n'hésiterait pas à employer la force si d'aventure il lui venait l'idée de séduire son maître.

Atterré par ce qu'il apprenait, Léonard gardait le silence. Lui qui ne rêvait que de beauté et d'harmonie avait suscité haine et jalousie, poussant ceux qui l'aimaient à s'entredéchirer. Au soir de sa vie, il n'y avait pas pire châtiment.

— Puisse la France nous offrir paix et réconfort, dit-il d'une voix éteinte en entraînant ses compagnons.

32

Le chancelier Duprat revenait de Paris, où il avait rencontré des parlementaires pour peaufiner sa stratégie d'acceptation du concordat. L'affaire était assez mal engagée pour qu'il n'ait pas de temps à perdre avec la famille du Mesnil. Le roi lui avait demandé d'envoyer des émissaires en Italie à la recherche de Quentin et Léonard. Duprat s'était contenté d'un courrier à leur ambassadeur à Rome, pour s'enquérir formellement du sort du jeune homme et de l'éventuel départ du peintre. La réponse mettrait plusieurs semaines à lui parvenir. Il serait alors temps de lancer une mission. À moins qu'entre temps n'arrive la nouvelle de la mort accidentelle du jeune homme, ce qu'espérait Duprat. Quant à Léonard, s'il se présentait à la cour, tant mieux. Le roi se montrerait d'excellente humeur. Sinon, tant pis, il se passerait de ce vieil original et aurait plus de temps à consacrer aux affaires de la France. La jeunesse du roi et son caractère enjoué le prédisposaient aux loisirs et aux plaisirs, mais le chancelier bataillait pour limiter ses appétits. François était persuadé qu'il gagnerait aisément la bataille du concordat. Il répétait à l'envi : « On verra qu'il y a un roi en France, et non un sénat comme à Venise. » Duprat en était moins persuadé.

Il ne pouvait faire fi de la deuxième demande du souverain, concernant Mathilde du Mesnil. L'attirance de François pour la jeune femme était devenue une fable à la cour. L'attitude de Mathilde, qui se refusait à lui, n'arrangeait pas Duprat. Si elle lui avait cédé, le roi s'en serait désintéressé très vite pour passer à une autre conquête, mais la difficulté ne faisait qu'attiser le feu royal. Duprat avait diligenté une enquête sur la mort du maître-verrier et les informations qui lui étaient parvenues ne lui plaisaient qu'à moitié. Il apparaissait que la jeune fille était hors de cause, mais l'affaire avait des ramifications qu'il n'aurait jamais soupçonnées. À tel point qu'il hésitait à en parler au roi.

Il était allé voir Mathilde et, sous des airs patelins, l'avait habilement interrogée. D'un caractère entier, elle prenait fort à cœur l'honneur de sa famille et faisait preuve d'une foi profonde. On ne pouvait le lui reprocher. Mais Duprat avait noté une certaine propension à l'exaltation, ce qui ne manquait pas de l'inquiéter. Les débats religieux se faisaient de plus en plus intenses ces dernières années, et il pressentait que cela n'apporterait rien de bon. Autour de Guillaume Briçonnet, tout juste nommé évêque de Meaux, s'était constitué un petit groupe critiquant les abus des prélats, l'ivrognerie et le manque d'instruction des curés, les débordements des moines. Briçonnet avait même décidé de quitter la cour pour résider dans son évêché. Certes, la foi chrétienne devait être servie par des clercs de bonne moralité, mais encore fallait-il être prudent avec les réformes.

Mathilde avait longuement parlé de sa dévotion à la Vierge et aux saints, citant en exemple le martyre de saint Adrien. Voulant aller plus loin, il l'avait interrogée sur ce culte particulier. Elle s'était montrée alors assez confuse, parlant de Quentin, de vitrail, de Louviers, puis s'était brusquement tue. Sur son frère et son père, elle avait été étonnamment peu loquace, comme si elle cherchait à cacher quelque chose. Du moins, c'est ce que Duprat avait ressenti. Malgré ses efforts, elle n'avait pu taire l'animosité qu'elle portait au roi. C'est ce dernier point qui avait décidé Duprat à rapporter au souverain les informations recueillies à Rouen.

À son habitude, François était pressé. Il devait se rendre à Blois visiter la reine, et n'entendait pas différer son départ. Ce coureur de jupons invétéré avait pour son épouse des égards qui étonnaient. La douce et timide Claude avait le don de transformer cet immense gaillard, claironnant et tonitruant, en père attentif, en mari tendre et respectueux. Il gazouillait avec ses filles, Louise et Charlotte, s'inquiétait à la moindre de leurs maladies, leur offrait des poupées et des totons[1], racontait à qui voulait l'entendre leurs progrès et leurs facéties. Et jamais, au grand jamais, il n'aurait eu l'outrecuidance d'imposer à Claude la présence de ses maîtresses.

Il rassemblait quelques papiers, les enfournant dans un étui de cuir fauve, quand Duprat fit son entrée.

— Sire, comme vous me l'avez demandé, j'ai fait procéder à une enquête concernant Mathilde du Mesnil. Il semblerait que la femme du maître-verrier ait oublié de déclarer quelques éléments.

— Qui mettent Mathilde hors de cause ?

— En quelque sorte, déclara le chancelier de mauvaise grâce.

— Allez, Duprat, ne vous faites pas prier.

1. Toupies.

Son valet Philibert lui tendait une longue cape de voyage dont il se revêtit.

— Au cours de sa longue carrière, Pierre Brochard n'a pas manqué de se faire des ennemis.

— Comme chacun, Duprat !

— Il devait partir travailler en Angleterre, sur un gros chantier à Londres. Certains maîtres-verriers anglais en ont pris ombrage et l'ont menacé de mort s'il venait.

— Vous croyez qu'ils ont pris les devants et sont venus assassiner le pauvre homme ?

— Les pièces de monnaie anglaises retrouvées dans l'atelier semblent le démontrer.

— Mais vous n'en êtes pas sûr ?

— Pas le moins du monde, mais puisque vous tenez tant à l'innocence de Mathilde du Mesnil, nous pouvons dire que l'assassin court toujours.

— Pourquoi tenez-vous absolument à ce qu'elle soit coupable ? s'impatienta François.

Il marchait de long en large, impatient de mettre fin à cet entretien.

— Il y a d'autres éléments que je souhaiterais vous soumettre concernant l'histoire de la famille, notamment le père.

François s'assit lourdement sur un coffre et regarda Duprat avec commisération.

— Ah non ! Vous n'allez pas croire comme Mathilde qu'il n'est pas le géniteur de Quentin, qui en fait serait mon demi-frère, voire le véritable roi de France !

Ébahi, Duprat scruta le roi. Son air sombre montrait qu'il ne plaisantait pas. Ainsi, c'était donc ça que lui cachait Mathilde. Voilà qui était très intéressant et renforçait Duprat dans sa certitude d'avoir mis le doigt sur un dangereux secret. Comme toujours, le roi prenait l'affaire à la légère, tout à son désir de protéger ses amis d'enfance. Sur ce point, Duprat ne pouvait le contrarier sans susciter une flambée de colère. Mais un jour viendrait où François le remercierait pour sa vigilance et sa clairvoyance. Patience, se dit Duprat. D'un ton qui se voulait léger, il reprit :

— Non, Sire. Ce sont en effet des sornettes sorties du cerveau d'une jeune fille en mal de mari. Mais saviez-vous que par sa mère, Antoine du Mesnil est un descendant d'Enguerrand de Marigny ?

— Le chancelier de Philippe le Bel, accusé de sorcellerie par mon ancêtre Charles de Valois et condamné à la pendaison ? Et alors ? Tout cela est bien lointain ! C'était il y a deux siècles ! Quel rapport avec Mathilde ?

— Nous savons tous que le pauvre Marigny a été disculpé des charges qui pesaient sur lui, reprit Duprat.

— Après que son corps fut resté deux ans exposé au gibet de Montfaucon, ajouta le roi.

— Et que votre aïeul se fut repenti sur son lit de mort de la fausse accusation qu'il avait portée... Marigny repose en terre chrétienne, à l'église d'Écouis. Mais vous savez aussi qu'on a beaucoup dit qu'il s'était emparé du trésor des Templiers et qu'il l'avait fait passer en Angleterre.

François Ier regarda son conseiller sans comprendre.

— Mais quel rapport avec Mathilde ?

— Si elle en a connaissance..., suggéra Duprat.

Un éclair de compréhension se fit dans le regard du roi. Il éclata d'un rire tonitruant.

— Oui ! Bien sûr ! L'Angleterre ! Les maîtres-verriers anglais ! Mon pauvre Duprat, vous délirez ! À force de voir des complots partout, vous allez bientôt me dire que Mathilde est à la solde de mon bon cousin Henri VIII.

— Vous ne croyez pas si bien dire, Sire. La seule personne avec qui elle entretient des relations amicales à la cour est Anne Boleyn, la fille d'un diplomate proche du roi d'Angleterre.

— Et vous allez m'annoncer que cette jeune fille d'à peine quinze ans complote avec Mathilde pour me déposséder de mon royaume ? Vous plaisantez, Duprat ? Mon cousin n'a jamais renoncé à ses prétentions sur le trône de France, mais il a d'autres moyens d'exercer sa puissance que de m'envoyer d'innocentes pucelles ! Anne Boleyn est dénuée de toute ambition, et finira dans un trou perdu de la campagne anglaise avec une ribambelle d'enfants. Et comme vous le suggériez, il suffira de marier Mathilde pour qu'elle retrouve ses esprits.

— Je n'ai rien dit de tel, Sire, protesta Duprat.

Hilare, François tapa sur l'épaule du chancelier. Duprat sursauta. Le roi lui montra la porte en disant :

— Oubliez, Duprat ! Oubliez.

— Sire, je vous l'ai déjà dit, marmonna-t-il, les du Mesnil ne peuvent que vous attirer des ennuis et je reste persuadé qu'il serait plus prudent de les écarter dès maintenant.

Arrivé dans la cour d'honneur où son cheval et son escorte l'attendaient, François riait encore. Dépité mais convaincu qu'il n'avait pas perdu son temps, Duprat le regarda partir dans un nuage de poussière.

33

Jamais Quentin n'avait été si heureux de voir se profiler les tours du château d'Amboise. Il avait mené à bien sa mission, surmonté toutes les épreuves. Il était prêt à en récolter les lauriers.

Traverser les Alpes en hiver leur avait valu bien des désagréments. Ils avaient affronté des tempêtes de neige, des rivières en crue, des auberges insalubres. Triste, fatigué, affaibli, Léonard avait été peu loquace. Melzi s'inquiétait pour son maître et redoutait à chaque pas de le voir glisser de son cheval pour ne plus se relever. À plusieurs reprises il lui avait demandé s'il ne souhaitait pas faire demi-tour et, comme prévu, s'embarquer pour les pays du Levant. D'un geste las, Léonard avait balayé cette proposition. Les événements de Mantoue l'avaient profondément affecté et toute vie, toute curiosité semblaient s'être enfuies de son regard. Il avait passé de longues heures à s'excuser auprès de Melzi du mal que lui avait fait Salaï. Aveuglé par son amour pour ce petit monstre, il n'avait pas vu, ou n'avait pas voulu voir, ses manœuvres malveillantes. Qu'il l'ait volé, trahi, n'était rien à côté de ce qu'il avait fait subir à son entourage. Salaï n'avait pas supporté l'arrivée de Francesco Melzi, jeune et beau mais aussi de bonne lignée et d'une grande culture, sachant parler grec et latin, alors que lui savait à peine écrire son nom. Par bonheur, Léonard ne s'était pas laissé fléchir et avait gardé Melzi auprès de lui. Domenico n'avait pas eu cette chance. Considéré comme un rival, il avait été éliminé par Salaï sans que Léonard en sache rien. Qu'il ait été la cause du calvaire et de la folie de ce pauvre homme torturait le vieux peintre. Quentin avait beau lui rappeler que Domenico avait aussi fait preuve de cruauté envers eux, Léonard n'en démordait pas : il était coupable. Melzi, qui gardait rancune à Quentin d'avoir convaincu son maître d'aller en France, pria sèchement le jeune homme de ne plus aborder le sujet. Ce que fit bien volontiers Quentin. Ces histoires de rivalités pour les beaux yeux de Léonard ne l'intéressaient pas. Il avait failli mourir trois fois de la pire manière et n'avait qu'une idée : rejoindre la France et oublier leurs aventures.

C'est à partir de Lyon qu'il avait recommencé à se nourrir normalement. Jusqu'alors, chaque bouchée avalée lui rappelait son souper cauchemardesque. La sensation d'étouffement qui le prenait dès qu'il s'aventurait à manger s'était apaisée. Mais il n'était pas sûr, à l'avenir, de pouvoir surmonter son dégoût à la vue d'une table mise. Une infirmité qui allait grandement le desservir dans ses futures taches. Léonard s'inquiétait pour lui et demandait dans chaque auberge qu'on lui serve des soupes claires et liquides, des crèmes légères, et avait failli rosser un aubergiste qui était arrivé avec un brouet épais comme plâtre. Il l'avait encouragé à aller racheter le livre de Platine. Quentin avait rétorqué que la seule vue d'un livre de cuisine lui donnait la nausée, mais, finalement, il s'était exécuté. Le libraire de la rue Mercière l'avait reconnu et s'était réjoui de l'intérêt du jeune homme pour ce genre de littérature. Quentin n'avait pas osé lui dire qu'il avait abandonné le premier exemplaire avant de s'envoler dans les airs et que le deuxième était resté à Mantoue alors qu'il allait mourir étouffé par des pâtés et des *macheroni*.

À Bourges, il avait fait envoyer des émissaires pour prévenir le roi de leur arrivée prochaine, afin que Léonard soit accueilli avec tous les honneurs. À Remorantin[1], une somptueuse escorte les attendait. Et c'est au milieu de chevaux caparaçonnés d'or et d'étendards flottant au vent qu'ils firent leur entrée dans Amboise. Quoique n'ayant jamais entendu parler de ce peintre italien, la population avait été conviée à descendre dans la rue et applaudissait au passage du cortège. L'arrivée dans la cour d'honneur se fit au son des trompettes. Quand Léonard mit pied à terre, le roi accourut vers lui, le prit dans ses bras et lui donna une longue accolade. Une profonde émotion se lisait sur son visage. Léonard en fut touché aux larmes. Il prit les mains du roi dans les siennes et le remercia longuement de son accueil. François lui répondit qu'il le considérait comme un père et que tous ses désirs seraient exaucés. Il le prit par le bras et le conduisit dans la salle de l'Échanson, où leur serait servie une collation. Quentin s'apprêtait à les suivre quand il aperçut une petite silhouette fendant la foule des courtisans.

— Mathilde ! Que fais-tu ici ?

La jeune femme fondit en larmes.

— Il est arrivé malheur à notre père ? demanda-t-il, alarmé.

Elle fit signe que non, essuya ses yeux avec un mouchoir.

1. Orthographe de Romorantin à la Renaissance.

— Je dois te parler.

— Tout à l'heure, si tu veux bien. Il me faut rejoindre Léonard et le roi.

Désappointée, elle s'accrocha au bras de Quentin.

— Viens avec moi. C'est jour de fête, lui proposa-t-il.

— Jamais de la vie. Je suis prisonnière !

— Qu'est-ce que tu racontes ? Tu m'as l'air bien libre pour une prisonnière !

— Ce ne sont que les apparences. Je t'en supplie, suis-moi.

— Je ne peux pas. J'attends ce moment depuis trop longtemps.

Retenant un sanglot, elle tourna les talons et partit vers les jardins. Quelle mouche la piquait ? se demanda Quentin. Que faisait-elle à Amboise ? Pourquoi était-elle si nerveuse ? Il n'avait pas le temps de la rattraper. Pas question de perdre une miette de la rencontre entre le roi et Léonard.

Il les trouva bavardant comme de vieux amis, entourés d'une foule de courtisans qui se bousculaient pour mieux voir l'illustre peintre. Quentin dut jouer des coudes pour les rejoindre. Le voyant en difficulté, Léonard dit d'une voix forte :

— Sire, vous avez en Quentin du Mesnil le meilleur des serviteurs. Je ne peux que louer son intelligence et son courage.

François le héla pour qu'il se joigne à eux. La foule s'écarta pour le laisser passer. Quentin était aux anges. L'hommage de Léonard et le regard amical de François le comblaient. Il s'assit auprès d'eux, très fier de partager ce moment exceptionnel.

— Puisque vous semblez avoir noué des liens d'amitié et de confiance, Quentin s'occupera de votre installation au manoir du Clou et vous servira tant que vous le désirerez.

Oh non ! se dit Quentin en fermant les yeux. Certes, il avait fini par apprécier Léonard, mais il en avait par-dessus les oreilles de partager sa vie chaotique. Il aurait été ravi de passer le flambeau à quelqu'un d'autre et de retrouver sa place auprès du roi. Voyant son désarroi, Léonard ajouta avec un petit sourire :

— J'accepte bien volontiers. D'autant que j'ai des tâches précises à lui confier.

Ce qui ne rassura pas Quentin, bien au contraire. Léonard comptait-il se remettre à construire des ailes volantes et les lui faire essayer ? Très peu pour lui !

34

Le manoir en briques roses et pierres de tuffeau plut immédiatement à Léonard. « Les petites demeures sont favorables à l'éclosion des grandes pensées » furent ses premières paroles quand il découvrit la tour d'angle séparant les deux corps de logis et la galerie à la mode italienne dominant la cour. Il fut accueilli par Mathurine, la cuisinière recrutée par Quentin après s'être assuré que la cuisine des légumes n'avait pas de secret pour elle. Elle avait un peu tiqué en apprenant que son nouveau maître ne mangeait pas de viande, mais cette vieille femme placide avait déclaré : « En voilà un qui ne coûtera pas cher à notre bon roi. » Quentin ne lui avait pas dit que le « premier peintre, ingénieur et architecte du roi » toucherait mille écus par an sans avoir d'autre tâche que de réjouir l'âme du souverain... Au premier étage, Léonard disposait d'une grande chambre avec une cheminée, d'un atelier et de diverses pièces où Melzi pourrait enfin classer les treize mille pages de ses carnets et les préparer pour leur publication. Au rez-de-chaussée, la cuisine et l'imposante salle de réception permettaient d'organiser soupers et fêtes. Il avait à sa disposition la chapelle à l'architecture ciselée qu'avait fait construire Louis XII pour son épouse Anne de

Bretagne. Léonard s'en montra ravi. L'accueil filial de François, le soin qu'il mettait à rendre sa vie facile l'avaient ragaillardi. Son regard avait retrouvé toute sa vivacité. Il plaisanta avec Mathurine, qui leur servait une épaisse soupe de légumes suivie d'une tarte aux pommes, d'une purée de poireaux et de petits fromages de chèvre. Léonard se déclara enchanté. Mathurine rosit de plaisir. Quentin se désola d'avoir à partager ce pauvre dîner. Il aurait tellement préféré être au château !

François et Léonard ne se quittaient plus. Le roi en négligeait même les plaisirs de la chasse, préférant passer ses après-midi à s'entretenir avec le peintre.

L'hiver 1517 fut particulièrement froid. Quand le gel rendait le chemin des Chatelliers impraticable, le roi empruntait le souterrain qui reliait le manoir au château. Il surgissait à l'improviste, se faisait conduire à la chambre de Léonard où un feu était en permanence alimenté par son valet Battista. Pour Léonard, c'était une véritable résurrection. Ravi des longues discussions avec le roi, il avait retrouvé son allant et sa gaieté. Melzi était souvent à son côté, triant, lisant les carnets, s'arrachant les cheveux devant les minuscules pattes de mouches et la difficulté de décrypter certains passages écrits de droite à gauche. Léonard avait décidé de commencer par un traité de la peinture suivi d'un traité de la lumière et de l'ombre. Il en discutait avec le roi, qui s'étonnait de ce fameux *sfumato*, subtil fondu des ombres qui rendait ses tableaux si originaux. Léonard expliquait qu'il avait passé des années à étudier les ombres, à voir comment elles se formaient, se croisaient, évoluaient afin de pouvoir rendre leur subtilité, les clair-obscur, les brillances. Il parlait de la peinture à l'huile, inventée par un Flamand, Jan van Eyck, et qui permet d'appliquer autant de fines couches que l'on veut pour obtenir lumière et transparence. Il racontait en riant comment, pour *La Cène*, que François avait tant admirée à Milan chez les dominicains de Santa Maria della Grazzie, il avait voulu expérimenter une technique de détrempe à l'œuf et à l'huile, ce qui s'était révélé catastrophique. À peine peinte, la fresque partait en lambeaux, ce qui ne se serait jamais produit s'il avait employé des pigments à base d'eau sur le plâtre frais.

Pour Melzi, la vigueur de Léonard, sa bonne humeur étaient illusoires et cachaient mal son affaiblissement. Il avait des difficultés à se mouvoir et avait remis au printemps les chevauchées en bord de Loire avec le roi. Ses promenades quotidiennes, seul ou en compagnie, le menaient jusqu'au fond du parc où il observait les centaines de pigeons entrer et sortir de l'immense pigeonnier. Ou bien il s'accoudait au petit pont qui enjambait l'Amasse et, dans les remous de la rivière, puisait quelque réflexion. Un jour où le roi lui demandait quelles étaient les sources de sa sagesse, il répondit :

— Grâce à la redécouverte des penseurs et scientifiques de l'Antiquité, nous pouvons exercer notre sens critique et battre en brèche les enseignements de saint Thomas d'Aquin, liant à tout jamais science et foi. Je déteste les philosophes de notre temps tout juste bons à citer les textes grecs et latins. Ils avancent bouffis et pompeux, revêtus non pas de leur labeur mais de celui d'autrui.

Après quelques instants de silence, il ajouta :

— Expérimenter ! Répéter encore et encore l'expérience. Ne pas se contenter de ce qu'on croit voir. Chercher, chercher encore. Curiosité et acuité ! Tout notre savoir vient des sens.

— Mais comment avez-vous réussi à rassembler autant de connaissances sur des sujets si différents ?

— Devenir universel est chose facile pour l'homme qui sait. Je me contente d'être un interprète entre la nature et les hommes.

Quentin profitait de ces moments où ni le roi ni Léonard n'avaient besoin de lui pour retourner au château, distant d'à peine un quart de lieue. Ses amis comprenaient mal sa réticence à servir Léonard. Nombre d'entre eux auraient été ravis de prendre sa place. Dire que côtoyer l'illustre génie pouvait vous amener aux portes de la mort ferait rire tout le monde. Il avait revu Mathilde et, depuis, l'évitait. Effrayé par son attitude, il l'avait priée d'abandonner ses idées saugrenues. Point par point, il lui avait démontré que ce qu'elle trouvait étrange n'avait rien de mystérieux. Il lui avait reproché d'être allée à Rouen, où elle n'avait rien à faire. Elle avait de la chance que François soit venu à son secours et l'ait tirée d'affaire. N'importe quel autre souverain l'aurait laissée se débrouiller toute seule. Elle avait tempêté, criant qu'il était vraiment aveugle et qu'il le comprendrait bientôt à ses dépends. Ils s'étaient quittés fâchés après s'être dit quelques horreurs qu'ils regrettèrent très vite, mais ni l'un ni l'autre n'eut la bonne idée de se réconcilier. Quentin ne souhaitait qu'une chose : qu'elle rentre en Normandie. À la première occasion, il la reconduirait chez leur père. Il s'en ouvrit à François, un soir où il le raccompagnait à Amboise.

— Je sais, dit le roi. Je pensais qu'elle se calmerait et retrouverait son bon sens. Je t'avoue que je ne serais pas mécontent qu'elle s'en aille. Son regard méfiant, ses propos suspicieux fatiguent tout le monde. Duprat a mené une enquête qui la met hors de cause dans l'affaire du maître-verrier, mais, pour une raison obscure ayant trait à la famille de ton père, il souhaite qu'elle demeure encore un peu à Amboise.

— Il prête attention à ses idées folles ? s'étonna Quentin.

— Pas le moins du monde ! Mais savais-tu que tu as pour ancêtre Enguerrand de Marigny ?

— Je l'ignorais. Mon père préfère parler de ses arbres que de sa famille.

Quentin resserra autour de lui sa houppelande de laine brune. Il faisait un froid de gueux, et ce que lui disait le roi n'était pas fait pour lui réchauffer l'âme.

— Et il semblerait, toujours d'après Duprat, que vous soyez apparentés au clan Sinclair.

— Les Écossais ? Cela se peut, ils sont d'origine normande. Mais je ne vois vraiment pas en quoi cela nous concerne.

— Le chancelier adore fouiner ! Il est toujours à l'affût de machinations menaçant le royaume, dit le roi d'un ton léger.

Un frisson parcourut l'échine de Quentin. À cause de l'imprudence et l'obstination de Mathilde, l'idée qu'il représentait un danger pour le roi faisait son chemin dans l'esprit de son plus proche conseiller.

— Il me manifeste une grande froideur, déclara Quentin. À croire qu'il préférerait me savoir mort quelque part en Italie.

François lui tapota l'épaule et lui sourit.

— Ne te mets pas martel en tête. Rien ne peut contrecarrer la volonté du roi. Notre amitié ne saurait en souffrir.

Puisse cette belle phrase rester à jamais gravée dans la mémoire de François, se dit Quentin.

Cet entretien le troubla profondément. Le comportement de sa sœur le désolait, leur brouille l'attristait.

Mais il allait devoir faire preuve de fermeté. Il ne pouvait pas la laisser s'épancher sur des sujets aussi dangereux. Pour le moment, seul le roi et Duprat en avaient connaissance, mais un jour viendrait où d'autres à la cour seraient au courant. Sa carrière serait compromise. Il serait l'objet de suspicion, de racontars, d'attaques. On le mettrait progressivement à l'écart et il perdrait toute influence. Ou, pire encore, les allégations de Mathilde seraient prises au sérieux et on le condamnerait à l'exil. Cette perspective l'épouvanta. Il fallait la faire taire, l'éloigner à tout jamais de la cour.

Quand il rentra au Clou, Léonard s'aperçut de son agitation et de son anxiété. Il le fit asseoir devant la cheminée, demanda à Battista de remettre des bûches, congédia Melzi et fit apporter par Mathurine un pichet d'hypocras.

— Ta sœur te soucie, affirma Léonard d'une voix douce.

— Comment le savez-vous ? Vous la connaissez ?

— Je te connais, toi. Et oui, je lui ai parlé à quelques reprises. Cette jeune personne est très malheureuse. Elle t'aime profondément, mais son inquiétude pour toi la ronge. Je connais ce genre de caractère. Je la sens prête à exploser. Sa trop grande sollicitude envers toi pourrait te valoir des ennuis.

Ces paroles ne firent qu'accroître le trouble de Quentin. L'avertissement lancé par la vieille femme qui avait soigné sa dent lui revint en mémoire : « Les femmes que tu aimes te porteront un grand préjudice. »

— Qu'entendez-vous par là ? demanda-t-il d'une voix qui se voulait ferme.

— Elle brûle d'un feu étrange. Elle cherche une vérité mais ne sait où la trouver.

— C'est exact. Elle est persuadée que François veut me faire disparaître, qu'il est un danger pour moi.

— Il y a quelque chose de vrai dans cela, mais cela vaut aussi à l'inverse.

Abasourdi, Quentin demanda :

— Que je porte tort au roi ?

— Malgré les apparences, il y a de grandes similitudes entre vous. Certes, il est expansif alors que tu fais preuve de réserve, il manifeste sa force et sa puissance alors que tu parais frêle. Vous êtes comme la face et le revers de la même médaille, mais avec des forces contraires. Je ne suis pas devin, Dieu m'en garde, mais je crois qu'un jour vous vous affronterez. Peut-être est-ce cela que ta sœur redoute.

— C'est impossible, je suis et serai toujours d'une loyauté inébranlable envers lui, répliqua Quentin avec colère. Je ne peux imaginer le trahir.

— Je n'ai pas dit cela. Mais vous êtes si jeunes l'un et l'autre. François aura son lot d'épreuves. Toi aussi. Aujourd'hui tout vous sourit. Que sera demain ? La trahison est hélas la chose la plus commune dans ce monde.

Quentin se leva brusquement, faisant tomber le pichet d'hypocras auquel ils n'avaient pas touché, et claqua la porte avec violence. Léonard fit un petit geste d'impuissance, tisonna le feu. Il faisait si froid dans ce pays. Un chat sauta sur ses genoux. Il enfouit ses mains douloureuses dans la chaude fourrure. Verrait-il les arbres reverdir, les roses s'épanouir, l'horizon se teinter des couleurs du printemps ? Il avait encore tant de choses à faire.

35

Triste et abattu, Quentin se terrait au Clou. Le roi venait moins souvent, occupé à batailler avec le parlement au sujet du concordat. Duprat avait beau le présenter sous ses aspects les plus attrayants, les parlementaires renâclaient, trouvant que le pouvoir du roi s'attribuait la plus belle part du gâteau. Ils multipliaient les manœuvres dilatoires. L'Université menaçait de se lancer dans la bataille. Duprat affûtait de nouveaux arguments, le roi les approuvait.

Quentin était bien loin de ces préoccupations. Il s'ennuyait ferme, n'allant plus que rarement au château, de peur d'y rencontrer Mathilde. Léonard était tombé malade. Un mauvais rhume qui s'était aggravé et avait fait craindre pour sa vie. Le roi lui avait envoyé ses meilleurs médecins, qu'il avait fait chasser disant qu'ils étaient « destructeurs de vie ». Il se remettait progressivement, son grand corps de plus en plus décharné enveloppé dans de moelleuses couvertures. Il disait à qui voulait l'entendre que les tisanes de Mathurine avaient fait fuir la mort. Quentin s'était rabiboché avec lui et suivait ses conseils : ne pas employer la manière forte avec Mathilde, ne pas provoquer sa colère. D'après Léonard, au fil du temps, elle s'apercevrait que son frère ne risquait rien. Quentin en doutait, mais il avait l'âme trop mélancolique pour affronter cris et pleurs.

Les Italiens, si nombreux à la cour, revinrent au manoir du Clou dès l'annonce de la guérison de Léonard. En entendant cette langue qu'il aimait tant, il pensait souvent à Bianca. Le souvenir de la jeune fille ne s'était pas effacé, bien au contraire. À son arrivée à Amboise, il avait donné un message pour elle à un des proches de Frédéric, le fils d'Isabelle d'Este, en partance pour Mantoue. Il lui révélait sa véritable identité et lui expliquait pourquoi il avait dû fuir la ville sans la prévenir. Il l'assurait de son affection et souhaitait qu'elle lui pardonne. Et si un jour elle venait en France, il serait comblé qu'elle l'acceptât comme chevalier servant. Il n'avait reçu aucune réponse.

Un soir où il s'était rendu au château pour apporter au roi un dessin d'écluse promis par Léonard, il vit le messager à qui il avait confié la lettre pour Bianca. Ainsi, il était de retour. Peut-être la jeune fille lui avait-elle confié une missive qu'il n'avait pas eu le temps de porter au manoir du Clou ? Il pressa le pas. L'homme tourna au coin de la rue Saint-Mathieu. Une femme venait à sa rencontre. Vêtue d'un long manteau de laine rouge. Il crut la reconnaître. Où l'avait-il rencontrée ? Elle parla quelques instants au messager. Ils entrèrent ensemble dans une demeure qu'occupaient des nobles italiens. Il sut alors qu'il la connaissait de Mantoue. Mais en quelles circonstances ? Curieusement, il avait du mal à se souvenir de ce qu'il avait vécu chez Isabelle d'Este, hormis les moments passés avec Bianca et les leçons sur son métier. Son esprit avait-il décidé d'occulter ce qui pourrait lui remémorer les horribles scènes chez Domenico ? Ou peut-être son imagination lui jouait-elle des tours. Bianca ! C'était avec Bianca.

Dans la cour du palais où ils avaient rencontré Cécilia Gallerani. Il ignorait le nom de cette femme.

Fallait-il en parler à Léonard ? Quentin hésitait. Il allait s'attirer les foudres de Melzi, qui avait interdit d'évoquer Mantoue. Quand il revint au Clou, il n'en eut pas l'occasion. Le roi et Léonard étaient plongés dans une discussion enfiévrée sur l'art militaire, cher à l'un et à l'autre.

— Cette fameuse lettre à Ludovic Sforza où vous énumériez vos talents d'ingénieur..., disait le roi.

Léonard émit un petit rire gêné.

— C'était il y a bien longtemps, et je dois avouer qu'il y avait une grande part de forfanterie dans tout cela. En trente ans, j'ai fait quelques progrès, surtout en ce qui concerne l'efficacité des canons et bombardes. Je crois pouvoir dire que j'ai bien amélioré leur précision de tir.

— Et comment avez-vous fait ?

— Les gros boulets de fer sont excellents quand il s'agit d'attaquer une muraille, mais face à une troupe en mouvement, ils font peu de dégâts. Aussi j'ai conçu un boulet explosif, la machine la plus mortelle qui soit. Quand le boulet tombe, il prend feu, éclate et lance des milliers d'éclats mortels, juste le temps d'un *Ave Maria*.

— Impressionnant !

— Je crois que l'air a une influence sur la trajectoire du boulet, aussi vaut-il mieux le concevoir en ogive et le munir d'ailettes.

François fit la moue. Comment l'air pourrait-il dévier un boulet ? Voyant son incrédulité, Léonard prit une feuille de papier et, à grands traits, dessina diverses trajectoires de projectiles. François admit qu'il pouvait y avoir du vrai dans la démonstration du vieil homme.

— J'ai aussi un épingare à forme d'orgue[1], qui permet de tirer avec plus de rapidité et d'intensité. Sur un char, on monte trois râteliers munis chacun de onze tubes. On recharge au fur et à mesure, ce qui permet un tir nourri et continu.

— Incroyable !

Léonard maniait le crayon à toute vitesse, faisant naître sous les yeux ébahis du roi d'étranges formes hérissées de canons.

— J'ai aussi un char couvert qui permet de s'introduire dans les lignes ennemies. Il est en forme de tortue et armé de canons sur son pourtour.

François chassa un des huit chats de Léonard qui avait sauté sur ses genoux. Mortifié, l'animal se réfugia sur le lit.

— Mais comment se déplace-t-il ? Avec des chevaux ?

— Non, ils seraient immanquablement abattus par les ennemis. J'ai pensé à un système d'engrenage relié aux roues. Il suffirait de huit hommes à l'intérieur pour tourner les manivelles.

— Passionnant !

— Je peux aussi améliorer les armes anciennes comme les arbalètes. Avec une manivelle actionnée par un seul homme qui permet le tir rapide d'une série de flèches. Ou alors une arbalète géante, d'une ouverture de quarante-deux brasses[2] et de quarante brasses de longueur. Un seul homme suffit à l'alimenter.

Le roi n'en revenait pas d'avoir sous les yeux un arsenal dont aucun chef de guerre ne disposait en ce monde. La mise en pratique des idées de Léonard lui donnerait un avantage indéniable sur ses ennemis. Il

1. Ancêtre de la mitrailleuse.
2. Environ 24 mètres.

se prenait à rêver de faire percer des souterrains sans bruit, de chasser subrepticement l'eau des douves, de disposer de passe-murailles, de chars à faux tournoyantes qui découperaient en petits morceaux les combattants.

— Et sur mer ? demanda François.

Sur la feuille apparut une flottille de guerre fendant les flots.

— J'ai pensé à des machines de plongée qu'on ne verrait pas de la surface et qui pourraient couler une flotte, et à des plongeurs équipés de poches d'air et d'outils.

Léonard crayonnait d'étranges petits personnages aussi ronds que des barriques mais armés de forets et perçant des coques de navire. D'autres marchaient sur les eaux avec d'étranges raquettes aux pieds.

Ravi de voir prendre forme cette armée imaginaire, François éclata de rire. Il rassembla les feuilles griffonnées, les plia et les glissa sous son pourpoint.

Léonard ne le laissa pas partir sans lui dire que, s'il était content de dévoiler ses inventions, la guerre était une folie bestiale. Il précisa aussi qu'il s'était inspiré d'idées d'illustres prédécesseurs : Francesco di Giorgio Martini, Roberto Valturio, Bernardo Rucellai, Leon Battista Alberti... Il n'hésita pas à modérer l'enthousiasme du roi en disant que, d'après lui, la plupart de ses inventions seraient inutilisables si on les construisait. Nullement découragé, le roi prit congé en l'assurant de son admiration et de son affection.

Quentin se désespérait. François était tellement passionné par les inventions de Léonard qu'il s'écoulerait des mois avant qu'ils n'en aient épuisé le catalogue. Le coup de grâce vint avec l'annonce d'un nouveau projet. Remorantin ! Faire de Remorantin la nouvelle capitale de la France ! Cela signifiait la fin des espoirs de Quentin. Le pire qui pouvait lui arriver. Léonard déciderait de tout, garderait la haute-main sur la réalisation, aurait les meilleures idées. François, qui ne jurait que par lui, lui laisserait la bride sur le cou. Vu les réalisations grandioses qu'il avait en tête : deux immenses palais, de nouveaux quartiers pour les courtisans, des quais avec des gradins permettant d'assister à des joutes nautiques, des écuries où le foin se déverserait automatiquement dans les mangeoires, les caisses seraient bientôt vides. Chambord ne se ferait pas. Quentin ne pourrait jamais mettre en application tout ce qu'il avait appris à Mantoue. Maudit Léonard ! Il aurait dû laisser Domenico aller jusqu'au bout de sa vengeance.

Le dépit de Quentin ne passa pas inaperçu. De triste, il devint irritable. Un jour, Léonard le prit à part :

— Cesse donc de faire ta mauvaise tête. Ne crois pas que je veuille te voler ta place. J'ai fait mon temps. Je m'amuse encore un peu ! Mais pour te montrer l'estime que je te porte, nous allons organiser la plus belle fête que la cour de France ait vue. Je t'enseignerai tout ce que je sais. Je te le promets.

— Mais vous en récolterez toute la gloire, maugréa Quentin, nullement convaincu.

— Je ne suis pas éternel, mon garçon !

36

Ne croyant guère aux promesses de Léonard, Quentin accepta sans grand enthousiasme. Puis il se prit au jeu, d'autant que le roi avait mis à leur disposition charpentiers, ferronniers, menuisiers, peintres, maçons, avec pour ordre de ne pas regarder à la dépense. Léonard avait décidé de rééditer le « bal des planètes[1] », organisé à Milan en janvier 1490. La salle du Conseil, où devait se dérouler la fête, était garnie du sol au plafond de tentures et tapisseries. Des tapis mauresques jonchaient les dalles et faisaient de cette immense pièce austère un havre de chaleur et de fantaisie. Sous une grande coupole de toile bleue constellée d'étoiles, les signes du zodiaque éclairés par des torches apparaîtraient derrière des verres colorés, et les sept planètes, jouées par des acteurs, tournoieraient dans le ciel au son des lyres et des violes. Un rideau qui se lèverait au début du spectacle était installé. Des engrenages munis de contrepoids feraient s'ouvrir une montagne en deux. On pourrait assister à la métamorphose de Zeus en pluie d'or et d'une femme en étoile. De quoi émerveiller le roi et sa cour.

1. En réalité, cette fête eut lieu en 1518.

Léonard tint parole et enseigna à Quentin le moyen de projeter des ombres immenses avec des lampes à huile, de construire une scène tournante, de confectionner des costumes, des masques, d'installer des fontaines musicales, de composer des parfums capiteux... Le vieil homme s'amusait comme un fou et Quentin finit par se dérider quand il le vit gonfler avec un soufflet de forge un boyau de mouton, qu'il avait au préalable fait dégraisser et soigneusement nettoyer pour le rendre si mince qu'il aurait tenu dans le creux de la main. Une fois gonflé, le boyau occupa toute la pièce, obligeant Quentin à se réfugier dans un coin.

Le jeune homme était censé avoir la haute main sur la préparation du souper, mais Léonard ne tarda pas à y apporter son grain de sel. Il lui déconseilla formellement de faire fabriquer des personnages grandeur nature avec du massepain et du sucre. D'après lui, les cuisiniers d'Amboise n'avaient pas le savoir-faire nécessaire et le magnifique décor risquait de s'écrouler à tout moment, ce qui serait du plus mauvais effet. La mort dans l'âme, Quentin se rangea à son avis. Par la suite, il s'en félicita. Léonard avait raison. Les cuisiniers n'étaient pas à la hauteur de ce qu'il avait vu à Mantoue. Il le savait, mais avait espéré leur transmettre l'envie de se surpasser. Grossière erreur ! Quand il les avait réunis pour leur expliquer ce qu'il attendait d'eux, il n'avait recueilli que grognements et récriminations. Ils refusèrent l'idée d'alterner des services de plats chauds et de plats froids. Que cela se passe ainsi en Italie, ils n'en avaient rien à faire. Ils firent des grimaces de dégoût quand Quentin leur révéla les recettes qu'il avait choisies. Ils ricanèrent, se gaussèrent. C'était bien joli de vouloir révolutionner les manières de table, mais ce jeune blanc-bec, tout maître d'hôtel qu'il était, n'y connaissait rien et allait se couvrir de ridicule. Personne ne voudrait toucher à ces fantaisies douteuses. Croyant les convaincre, Quentin leur cita une phrase de Platine : « Il n'y a aucune raison de préférer les goûts du passé aux nôtres qui sont, au contraire, inégalables. » Ils lui signifièrent que la tradition établie par leurs pères et grands-pères convenait parfaitement. Quand il leur parla du tournebroche, inventé par Léonard, qui fonctionnait tout seul grâce à de l'air chaud, les rôtisseurs poussèrent de hauts cris. Pas question d'utiliser cet engin du diable. Une viande cuite ainsi ne pouvait que provoquer des maladies. Quentin leva les yeux au ciel et se fâcha. Le roi en avait décidé ainsi et ils n'avaient qu'à obéir. Il touchait du doigt les difficultés qu'il allait rencontrer dans son grand œuvre de rénovation culinaire. Tant pis, il y mettrait le temps, mais il y arriverait.

*

Tout était en place. Les invités étaient encore dans la cour d'honneur, assistant à une cavalcade d'hommes sauvages. Léonard leur avait confectionné des vêtements recouverts de feuillage, lierre, mousse et branchages, leur donnant un aspect particulièrement effrayant. On entendait les cris de fausse terreur des femmes et les applaudissements des hommes. Vêtu d'une longue robe rouge groseille, Léonard vérifiait les derniers détails. Très ému, fatigué, énervé, Quentin ne tenait pas en place. Il venait d'apprendre que Marguerite d'Alençon serait présente à la fête. S'il avait espéré nouer de tendres liens avec Bianca, Marguerite restait et resterait la dame de ses rêves.

Elle qui l'avait toujours encouragé allait assister à son premier triomphe. Son désir de réussir cette fête s'en trouva décuplé.

La foule se pressait devant la salle du Conseil. Le roi fut le premier à entrer, passant sous des bannières en brocart d'or et d'argent. L'or pour la salamandre, portant la devise *Nutrisco et extingo*[1], et l'argent pour l'hermine déclarant : *Potius mori quam foedari*[2]. Marguerite était à son côté, sublime aux yeux de Quentin. Elle ne portait pas, comme les autres femmes de la cour, de coiffure compliquée. Ses cheveux étaient sagement réunis en bandeaux. Une chaînette d'or et une simple perle mettaient son front en valeur. Sobrement mise de soie gris hirondelle, elle avançait avec grâce. Mathilde la suivait. Pour une fois, sa sœur était souriante. L'apercevant, les deux femmes lui firent un petit signe de connivence. Il y répondit discrètement. À la suite de Marguerite venait Anne du Ronceil, vêtue d'une chamarre clinquante où l'on avait peine à distinguer rubans, perles et broderies. Pourvu qu'elle ne vienne pas me raconter ses fadaises habituelles, se prit à espérer Quentin. Il fut rassuré quand il vit Guillaume de Mussé s'approcher d'elle et lui murmurer quelque chose à l'oreille. Ce fut Mathilde qui vint le retrouver. Elle avait de nouveau son air soucieux.

— Tu vas à la catastrophe, lui dit-elle.

— Cesse donc de jouer les oiseaux de mauvais augure ! rétorqua-t-il avec hargne. Pour une fois, réjouis-toi de me voir faire ce que j'aime.

— Ton Léonard ne vaut pas mieux que François. C'est un traître.

---

1. « Je nourris le bon feu et j'étains le mauvais. »
2. « Plutôt la mort que la souillure. »

Quentin leva les yeux au ciel et soupira.

— Qu'as-tu encore inventé ?

— Je ne l'ai pas inventé. J'ai surpris Duprat en train d'en parler avec une Italienne.

— C'est bon, Mathilde ! J'ai du travail. Laisse-moi. Va retrouver Marguerite.

— Elle lui disait qu'il avait trahi César Borgia en s'enfuyant quand il avait senti que le vent tournait.

Exaspéré, Quentin la poussa fermement vers les tables.

— Elle a dit aussi qu'il avait traité avec les Turcs.

— Cela ne me concerne pas. Arrête de te mêler de tout, Mathilde !

— Une fois de plus, je t'aurai prévenu, répliqua-t-elle.

Et elle le planta là.

Quentin bouillait de colère. Alors qu'il avait besoin de tout son sang-froid, Mathilde lui avait fait perdre ses nerfs. À croire qu'elle le faisait exprès. Il se força à respirer calmement. Les trompettes annonçaient le commencement du banquet. Des pages portant des flambeaux s'avançaient, précédant ceux qui étaient chargés des plats. Autour d'eux, des jongleurs portant masques et costumes multicolores faisaient des cabrioles.

Sur les conseils de Léonard, Quentin avait fait dresser les tables à l'allemande. Rondes, elles pouvaient accueillir dix convives. Celle du roi était surélevée et couronnée d'un baldaquin. D'après Léonard, cette disposition rendait les conversations plus faciles. Surpris de ne pas trouver les habituelles tables rectangulaires dressées en fer à cheval, certains invités émirent des remarques désobligeantes, mais très vite, tout le monde trouva sa place. Et comme l'avait prévu Léonard, des discussions animées s'engagèrent. Quentin avait fait placer des petits pains recouverts d'une fine feuille d'or pour le roi, d'argent pour les invités. Mais, suprême nouveauté, chaque convive disposait d'une fourchette, que Quentin avait fait fabriquer en toute hâte. À trois dents, et avec un manche en ivoire. Inconnu de tous hormis des Italiens présents, cet ustensile posait de sérieux problèmes. À la table royale, François ne tarda pas à s'en servir comme d'une petite catapulte pour envoyer des quartiers d'œufs durs à la table voisine, où l'Aventureux répliqua en lançant des morceaux de pain. Ce n'était pas tout à fait l'usage qu'escomptait Quentin, mais cela donna le ton à la soirée. Tout le monde riait. Les mets servis semblaient plaire. Les faisans aux plumes parsemées de gouttes d'or firent leur effet.

Quentin avait les yeux fixés sur Marguerite, qui mangeait d'un bon appétit. À son côté, Mathilde faisait grise mine.

Le troisième service allait être servi. Les nappes avaient été changées. Les discussions devenaient de plus en plus bruyantes. Discrètement, un officier de la garde fit son entrée et alla vers le chancelier Duprat qui, pour une fois, ne boudait pas son plaisir. Il se pencha à son oreille, lui murmura quelques mots et lui tendit un papier. Duprat le parcourut, le plia soigneusement, resta quelques instants pensif, se leva et s'approcha de la table du roi. S'ensuivit le même manège, chuchotis et lecture du papier. Les sourcils froncés, le visage sombre, le roi quitta la table, Duprat à sa suite. Ils s'enfermèrent dans la salle des Tambourineurs.

— C'est insensé ! s'écria le roi. Comment cette lettre vous est-elle parvenue ?

— Elle a été prise sur un cavalier qui a forcé le barrage de nos gardes sur le pont d'Amboise.

— Savez-vous où il allait ?

— Mes hommes sont en train de l'interroger. Il semblerait qu'il ait eu Gand comme destination.

— Un homme de l'archiduc Charles ?

— J'en ai peur, Sire.

Le roi se laissa tomber sur une cathèdre[1] et regarda Duprat avec effarement.

— Je ne peux y croire.

— Malheureusement, la teneur de la missive ne laisse aucun doute.

— Mais quel intérêt aurait-il à une telle trahison ?

— L'argent, Sire !

— Ridicule ! faites venir Quentin du Mesnil immédiatement.

— Croyez-vous que ce soit sage ?

— Faites ce que je vous dis.

Pendant la courte absence de Duprat, le roi lut et relut la lettre. L'air inquiet, Quentin entra. Il avait bien entendu remarqué que le roi avait quitté la table. Un événement grave avait dû se produire. Mais pourquoi faisait-on appel à lui ?

— Quentin, commença le roi, une lettre signée de Léonard vient d'être saisie. Tout indique qu'il s'est rendu coupable de trahison envers le royaume de France.

— Cela ne se peut ! Jamais Léonard ne ferait une chose pareille.

— Les termes, hélas, ne laissent aucun doute.

— Mais que dit cette lettre ?

— Sire, intervint Duprat, il vaudrait mieux ne rien révéler. Peut-être sont-ils complices.

Quentin le regarda avec stupeur.

— Complices ? Mais quel crime a donc commis Léonard ?

---

1. Fauteuil à haut dossier.

Se tournant vers Duprat, le roi lui dit avec rudesse :

— Donnez-moi cette lettre, que je la lise à Quentin.

De mauvaise grâce, le chancelier obtempéra.

— « Monseigneur, commença François. Tout se passe encore mieux que prévu. J'ai l'oreille du roi, qui se plaît à évoquer avec moi le décompte complet des garnisons et des moyens en armes de la France. »

Le roi s'interrompit et lança un regard incendiaire à Duprat.

— Je sais ce que vous allez me dire. J'ai fait preuve de trop de confiance. Mais jamais je n'aurais pu me douter...

Impassible, le chancelier lui fit signe de continuer.

— « Je vous en enverrai la liste dans un prochain courrier, ainsi qu'un descriptif des soixante types de canons français. Convaincu de mes talents, le roi compte me charger de bâtir de nouvelles fortifications en Flandre. Compte tenu de nos accords, je vous en ferai parvenir les plans. »

De rage, François chiffonna la lettre et la jeta par terre. Duprat s'empressa de la ramasser et de lui redonner forme.

— Jamais je n'ai parlé de fortifications, s'emporta le roi. Nous n'avons travaillé que sur les ébauches des palais de Remorantin.

— Vous voyez, Sire, déclara Duprat. Je vous ai toujours dit de vous méfier. Cet Italien est un scélérat.

— Silence, Duprat ! tonna le roi.

Quentin était sidéré. Léonard ne pouvait avoir écrit une telle lettre. D'outre-tombe, Domenico poursuivait sa vengeance. À qui l'avait-il dictée ?

François se tourna vers lui et demanda :

— Tu n'as rien remarqué de curieux dans votre voyage ? Il a duré si longtemps que Léonard a bien dû te confier quelques secrets. Vous êtes devenus amis, il me semble.

— Raison de plus, Sire, pour ne pas..., lança Duprat.

— Taisez-vous ! Quentin, réponds !

D'un commun accord, ni Léonard ni Quentin n'avaient fait état des dangers qu'ils avaient encourus et des drames qu'ils avaient évités. Ils avaient attribué leur retard à un refroidissement ayant cloué Léonard au lit de longues semaines. Mal à l'aise, le jeune homme resta silencieux.

— Vous voyez, Sire, il ne sait quoi dire.

— Je n'ai rien vu de particulier, commença Quentin. Les mésaventures normales d'un si long trajet. Quelques accrochages avec des bandits de petite envergure, des aubergistes malhonnêtes...

— Quentin ! s'impatienta le roi, je te parle de contacts avec des personnes malintentionnées, d'actes étranges de Léonard... Dans quel état d'esprit était-il quand tu l'as rencontré ? Que t'a-t-il dit sur moi, sur la France ?

— Que du bien, Sire. Il était enchanté de rejoindre votre cour. Il se faisait une joie de servir la France avec son art.

François s'était levé et marchait de long en large. Duprat observait le visage décomposé de Quentin. Ce garçon ne disait pas la vérité, il en était persuadé. Sa voix manquait de fermeté, son regard était fuyant, une légère sueur perlait à la racine de ses cheveux, ses mains tremblaient légèrement. Il fallait lui montrer qu'il risquait gros à protéger un traître.

— Je crois savoir que nos alliés vénitiens se méfient de lui, reprit Duprat. J'ai reçu des informations allant dans ce sens.

— Vous faites enquêter sur mes amis ? s'insurgea le roi.

— Sur lui et sur d'autres, répliqua calmement le chancelier. La sécurité du royaume l'exige. J'ai donc appris qu'en 1500, fuyant Milan et l'arrivée de Louis XII, maître de Vinci s'est rendu à Venise. Où il n'est resté que peu de temps, car les peintres n'ont pas vu d'un bon œil son éventuelle installation. Il a proposé ses services à la Sérénissime en temps qu'ingénieur militaire.

— C'est bien normal, l'interrompit le roi, cela fait partie de son génie.

— Certes, Sire. Les Turcs étaient sur le point de franchir la rivière Isonzo, menaçant ainsi directement Venise. Il proposa d'y installer un support denté, sorte d'écluse mobile qui permettrait de noyer la plaine et rendre toute invasion impossible. Il semble aussi qu'il ait eu dans l'idée de lancer des hommes sous l'eau, munis de je ne sais quels appareils respiratoires. À l'aide de forets, ils auraient percé des trous dans la coque des navires…

— Oui, je connais, Léonard m'a parlé de ses armes sous-marines. Elles sont assez improbables, mais il n'y a rien qui laisse croire à une trahison. Il se mettait au service de Venise.

— Sauf, reprit Duprat d'une voix doucereuse, qu'il s'est rapproché des Turcs pour leur vendre son idée… Ou les plans de Venise, comme cela s'est murmuré.

— En êtes-vous sûr ?

— Non, Sire. L'on dit aussi qu'il aurait trahi César Borgia quand il était sous ses ordres, pour dresser des cartes d'état-major et inspecter les fortifications. Quand il a senti que le vent tournait, il est rentré à Florence en catimini.

Quentin ressentit un choc qui lui fit fermer les yeux. Cette phrase, il l'avait entendue dans la bouche de Mathilde rapportant les propos de l'Italienne !

L'informatrice de Duprat ! Il fallait la retrouver. Au plus vite, avant que cette histoire de trahison n'éclate au grand jour. Il demanda la permission de retourner dans la salle du Conseil. Voyant son air défait, Duprat conclut que sa démonstration avait porté. Le jeune homme était mûr pour dire ce qu'il savait. Il allait sans doute prévenir Léonard. Il serait alors facile de les arrêter tous les deux. L'opération serait fructueuse. Il annonça à Quentin qu'il pouvait se retirer. Restés seuls, Duprat et le roi se regardèrent en chiens de faïence.

— On dit, on dit ! s'énerva François. Tout cela ne constitue pas des preuves.

— Certes, mais nous devons faire montre de vigilance. D'autant que le jeune du Mesnil pourrait fort bien lui avoir apporté son aide. Je vais, de ce pas, le faire surveiller.

Quentin retourna auprès de Léonard qui s'inquiéta de son regard noir. Le roi était-il mécontent ? Quel incident entachait le déroulement de la fête ? Quentin hésita. Devait-il lui parler de la lettre ? Pour le moment, rien n'était prouvé et le roi ne semblait pas convaincu. L'espace d'un instant, il songea que donner foi à ces accusations le débarrasserait de l'encombrant personnage. Mais pourquoi fallait-il que Léonard gâche toujours tout ? Si le scandale éclatait, tout le monde se souviendrait de ce jour comme celui de la trahison de Léonard, et non comme celui la première fête organisée par Quentin du Mesnil. Il lui fallait sauver sa fête, et Léonard par la même occasion.

— Tout va bien. Le roi voulait juste m'entretenir d'un nouveau problème avec ma sœur.

Léonard le regarda d'un air dubitatif et hocha la tête. Le roi avait repris sa place à table. Duprat ne réapparut que plusieurs minutes plus tard. Quentin avait besoin de s'isoler pour réfléchir. Il disparut dans le couloir par lequel arrivaient les plats. Sans leur prêter attention, il vit les cuisiniers habillés de blanc apporter les somptueux entremets. Il s'assit pesamment sur une chayère[1], se prit la tête entre les mains et n'entendit pas Mathilde arriver. Elle se pencha vers lui :

— Que se passe-t-il ? Tu es pâle comme la mort. Le roi ne desserre pas les dents. J'avais raison. Il y a eu un drame.

D'un ton froid, il lui demanda :

— Cette Italienne qui parlait à Duprat, est-elle à la fête ? Pourrais-tu me la montrer ?

— Je ne l'ai pas vue dans la salle, mais il y a tellement de monde...

— Portait-elle un manteau rouge ?

— Non ! Mais pourquoi ces questions ? Tu commences enfin à me croire ?

Quentin haussa les épaules.

— J'ai bien peur que ce soit elle qui ait fait preuve de traîtrise. Je dois la retrouver.

Il se leva et s'éloigna, Mathilde le suivit. S'arrêtant net, il se retourna, prit sa sœur par les épaules et lui murmura :

— Mathilde, j'ai de gros ennuis. Ce n'est pas le moment de me rompre les oreilles avec tes sornettes.

— Je viens avec toi. Je ne te laisserai pas seul dans les épreuves. Et pour une fois, toi aussi, fais-moi confiance.

Quentin se précipita vers la porte donnant sur la cour d'honneur, Mathilde sur ses talons. Comme tou-

1. Banc à dossier.

jours quand il était sur les nerfs, sa jambe le faisait souffrir et il boitillait. Ils se dirigèrent vers la tour Hurtault. La nuit était glaciale. Mathilde glissa sur un pavé verglacé. Quentin la rattrapa de justesse avant qu'elle ne tombe. Les gardes les laissèrent passer avec difficulté. Pourquoi tant de hâte ? Où allaient-ils ? Que fuyaient-ils ? On avait arrêté un espion un peu plus tôt. La surveillance avait été renforcée. Ils dévalèrent la longue rampe qui menait à la ville. Quentin hésita sur la direction à prendre. Devaient-ils aller là où il avait vu entrer la femme en rouge ?

— Elle s'appelle Catarina Fronzi. Elle est arrivée de Mantoue depuis peu. Elle habite derrière l'église Saint-Florentin, débita Mathilde à toute vitesse.

— Comment le sais-tu ?

— J'ai cherché à savoir.

Quentin s'arrêta pile. Mathilde buta sur lui.

— On fait fausse route ! s'exclama-t-il.

— Mais non ! Il suffit de longer le quai.

— Catarina ! Elle est au château, j'en suis sûr. Elle a dû arriver pour le bal masqué. Pour rien au monde elle ne manquerait la mise en accusation de Léonard.

— Pourquoi dis-tu cela ?

— Je t'expliquerai plus tard. Elle veut assouvir une vengeance. Son but est de voir sa victime souffrir.

Prenant Mathilde par la main, il fit demi-tour et repartit en courant vers la tour Hurtault. Étonnés, les gardes les virent arriver et ronchonnèrent quand ils demandèrent à retourner au château.

— Faudrait vous décider ! Vous entrez ou vous sortez ?

Dans la salle du conseil, les tables avaient été enlevées et les danseurs de gaillarde s'élançaient. Quand il l'aperçut, Léonard se précipita vers Quentin.

— Où étais-tu passé ?

— Avez-vous vu quelqu'un ressemblant à Catarina Fronzi ?

Léonard vacilla, passa une main sur son front.

— Catarina ? Ici ? Pourquoi ? Que me veut-elle ? La malédiction continue. Le roi a été moins chaleureux que d'habitude envers moi ! Est-ce lié ?

— Pas du tout, mentit Quentin. Le chancelier Duprat lui a annoncé de mauvaises nouvelles concernant le concordat.

— Et le roi devait te consulter à ce sujet ? Je n'en crois pas un mot, Quentin !

— Laissez-moi faire, maître Léonard. Avez-vous vu, oui ou non, une femme ressemblant à Catarina ?

— Je serais bien incapable de la reconnaître, après de si nombreuses années !

— À mon tour de ne pas vous croire. Jamais vous n'oubliez un visage.

Mathilde les écoutait en regardant avec attention les danseuses. Leurs masques rendaient l'identification difficile. Elle scrutait les silhouettes, éliminant celles qui étaient trop juvéniles. Elle repéra une femme, adossée à un pilier qui semblait les observer. Sentant le regard de Mathilde sur elle, elle se détourna vivement et disparut prestement. C'était elle ! Il fallait la démasquer. Elle remarqua l'Aventureux, resté à sa table. Abandonnant Quentin et Léonard, qui continuaient à se chamailler, elle alla vers lui.

— Aucune conquête en vue ? lui demanda-t-elle.

— À part toi, Mathilde, personne d'assez appétissant.

— M'aiderais-tu à jouer un tour à une de mes amies ?

L'Aventureux la regarda avec surprise.

— Une farce ? Redeviendrais-tu humaine ?

— Regarde cette femme, là-bas... Pourrais-tu la faire venir par ici et lui faire enlever son masque ?

— Jamais elle n'acceptera. Et elle est bien trop âgée pour moi. Elle pourrait être ma mère.

— L'Aventureux ! Ne me dis pas que ce détail va t'arrêter ! Je t'ai connu plus audacieux.

Vexé, le jeune homme se dirigea vers le fond de la salle. Mathilde le vit parler à la femme qui se recula. Il ne se découragea pas, lui parlant avec vivacité. Elle se laissa approcher. L'Aventureux avait un grand talent pour capturer les animaux sauvages et les femmes rétives.

— J'entends à votre très léger accent que vous êtes italienne, lui dit-il avec un sourire charmeur.

Elle acquiesça.

— Nous nous réjouissons de la présence à la cour d'Amboise des plus étincelantes beautés d'Italie, reprit-il.

Elle lui rendit son sourire.

— Ne trouvez-vous pas cette fête sublime ? continua l'Aventureux. Nous la devons au plus illustre de vos compatriotes.

D'enjouée, elle devint ombrageuse.

— Vous êtes comme tous les autres, dit-elle d'un ton méprisant. Vous vous laissez berner par l'illusion et la tromperie.

Décontenancé, l'Aventureux vit son visage se crisper. Son regard flamboyait de colère. Il lui fit face.

— Vous ne semblez pas porter Léonard de Vinci dans votre cœur, s'étonna-t-il d'un ton léger.

— Nous étions amis autrefois. Il m'a trahie. Léonard est cruel et malfaisant. Il n'a jamais pensé qu'à sa gloire, en méprisant ceux qui lui portaient un amour sincère, leur préférant des êtres abjects ou insignifiants.

Sa voix vibrait de colère. L'Aventureux commençait à sérieusement regretter d'avoir accédé à la demande de Mathilde. Il chercha cette dernière des yeux. Elle n'était qu'à quelques pas.

— Vous verrez ! Dès ce soir, votre Léonard apparaîtra sous son véritable jour. Un traître ! Une marionnette se vendant au plus offrant.

L'Aventureux n'avait plus qu'une hâte : se débarrasser de cette folle. D'un pas tranquille, il l'amena vers le pilier où se tenait Mathilde. Elle fit signe à son frère et Léonard.

— La femme qui est avec l'Aventureux... Est-ce elle ?

— Il me faut voir son visage, affirma Léonard. Les yeux ne trompent pas.

L'Aventureux et sa compagne se rapprochaient. Il lui souriait d'un air absent. Elle tourna la tête vers lui. D'un geste vif, il lui arracha son masque et le tint à bout de bras. La femme tenta de le lui reprendre mais il était hors de portée.

— C'est elle ! s'exclamèrent en chœur Quentin et Léonard.

Quentin se rua sur Catarina, la prit par le bras et l'entraîna sans ménagement.

— Hé là ! s'exclama l'Aventureux. Que fais-tu ?

Le regard féroce de Quentin le dissuada de faire un geste. Il s'éloigna en haussant les épaules.

L'un des hommes à qui Duprat avait ordonné de surveiller Léonard et Quentin se précipita à leur suite, l'autre alla prévenir le chancelier que les suspects se livraient à d'étranges manigances et s'étaient emparés d'une femme sans défense. Duprat se leva en toute hâte, glissa quelques mots au roi qui conversait avec sa sœur. Guidés par le garde, ils se dirigèrent vers le couloir où Quentin, Léonard et la mystérieuse femme avaient disparu. Des éclats de voix leur parvinrent.

— Vous êtes perdu ! disait la femme d'une voix vibrante. Accusé de trahison, vous finirez vos jours dans une geôle infecte, vos tableaux seront brûlés, votre nom à tout jamais sali ! Je m'en réjouis plus que vous ne pouvez l'imaginer.

Le roi fit un geste signifiant à Duprat de ne pas aller plus loin. Ce qu'ils allaient entendre leur donnerait le fin mot de l'histoire. Malheureusement, ils ne comprirent pas les paroles prononcées par Léonard. Il parlait trop bas et d'une voix tremblante. En revanche, la réponse de la femme fut très distincte.

— Je vous hais depuis ma jeunesse, tout comme Domenico vous haïssait. Vous nous avez méprisés, ignorés. Il est juste que vous en payiez le prix au centuple. Vous avez méconnu son amour. Vous m'avez ri au nez quand je vous ai supplié de faire mon portrait au lieu de Cécilia. J'ai étranglé de mes mains l'hermine, comme j'aurais aimé le faire avec vous. Vous avez échappé aux pièges que nous vous avions tendus. Domenico est mort. J'ai poursuivi, seule, notre vengeance commune. Vous ne survivrez pas à l'opprobre et à la honte. Vous faire mourir eût été trop facile. Vous dépouiller des honneurs auxquels vous tenez tant est bien plus cruel. C'est mon visage, que vous avez refusé de peindre il y a trente ans, qui vous apparaîtra au moment de rendre votre âme à Dieu.

Le roi en avait assez entendu. Il avança la main vers la poignée quand la porte s'ouvrit à toute volée sur Quentin, qui bouscula François en criant :

— Vite ! De l'aide ! Léonard s'est trouvé mal. Il va mourir !

Fin de la première partie des aventures de Quentin du Mesnil

Léonard se remit avec difficulté de son attaque. Sa main droite était devenue inerte. Il savait qu'il n'en retrouverait pas l'usage. Cette nouvelle preuve de son inexorable voyage vers la mort l'attrista, mais il déclara avec le peu de force qu'il lui restait :

— Je continuerai.

Il n'en dessinait pas moins, sa main gauche étant tout aussi habile que la droite. Le roi l'entoura d'encore plus d'égards, passa beaucoup de temps avec lui malgré la difficile négociation du concordat avec le Parlement. Le projet de Remorantin ramena Léonard doucement à la vie. Il conçut des portes s'ouvrant et se fermant automatiquement, un système d'évacuation des eaux usées, des jardins somptueux…

Duprat reçut l'ordre formel du roi de ne rien dévoiler de ce qui s'était passé lors de la fête. Le chancelier aurait pourtant adoré laisser planer le doute sur une éventuelle traîtrise de Léonard et le rôle équivoque de Quentin du Mesnil. Mais il avait bien compris que, si l'affaire était connue, François serait la risée de toute l'Europe. Même si l'innocence de Léonard ne faisait aucun doute, on raconterait que le roi s'était fait tirer les vers du nez par un peintre, reçu avec tous les honneurs et payé à ne rien faire. Henri d'Angleterre s'esclafferait devant l'imprudence de son cher cousin à confier ses secrets militaires. Charles d'Espagne[1], qui avait la réputation, malgré son jeune âge, de faire preuve d'un sens de l'économie conférant à la radinerie, se moquerait de la folie des grandeurs du roi de France.

Catarina fut renvoyée sur-le-champ à Mantoue où, pour le plus grand plaisir d'Isabelle d'Este, elle raconta que Léonard était traité en valet par François Ier, et que le vieil homme en était si honteux qu'il appelait la mort de ses vœux.

Mathilde fut autorisée à rentrer en Normandie, ce qu'elle fit en toute hâte et avec soulagement. L'aide qu'elle avait apportée à Quentin pour confondre Catarina les rabibocha. Elle admit qu'elle avait exagéré, qu'elle s'était conduite comme une sotte et qu'on ne l'y reprendrait plus. Quentin la crut à moitié. Duprat prévint qu'il garderait un œil sur elle. À la moindre alerte, il la ferait enfermer dans un couvent. Bon prince, François lui souhaita de se trouver un époux au plus tôt et lui promit d'être le parrain de son premier enfant. Tous poussèrent un soupir de soulagement quand elle monta dans le carrosse de Marguerite qui retournait dans son duché d'Alençon.

François félicita Quentin de sa présence d'esprit et de son dévouement. La preuve était faite qu'il pouvait lui confier des missions délicates. Il s'en souviendrait en d'autres occasions. Quentin remercia le souverain de sa confiance, et en profita pour lui soumettre ses idées de rénovation des manières de table. François

1. Futur Charles Quint.

s'en montra fort réjoui. Il ne formula qu'un souhait : dorénavant l'usage des fourchettes serait réservé aux dames, car ces maudits engins qu'il avait le plus grand mal à manipuler lui coupaient l'appétit. Il conclut en prenant Quentin par l'épaule :

— Chambord sera le lieu rêvé pour mettre en pratique toutes tes nouvelles idées pour la plus grande gloire du royaume de France. Et la mienne !

Carnet de recettes

Soupe de pommes

Pour 4 personnes

1 litre d'eau, 2 tablettes de bouillon de poule, 4 pommes, 2 tranches de pain de mie, 5 tiges de persil, 4 feuilles de menthe, sel, poivre, 1 pincée de gingembre, 1 pincée de cannelle, une dizaine de filaments de safran.

Peler et couper les pommes en quartiers. Dissoudre les tablettes de bouillon dans l'eau. Faire cuire les pommes une dizaine de minutes. Ajouter le pain, le persil et la menthe hachés. Passer au mixeur. Au moment de servir, ajouter les épices.

Le Platine en François, 1505.

Œufs farcis

Pour 4 personnes

4 œufs, 30 g de raisins secs, 2 cs de ricotta, 1 cs de parmesan, un peu de persil, menthe, marjolaine, 5 filaments de safran, sel, poivre, huile d'olive.

Faire cuire les œufs durs et les écaler. Les couper en deux et enlever le jaune. Mélanger le jaune avec les épices, les raisins, les herbes hachées, le fromage. Farcir les blancs avec ce mélange. Faire dorer les œufs 5 min dans l'huile d'olive.

Maître Martino, vers 1467.

Tarte d'herbes du mois de mai

Pour 6 personnes

1 fond de tarte brisée, 600 g de feuilles de bettes, 1 boule de mozzarella, 30 g de parmesan râpé, 2 blancs d'œufs, 8 tiges de persil, 1 tige de marjolaine, 4 feuilles de menthe, 2 feuilles de sauge, 1 pincée de gingembre, sel et poivre.

Couper les feuilles et tiges de bettes en petits morceaux. Les faire cuire une dizaine de minutes dans un faitout avec un verre d'eau. Les égoutter. Ajouter la mozzarella coupée en petits morceaux, le parmesan, les herbes hachées, les épices, les blancs battus. Mettre le mélange sur la pâte. Faire cuire 30/40 min au four à 180°.

Le Platine en François, 1505.

Tarte de courge

Pour 6 personnes

1 fond de tarte brisée, 800 g de courge (ou de courgettes), 250 g de ricotta, 3 cs de parmesan, 1 œuf, 1/2 verre de lait, 1 pincée de cannelle, 1 pincée de gingembre, quelques filaments de safran, sel et poivre.

Couper la courge en morceaux. La faire cuire 10 min dans le lait. L'égoutter et l'écraser grossièrement. Ajouter la ricotta, le parmesan, l'œuf battu, les épices, le sel et le poivre. Bien mélanger. Verser sur le fond de tarte. Faire cuire 30/40 min à 180°.

Le Platine en François, 1505.

Gambas farcies

Pour 4 personnes

400 g de gambas, 2 cs de raisins secs, 1 poignée d'amandes, 2 jaunes d'œufs, 6 tiges de persil, 6 tiges de fenouil, 1 cs de parmesan, huile d'olive, farine, sel, poivre.

Faire cuire les gambas 4 min à l'eau bouillante. Les décortiquer et les hacher grossièrement. Ajouter les jaunes d'œufs, les raisins secs, les amandes réduites en poudre, les herbes finement hachées, le parmesan. Mélanger. Façonner des petites galettes. Fariner et faire dorer 1 min de chaque côté dans l'huile d'olive.

Maître Martino, vers 1467.

Poisson en pâte

Pour 4 personnes

1 fond de tarte brisée, 400 g de filets de saumon ou de truite, 100 g de fenouil, 2 rondelles d'orange, 2 rondelles de citron, 1 pincée de cannelle, 1 pincée de gingembre, quelques filaments de safran, sel et poivre.

Couper le fenouil en petits morceaux. Mélanger les épices, le sel, le poivre, et enduire les filets de poisson de ce mélange. Placer les filets sur la pâte. Mettre dessus les tranches de citron et d'orange, ainsi que les morceaux de fenouil. Refermer la pâte sur les filets. Percer un orifice au milieu. Faire cuire 30/35 min au four à 180°.

Cristoforo Messibugo, 1549.

Sauce verte

150 g d'herbes variées : feuilles de blettes, d'oseille, persil, marjolaine, thym, sarriette, fenouil. 1 pincée de gingembre, 1 pincée de cannelle, un peu de sel, 1 cs de vinaigre de cidre.

Passer tous les ingrédients au mixeur. Rajouter le vinaigre.

Le Platine en François, 1505.

Sauce genestine

2 jaunes d'œufs durs, 50 g d'amandes pilées, 1 cs de verjus, 5 filaments de safran, 1 pincée de cannelle.

Écraser les jaunes d'œufs, ajouter les amandes et tous les autres ingrédients.

Le Platine en François, 1505.

Aillée d'amandes

1 gousse d'ail, 50 g d'amandes pilées, 1 tranche de pain, un peu d'eau.

Faire tremper la tranche de pain dans l'eau. Écraser soigneusement la gousse d'ail. Ajouter les amandes et le pain émietté. Bien mélanger.

Le Platine en François, 1505.

Crème de haricots aux figues

Pour 4 personnes

300 g de haricots secs, 1 l d'eau, 2 oignons, 4 figues fraîches, beurre, sel et poivre.

Faire cuire les haricots dans l'eau. Les égoutter. Les passer au mixeur. Couper les oignons en rondelles. Les faire frire au beurre. Ajouter les figues coupées en lamelles, le sel et le poivre. Faire dorer quelques minutes. Servir sur la crème de haricots.

Le Platine en François, 1505.

Poulet au verjus

Pour 6 personnes

1 poulet coupé en morceaux, 150 g de lardons, 100 g de raisins secs, 10 tiges de persil, 2 tiges de menthe, 2 cs de verjus, 1 verre d'eau, une dizaine de filaments de safran, sel et poivre.

Faire revenir les morceaux de poulet et les lardons une quinzaine de minutes dans une cocotte. Ajouter les raisins secs, le verjus, l'eau et le sel. Laisser cuire 30 min à feu doux. Au moment de servir, ajouter les herbes hachées et le safran.

Le Platine en François, 1505.

Tarte de cerises

Pour 6 personnes

1 fond de pâte sablée, 1 kg de cerises très noires, 250 g de ricotta, 2 œufs, 75 g de sucre, 1 pincée de gingembre, 1 cs d'eau de rose.

Faire cuire les cerises avec un peu d'eau pendant 10 min. Les dénoyauter. Les égoutter.

Mélanger la ricotta, les œufs, le gingembre, le sucre, l'eau de rose. Ajouter les cerises. Garnir le fond de tarte avec le mélange. Faire cuire 30/40 min au four à 180°.

Le Platine en François, 1505.

Crème fraîche en tarte

Pour 6 personnes
Un fond de tarte brisée, 250 g de crème fraîche épaisse, 75 g de sucre, 4 blancs d'œufs, 2 cs d'eau de rose.

Monter les blancs en neige. Y ajouter le sucre, l'eau de rose. Incorporer délicatement la crème. Verser sur le fond de tarte. Faire cuire 35/40 min au four à 180°, en surveillant la coloration.

Cristoforo Messibugo, 1549.

Hypocras

1 l de vin rouge ou blanc, 1 cc de cannelle, 1 cc de gingembre, un peu de poudre de girofle, 100 g de sucre.

Mélanger les épices, le sucre et le vin. Laisser macérer minimum deux heures, puis filtrer.

Nota Bene : toutes ces recettes sont tirées des livres d'époque. Je les refais pour pouvoir indiquer les grammages et les temps de cuisson qui, bien entendu, ne figurent pas. J'essaye d'être au plus près de l'esprit de la recette. Les cuisiniers et cuisinières qui voudront s'y essayer sont libres d'adapter les proportions à leurs propres goûts !

Pour aller plus loin

Brioist, Pascal : *Léonard de Vinci, arts, sciences et techniques*, La Documentation française, 2011.

Bramly, Serge : *Léonard de Vinci*, Livre de Poche, 1996.

Capra, Fritjof : *Léonard de Vinci, homme de sciences*, Actes sud, 2007.

Cloulas, Ivan : *Les Châteaux de la Loire au temps de la Renaissance*, Hachette Littératures, 1999.

Knecht, Robert J. : *Un prince de la Renaissance, François Ier et son royaume*, Éditions Fayard, 1998.

Le Fur, Didier : *Marignan, 13-14 septembre 1515*, Éditions Perrin, 2004.

Masci, Sandro : *Léonard de Vinci et la cuisine de la Renaissance*, Éditions Gremese, 2006.

Pedretti, Carlo : *Léonard de Vinci et la France*, Cartei et Bianchi Éditeurs, 2009.

Sacchi, Bartolomeo, dit Platine : *Le Platine en François*, Éditions Manucius, 2003.

Achevé d'imprimer par N.I.I.A.G.
en juillet 2012
pour le compte de France Loisirs, Paris

N° d'éditeur : 68956
Dépôt légal : Août 2012
Imprimé en Italie